Le Journal de Betty Swan

Cindy Valt

Le Journal de Betty Swan

Roman

NOUVEAUX AUTEURS

Éditions Les Nouveaux Auteurs

16, rue d'Orchampt 75018 Paris
www.lesnouveauxauteurs.com

ÉDITIONS PRISMA

13, rue Henri-Barbusse 92624 Gennevilliers Cedex
www.editions-prisma.com

ISBN: 978-2-8195-06959

1.

Marie avait la sensation que son cœur lui transperçait la poitrine. Elle aimerait pouvoir l'attraper à pleines mains et le lancer aussi loin que ses dernières forces le lui permettaient. Il était rempli de tant de choses noires, lourdes et difficiles à supporter que s'en séparer était pour elle son seul salut. Mais il faisait partie d'elle-même et Marie devrait continuer d'y accumuler toute sa haine et sa colère. Elle ferait comme d'habitude et ne laisserait transparaître que le minimum à Thomas.

Elle s'arrêta à la pointe de la falaise, les jambes et le souffle coupés. Thomas était à la traîne une cinquantaine de mètres derrière elle. Elle entendait son souffle exagéré, augmenter de puissance à mesure qu'il se rapprochait d'elle. Elle savait qu'il la maudissait d'avoir voulu courir ici, sur les hauteurs d'Étretat alors qu'ils habitaient à une heure de la station balnéaire et avaient fait le déplacement spécialement pour cette séance de torture.

Le vent du large faisait flotter quelques mèches de cheveux bruns de Marie, échappées de leur attache lors de sa course. Elle inspirait l'air pur à pleins poumons, telle une cure de jouvence accélérée. Lorsqu'il arriverait à sa hauteur, elle ferait celle qui n'avait pas été bousculée par l'effort. Quelques secondes plus tard, Thomas s'arrêta à son tour, le corps plié en deux, se retenant péniblement à ses genoux. Ses joues habituellement blanches avaient désormais une couleur framboise que Marie n'avait encore jamais vue chez lui. Sans doute lui en avait-elle demandé beaucoup en l'emmenant ici. Il ne la regarda pas, préférant se remettre discrètement de ce jogging forcé de quarante-cinq minutes, à crapahuter entre les dédales de ruelles du petit village en contrebas et les hautes falaises qui surplombaient la mer. Il se redressa lentement. La vue lui coupait le souffle autant que sa course. Les remous des vagues et le bruissement des galets qui roulaient chaque fois qu'elles les heurtaient résonnaient jusqu'à eux. Tout à gauche, la fameuse aiguille de craie blanche et son arche voisine les narguaient. Stables depuis des millions d'années, elles n'étaient pas sur le point de s'effondrer comme lui.

Marie avait les yeux rivés sur l'horizon. Le ciel était d'un bleu azur imperturbable, parsemé de quelques taches ouatées qui se déplaçaient lentement. Le soleil d'août lui giflait les épaules et luisait fièrement au-dessus d'eux. La Normandie avait rarement connu une aussi belle et longue période ensoleillée. Un nombre impressionnant de touristes et de badauds parcouraient les étroits sentiers qui sillonnaient les falaises de la côte, mais elle les avait soigneusement ignorés, restant concentrée sur son effort. Thomas, lui, sentait la honte le gagner chaque fois qu'il croisait quelqu'un et tentait de respirer moins fort pour ne pas avoir l'air d'un gros animal blessé. Il n'avait pas remarqué que sa course lui avait fait perdre la quasi-totalité de son audition et commença de nouveau à entendre les conversations et les soufflements d'admiration des promeneurs. Marie, elle, fixait toujours la mer comme si elle était seule au monde. Il n'ignorait pas le chaos qui inondait son esprit depuis des années, mais il avait appris à vivre avec et avait espéré que le temps ferait son œuvre. Malheureusement, leur présence ici lui confirmait que les choses ne faisaient que réellement commencer.

— On pourrait peut-être redescendre et aller boire un verre dans ce bar que j'ai repéré en arrivant, non ? proposa Thomas en ravalant une boule de salive dans sa gorge asséchée.

— Pour étouffer au milieu de tous ces touristes ? Non merci.

— On est un peu des touristes aussi. Et j'aimerais bien poser mes fesses quelque part pour me remettre. Je suis incapable de conduire pour le moment, de toute façon.

— Tu te ramollis ou quoi ? Je t'ai connu plus endurant, le taquina Marie en se rapprochant doucement de lui.

— Je ne suis pas dans un de mes meilleurs jours, voilà tout. Toi en revanche, je ne sais pas ce que tu as mangé avant de partir, mais…

Le visage de Marie se referma. Thomas venait brutalement de lui placarder ses vieux démons à la figure, et la raison pour laquelle elle était venue s'épuiser ici. Il comprit trop tard ce que cette phrase innocente venait de provoquer chez sa compagne. Elle rajusta son tee-shirt sur le haut de ses hanches.

— Viens, on va chercher un truc à boire, lui dit-elle en reprenant le sentier en sens inverse.

Thomas la suivit sans un mot. Son épaule heurta le bras d'un colosse d'une tête de plus que lui et il se confondit en excuses pendant que Marie poursuivait sa descente sans se retourner. Tous ignoraient ce qu'elle transportait en elle. Certes, elle n'était pas la seule à posséder une part d'ombre, un secret enfoui, durement gardé qui résistait à l'épreuve des balles de la vie. Mais celui de Marie avait grignoté sa joie de vivre, année après année, jusqu'à ce qu'elle n'en puisse plus et qu'elle se décide à l'exorciser. Elle s'apprêtait à commettre un acte irréversible, qui lui changerait la vie à tout jamais. Et tout le monde l'ignorait. Tout le monde, sauf Thomas.

2.

Les paysages de la campagne normande défilaient sous leurs yeux alors qu'ils rejoignaient l'autoroute qui allait les ramener jusqu'à Rouen.

Ils n'avaient finalement pas réussi à trouver une place pour boire un verre et s'étaient résolus à rentrer chez eux. Thomas avait maudit ce déferlement de touristes qui empêchait les habitants de la région de profiter de leurs propres points de vue. Ils avaient donc remonté la file interminable de véhicules garés sur les bords de l'étroite route qui démarrait de l'entrée du village jusqu'à plus de deux kilomètres en amont. Lorsqu'ils étaient arrivés le matin, ils étaient parmi les premiers et s'étaient garés près d'un petit talus d'herbes folles. Mais avec cet amas de tôle rutilante qui se déroulait sous ses yeux, Thomas ne reconnaissait plus rien et n'était pas sûr de ne pas avoir déjà dépassé leur voiture. Marie marchait presque mécaniquement devant lui et ne semblait pas s'en préoccuper. Au bout de quarante minutes de marche, Thomas démarrait enfin le moteur de leur Clio IV grise.

La route était sinueuse et vallonnée et Thomas avait du mal à se concentrer. Marie, accoudée contre la portière, regardait par la fenêtre.

Soudain, Thomas fit une embardée sur le côté et stoppa

le véhicule à l'aide du frein à main. Marie sursauta et s'agrippa à la poignée au-dessus de la vitre en poussant un cri de frayeur.

— T'es dingue ! Qu'est-ce qui te prend ? lui lança-t-elle en mettant une main sur son cœur.

Un véhicule les doubla en klaxonnant et Thomas aperçut le conducteur lui faire un doigt d'honneur.

— Tu es vraiment sûre de vouloir faire ça ? lui dit-il enfin en la fixant droit dans les yeux.

Marie relâcha sa main de la poignée et soupira.

— Thomas… on en a déjà parlé au moins mille fois. Tu devrais avoir compris que je ne changerai pas d'avis.

— Est-ce que tu es vraiment certaine que cela te rendra plus heureuse ? Que ça va réellement te permettre de passer à autre chose ?

— Je ne peux pas être sûre de ça, mais ce dont je suis certaine, c'est que je dois le faire. C'est un besoin vital pour moi.

Thomas baissa la tête. Il avait envie de lui prendre les mains, mais se ravisa en pensant à la distance qu'elle avait mise entre eux ces derniers temps. Allait-il enfin pouvoir retrouver la Marie qu'il avait connue à leur rencontre cinq ans plus tôt ? Serait-elle enfin prête à démarrer une véritable histoire avec lui, ou continuerait-elle d'être sans cesse tournée vers un passé morbide, à la recherche de réponses salvatrices ?

Depuis des semaines, il était tiraillé entre l'idée de la laisser aller jusqu'au bout de son projet fou ou la retenir. Mais aucune option ne semblait prendre suffisamment le pas sur l'autre pour qu'il se décide. Marie, de toute façon, n'attendait pas son aval et ferait ce qu'elle avait en tête, quoi qu'il en pense.

Il remit alors le contact et la Clio se redressa sur la route.

Marie savait que Thomas souffrait de cette situation. Il était adorablement prévenant avec elle, et surtout extrêmement compréhensif depuis toutes ces années. Ces derniers mois avaient été d'autant plus difficiles que Marie avait fini par retrouver la trace de celui qui la tourmentait depuis l'âge de 5 ans. Elle avait craint ce moment autant qu'elle l'avait désiré. Mais elle ne pouvait plus faire machine arrière, l'engrenage était lancé. Elle ne partait que dans deux semaines, mais elle avait déjà fait ses valises. Chaque fois qu'elle les regardait, elle se disait qu'elles représentaient son passeport vers une nouvelle vie. L'épreuve qu'elle s'apprêtait à affronter allait être douloureuse, mais elle la voyait comme un mal nécessaire pour panser ses plaies et vivre enfin.

Ses grands yeux bleus plongèrent à nouveau vers les immenses prés où broutaient tranquillement les vaches normandes avant de se fermer doucement. Le visage de sa mère disparue trop tôt lui apparut en cet instant, comme un signe. Elle n'avait jamais cessé de la voir, la nuit, le jour. Comme un fantôme oppressant qui cherchait à faire passer un message. Ce message, Marie l'avait transformé en une mission pour laquelle elle ne cesserait pas de respirer jusqu'à la mener à bien. Mais aujourd'hui, le visage de sa mère ne paraissait plus inquiet, ni apeuré. Pour la première fois, il souriait.

3.

Vingt-cinq ans plus tôt.

Le vent froid hurlait aux oreilles de Betty et lui brûlait les joues. Elle tentait de garder l'équilibre malgré les bourrasques qui la repoussaient toujours plus en arrière. Ses bras croisés retenaient les pans de son manteau pour ne pas qu'il s'ouvre, gonflé par des rafales de plus en plus puissantes.

Elle peinait à voir au loin, mais pouvait entendre la mer qui se déchirait sous ses pieds. Les discrets remous de la journée étaient remplacés par des vagues indomptables qui venaient s'écraser contre la falaise, près de quatre-vingts mètres plus bas.

Elle avait choisi la falaise d'Aval et sa célèbre porte de calcaire, connue aussi pour faire partie des falaises d'Étretat. Juste en dessous d'elle, la grotte du Trou à l'homme, inaccessible à marée haute et qui attirait une foule de visiteurs chaque jour. Mais c'était bien seule qu'elle avait décidé de venir ici aujourd'hui. Il faut dire que l'avis de tempête annoncé interdisait à quiconque de grimper sur les falaises, et à plus forte raison en pleine nuit. Mais elle n'avait pas eu besoin de lumière pour accéder à la pointe. Elle connaissait le chemin par cœur pour l'avoir parcouru des milliers de fois durant son enfance, comme tous ceux du pays de Caux dont elle avait foulé le sol.

Ses parents avaient tenu un hôtel dans une longère à colombages, transformé plus tard en chambres d'hôtes le long de la route départementale qui menait à Étretat. Elle avait vu défiler des milliers, voire des dizaines de milliers de touristes durant sa jeunesse, en avait même accompagné certains dans les plus beaux recoins de l'arrière-pays, à l'abri du flot des visiteurs qui n'étaient attirés que par la majestueuse beauté des falaises du bord de mer. Elle n'aurait eu aucune peine à longer les yeux fermés les bords abrupts, dont la plupart des badauds s'approchaient à leurs risques et périls. Elle savait dessiner à la main la ligne que traçaient les falaises, de la porte d'Amont jusqu'à la pointe de la Courtine. Elle aurait pu devenir guide touristique, mais elle avait choisi de devenir auteure et d'en vivre. Du moins, d'essayer d'en vivre. Ses parents l'avaient suppliée de continuer ses études après le baccalauréat, mais elle avait refusé en bloc, se réfugiant derrière ses papiers et ses crayons. Elle avait eu un bref succès local, mais ses écrits n'avaient jamais su convaincre d'éditeur. Elle vivotait, gagnant quelques sous *via* les salons, les séances de dédicaces ou les marchés qu'elle arpentait durant l'année. Convaincue de n'être bonne qu'à écrire, elle avait toujours refusé de faire autre chose et admis que sa vie serait plus que modeste. Elle regrettait d'autant moins que c'était justement lors d'une de ces séances qu'elle avait rencontré l'homme de sa vie. Grand, brun, musclé mais pas trop, leurs regards s'étaient croisés alors qu'il accompagnait sa grand-mère, venue lui acheter son dernier ouvrage. Il parlait justement des rencontres fortuites et des romances qui pouvaient bouleverser toute une vie. Un véritable coup de foudre les avait alors frappés. Betty se souvenait encore des petits papillons qui flottaient dans son ventre chaque fois qu'elle le retrouvait pour un rendez-vous. Tout était allé très vite. Au bout de deux mois, il la demandait en mariage. Au bout de six, elle tombait enceinte. Ses parents étaient désespérés de constater qu'elle succombait de nouveau à la voix de la déraison. Néanmoins, ils étaient soulagés de voir leur fille épouser le directeur technique de l'une des plus grosses crèmeries de la région. Ils espéraient qu'il ne serait pas homme à entretenir une femme et qu'il la persuaderait de se trouver un vrai travail. Mais il était justement tombé amoureux de l'artiste et ne souhaitait pas qu'elle change le moins du monde. C'était ce discours qu'il tenait à tous leurs proches. À chaque fois que l'occasion se présentait, il mettait Betty sur un piédestal et elle se sentait valorisée comme jamais. Enfin quelqu'un qui la comprenait et savait l'aimer pour ce qu'elle était vraiment. Les premiers mois avaient été pour Betty, un inoubliable conte de fées. Elle était une femme et une future maman comblée. Mais ce qu'elle ignorait encore, c'était que celui qui était désormais son mari cachait une facette bien moins idyllique que celle qu'il voulait laisser paraître. Derrière l'homme prévenant et amoureux, se cachait en réalité celui qui deviendrait son pire cauchemar.

C'était à cause de lui qu'elle se retrouvait là cette nuit, les pointes des pieds dépassant au-dessus du vide. Elle continuait de lutter contre les rafales qui l'entraînaient en sens inverse. Pourtant, c'était bien ici qu'elle voulait en finir. Aucune lumière à l'horizon, rien à quoi se rattacher, mais elle n'en avait pas besoin. Elle savait où elle se trouvait et qu'en se laissant tomber, elle viendrait s'écraser sur la surface déchaînée de la mer. Elle l'entraînerait au large, emportant toutes ses souffrances et le fardeau de cette vie désenchantée. L'écriture n'avait pas suffi à la faire tenir.

Se refusant une nouvelle fois de repenser à ce qui l'avait conduite ici, elle approcha encore un peu plus ses pieds du bord. Désormais, il n'y avait presque plus que ses talons qui la retenaient sur la terre ferme. Elle aurait aimé que le vent décide du bon moment. Mais il soufflait dans le mauvais sens, comme pour la retenir et l'empêcher de sauter. Elle n'aurait pas pu choisir un plus bel endroit pour mourir. La seule chose qu'elle regrettait, c'était de ne pas pouvoir admirer une dernière fois la blancheur des falaises qu'elle aimait tant. Elle garderait tout de même les yeux ouverts tout au long de sa chute.

Elle écarta les bras. Le vent fit voler son manteau qui claquait derrière elle. Elle le retira. Un froid grisant l'envahit alors. C'était maintenant. Elle ferma les yeux, puis se souvint qu'elle voulait les garder ouverts. Elle se fit violence. Pourquoi était-ce si difficile de voir la mort en face ? Elle avait fait son choix il y a plusieurs semaines maintenant. Le temps de mettre sa fille à l'abri. Elle la savait en sécurité, alors plus rien ne pouvait la retenir. Elle regarda le pied de la falaise, mais ne vit rien d'autre qu'une épaisse chape obscure qui l'enfermerait pour l'éternité. Le fracas des vagues était assourdissant, enivrant. Elle se laissa attirer par cette mélodie chaotique et bascula. Quelques secondes plus tard, le noir l'avait avalée pour de bon.

4.

Tirant sa valise avec entrain, Marie s'apprêtait à entrer dans le hall de la gare de Rouen. Son billet soigneusement rangé dans son sac à main, elle s'arrêta quelques instants pour s'assurer qu'il était bien là. Thomas, à quelques pas derrière elle, traînait une seconde valise avec davantage de réserve. Il savait désormais qu'elle ne changerait pas d'avis et qu'il ne lui restait plus qu'à espérer que tout se passe bien.

Marie se retourna et lui adressa un sourire d'encouragement. Il s'arrêta à sa hauteur, face aux portes coulissantes qui s'ouvraient et se refermaient au gré des allées et venues des voyageurs. Rassemblant, avant de franchir le seuil, ses cheveux en un chignon décoiffé, Marie prit ensuite la main de Thomas pour s'engouffrer dans le hall climatisé. Leurs yeux se levèrent et parcoururent alors ensemble les larges panneaux lumineux à la recherche du bon numéro de train.

— C'est quel TER ? demanda Thomas.

— Le numéro 3945. Tiens, il est là !

Marie pointa du doigt le panneau des départs et son cœur s'emballa légèrement lorsqu'elle comprit qu'il ne lui restait plus que vingt minutes avant d'embarquer. Elle quittait Rouen pour la Bourgogne, une région dont elle ne connaissait pas grand-chose, mis à part ses grands crus.

— Je vais aller me chercher de quoi grignoter. J'arriverai à Paris vers 20 heures, mais je pense que je n'aurai pas le temps de m'arrêter pour manger.

— Tu as ta correspondance pour Dijon à quelle heure ?

— 20 h 45. Normalement, je n'ai que quinze minutes de métro pour rejoindre la gare de Lyon, mais je préfère être prudente et ne pas prendre de retard sur place.

Thomas acquiesça et l'accompagna jusqu'à la petite boutique située juste en dessous des panneaux. Elle lui confia sa valise et se dirigea vers l'espace sandwich. Elle attrapa un triangle jambon-beurre sous vide et une bouteille d'eau pétillante. Avant de se diriger vers la caisse, elle fit un détour par le rayon des magazines et choisit le dernier numéro de *National Geographic*.

— Regarde ! lança-t-elle à Thomas en brandissant le magazine par-dessus le rayon. Ils font un focus sur les terroirs de Bourgogne ! Si ça, ce n'est pas un signe !

Thomas était bien loin de partager son enthousiasme. Il savait néanmoins que cette apparente décontraction cachait chez elle une véritable inquiétude. À sa place, qui ne le serait pas ? Marie craqua sur l'une de ces barres de céréales aux fruits rouges placées judicieusement au niveau de la caisse et régla sa note.

Elle rangea ses achats dans son sac à main et regarda de nouveau le panneau d'affichage ; plus que dix minutes avant le départ. Ils se hâtèrent jusqu'au quai où le train attendait déjà. Marie sortit son billet de son sac et le composta, avant de récupérer sa deuxième valise que tirait toujours Thomas.

— Bon... je crois que je vais monter tout de suite pour vérifier qu'on ne m'a pas chipé la place près de la fenêtre. C'est un classique ça et j'ai horreur d'être côté couloir.

— Tu es vraiment sûre qu'il n'y a aucune autre solution ? soupira Thomas en lâchant la poignée de la valise.

— Ce n'est plus le moment de parler de ça, répondit Marie. Ne t'inquiète pas, tout va bien se passer.

— Évidemment que je m'inquiète. Si j'avais pu venir avec toi, je l'aurais fait sans hésiter.

— Ça n'aurait servi à rien…

— Et si jamais il refuse de te voir ? Si ça tourne mal ?

— C'est le risque et on l'a toujours su. Mais tu connais aussi mon plan. Tout ira bien, crois-moi !

— J'aimerais… Mais tu ne le connais pas ce type et s'il comprend tes véritables intentions, je ne serai pas là pour te protéger !

Marie attrapa les mains de Thomas et les serra contre elle.

— Il faut que j'y aille, dit-elle en regardant les derniers voyageurs se presser pour monter à bord. Je te préviens quand j'arrive à Paris et quand je serai dans le TGV.

— Fais attention Marie, s'il te plaît. Appelle-moi le plus possible, que je sache si tout va bien.

— Promis.

Ils s'enlacèrent une dernière fois avant de se diriger vers la porte de la troisième voiture. Thomas l'aida à ranger ses deux valises près de son siège et lui fit un signe avant de redescendre de la voiture. Marie avait le cœur fendu en voyant à quel point il était malheureux de la laisser partir. Mais elle devait se montrer forte devant lui jusqu'au bout, pour le rassurer. Elle aurait tout le temps de pleurer une fois que le train aurait quitté le quai.

Thomas gardait les mains dans ses poches en la regardant s'installer à travers la vitre. Il se pinçait les lèvres et voulait masquer son angoisse. Il devait lui faire confiance. Ce voyage, elle l'avait préparé depuis des mois, des années même. Elle était prête à le rencontrer enfin. Mais ce qu'il craignait, c'était qu'elle n'obtienne pas les réponses à ses questions et qu'elle revienne plus morcelée qu'elle ne l'était déjà. Au coup de sifflet de l'agent sur le quai, Thomas dégaina son téléphone portable et celui de Marie vibra juste après.

« Si tu as besoin de moi, je rapplique. Ne l'oublie pas. Je t'aime. »

Marie lui adressa un sourire approbateur avant que le train ne démarre et que le quai commence à s'éloigner. Elle colla sa joue à la vitre pour retarder le moment où Thomas disparaîtrait de son regard et lutta pour éviter que ne s'échappent les premières larmes.

Quelques secondes plus tard, la gare de Rouen était hors de sa vue et elle se retrouva seule. Un immense vide s'empara d'elle et elle réalisa à quel point la présence de Thomas avait été précieuse ces derniers mois. Elle ne s'en était pas rendu compte, s'appuyant inconsciemment sur lui comme une béquille que l'on a l'habitude d'avoir, à tel point qu'on finit par l'oublier. Il l'avait écoutée, soutenue malgré ses réticences à la voir prendre le chemin de la Bourgogne à la rencontre d'un assassin.

Elle ravala ses larmes pour se concentrer sur la prochaine étape. En fin de soirée, elle poserait le pied à Dijon. Elle avait réservé une nuit dans un petit hôtel à proximité, puis elle reprendrait le train le lendemain pour Beaune. Là-bas l'attendait un job de saisonnière dans l'une des plus grandes maisons de vin de la ville. À l'approche des vendanges, l'établissement avait recruté en masse pour trier le raisin qui allait déferler des vignes, sans se préoccuper du profil des candidats. Tout ce qui les intéressait, c'était d'avoir de la main-d'œuvre et Marie avait obtenu un poste sans aucune difficulté ni passer le moindre entretien.

À côté d'elle, sa voisine avait déjà entamé la lecture d'un livre. Elle était partie pour près d'une heure et demie de voyage, alors elle se décida à en faire de même. Mais elle ne sortit pas le *National Geographic* et se fichait éperdument d'en savoir plus sur la Bourgogne avant son arrivée. Elle ressortit le carnet qu'elle transportait avec elle depuis qu'elle avait 18 ans. Ce carnet qu'elle avait pu récupérer à sa majorité et qui était tout ce qui lui restait de sa mère. La couverture de cuir marron était cornée et les pages ne tenaient plus que sur un fil. Délicatement, elle l'ouvrit et relut une nouvelle fois les mots qu'elle connaissait par cœur: *Journal de Betty Swan. Tout commença le soir du 14 janvier 1990.* Inscrit à l'encre bleue, délavée avec le temps, le récit qui se trouvait dans ce carnet avait définitivement bouleversé la vie de Marie. Toute son enfance, elle avait cherché à en savoir plus sur ses origines, sur ses parents loin desquels elle avait grandi. On s'était toujours refusé à lui répondre, comme si son passé cachait un trop lourd secret. Ce n'était qu'à sa majorité qu'on avait enfin accepté de lui donner ce que sa mère avait laissé pour elle. Ce carnet de cuir. Pas de nom. Pas d'adresse. Juste ce carnet.

Bien sûr, on ne lui avait jamais caché la mort de sa mère lorsqu'elle avait 5 ans, mais jamais elle n'avait su ce qui s'était passé, ni qui elle était vraiment. Elle avait dû franchir seule les remparts administratifs qui s'étaient dressés face à elle lors de ses recherches et lutter contre le silence assourdissant de ceux qui auraient pu lui apporter des réponses. Durant plusieurs années, elle n'avait récolté qu'un faible butin jusqu'à ce qu'elle tienne enfin une partie de la réponse entre ses mains. L'autre partie était là-bas, quelque part en Bourgogne, à Beaune. Et Marie n'ignorait pas qu'il s'agissait là de la face la plus sombre de son histoire.

5.

Six mois plus tôt.

La longère s'étendait sur près de cinquante mètres de long. Les souvenirs, d'une époque révolue où le lieu servait d'accueil pour les touristes, étaient entassés dans un coin de la cour. Quelques poules picoraient librement devant la maison, sans se préoccuper des visiteurs. Marie regardait la façade à colombages, dont les poutres de bois avaient été récemment restaurées. Même si la maison n'abritait plus désormais que ses propriétaires, elle n'en restait pas moins charmante et accueillante. Elle s'était rendue seule jusqu'ici sans prévenir ses grands-parents de son arrivée. Elle ignorait totalement l'accueil qu'ils allaient lui réserver, eux qui n'avaient vraisemblablement plus eu de ses nouvelles depuis vingt-cinq ans. Elle espérait tout de même qu'ils seraient heureux de la rencontrer, mais surtout, qu'ils accepteraient de lui parler de sa mère. Elle mit sa main dans son sac et caressa la couverture de cuir du journal de sa mère, comme une promesse.

Une poule voleta à quelques mètres d'elle en cagnettant. Le vent froid transportait un mélange surprenant d'air marin et de paille fraîche qui picotait l'intérieur des narines. Marie ne s'était que récemment installée dans sa région natale, toujours dans l'espoir d'en apprendre plus sur ses parents. Un an auparavant, lorsqu'elle était arrivée de Bordeaux avec Thomas pour s'installer à Rouen, elle avait apprécié la proximité de la mer et du cadre somptueux qu'offraient le pays de Caux et ses alentours. D'aussi loin qu'elle s'en souvienne, elle avait été une citadine et cette nouvelle nature qui s'offrait à elle était comme une bouffée d'oxygène. Le retour aux sources lui donnait la sensation d'avoir un troisième poumon.

Elle avait poussé tellement de portes qu'elle n'était pas effrayée aujourd'hui à l'idée d'en franchir une nouvelle. Mais c'était la première fois qu'elle allait se retrouver face à quelqu'un de sa famille. Ses grands-parents allaient-ils la reconnaître ? Allaient-ils pleurer ou être effrayés ?

Plus le temps de se poser des questions, car un vieil homme bedonnant flanqué d'un béret sur la tête sortit de la maison au moment même où elle s'apprêtait à frapper à la porte. Il fut surpris par la présence de cette jeune inconnue qui se tenait devant lui. Néanmoins, son visage n'était pas fermé et Marie sentit qu'un dialogue allait être possible.

— Je peux vous aider ? demanda-t-il d'une voix monocorde. Vous êtes qui ?

— Je m'appelle Marie. Marie Swan.

Volontairement, Marie avait choisi d'utiliser le pseudonyme de sa mère. Son journal, comme ses romans, était signé Betty Swan et non Betty Malcourt, son nom de jeune fille, qu'elle avait gardé même après le mariage.

Le vieil homme écarquilla des yeux ronds. Il avait compris. Une voix féminine s'éleva depuis l'intérieur de la maison.

— Jean, à qui tu parles ?

Il hésita un court instant avant de répondre.

— C'est Marie, lança-t-il en se tournant vers l'intérieur.

Droite comme un I, Marie attendait sagement de savoir si on allait finalement l'accueillir ou la chasser.

— Marie ? Quelle Marie ? continua d'interroger la femme.

— La Marie de Betty.

Un silence de mort tomba sur la maison, puis des pas se firent entendre en direction de l'entrée. Le visage ridé, mais vaillant d'une femme apparut au-dessus de l'épaule de son mari.

— Doux Jésus, comment est-ce possible ? Marie ? lança-t-elle en scrutant la jeune femme de la tête aux pieds.

— J'ai mis du temps avant de venir vous voir, mais oui, c'est bien moi.

Les deux vieillards restaient estomaqués sur le pas de leur porte. Marie sentit que sa grand-mère vacillait et Jean lui attrapa le bras pour l'empêcher de tomber.

— Va donc à l'intérieur Éliette, lui dit-il en l'entraînant vers la cuisine.

Gênée, Marie n'osait pas franchir le pas de la porte. Elle se demandait si elle n'avait pas été inconsciente de débarquer ainsi devant eux sans imaginer le choc que cela pouvait provoquer. Elle entendit quelques murmures provenir de l'intérieur de la maison. Jean ne réapparaissait pas et Marie décida d'entrer. Elle trouva sa grand-mère assise sur une chaise de la cuisine, la tête posée sur une main. En face d'elle, Jean lui tenait l'autre main en la regardant avec inquiétude.

— Je suis désolée… J'aurais dû vous prévenir.

Jean tourna la tête vers Marie et ses petits yeux noirs se plantèrent dans les siens. Elle était incapable de savoir ce qu'il pensait en cet instant.

— On avait entendu des choses par ici, mais on n'avait

pas voulu y croire, lança finalement le vieil homme en s'asseyant à son tour.

— Des choses ? demanda Marie.

— Des gars du pays. Ils nous ont dit qu'une petite jeune du nom de Marie cherchait des informations sur Betty Malcourt. C'est remonté jusqu'à nos oreilles, mais on n'a pas voulu croire à ces conneries.

Si Marie mettait pour la première fois les pieds chez ses grands-parents, elle avait déjà pris soin de questionner quelques habitants du village avant de venir les voir. Peu d'entre eux avaient su lui apporter des réponses, même si beaucoup d'anciens se souvenaient du suicide de Betty qui avait fait grand bruit à l'époque. Et pour cause. Tout le monde pensait que sa fille était morte avec elle.

— Qu'est-ce qui nous dit que c'est bien toi ? rugit alors le grand-père en la pointant du doigt.

— Jean, je t'en prie ! s'exclama Éliette en relevant brusquement la tête et découvrant son visage humide.

— Comment on peut être sûrs que t'es bien la fille de Betty ? continua-t-il, les yeux rétrécis par le gonflement de ses joues écarlates.

Au fond de lui, Jean et Éliette connaissaient déjà la réponse. La ressemblance entre Betty et la jeune femme était indéniable. Ils avaient toujours pensé que leur petite-fille avait été emportée par la mer cette nuit de mai 1995, et ne parvenaient pas à comprendre comment elle pouvait se trouver devant eux aujourd'hui.

— Je reviendrai plus tard, dit alors Marie. Je comprends que vous ayez besoin de temps, mais j'ai attendu des années avant de pouvoir enfin entendre des réponses que vous êtes les seuls à détenir.

Face au visage résolument fermé de son grand-père, Marie fit alors demi-tour et quitta la maison. Mais il n'était pas question pour elle d'en rester là. Faire parler ses grands-parents était une priorité et elle reviendrait d'ici quelques jours, lorsque le choc de son retour se serait atténué.

Mais alors qu'elle s'apprêtait à entrer dans sa voiture, elle entendit la petite voix d'Éliette derrière elle.

— Marie ! Pardonne-nous... dit-elle, la gorge serrée et la respiration haletante.

Même si elle ne les connaissait pas, Marie s'en voulait de mettre ses grands-parents dans cette situation. Éliette paraissait profondément bouleversée.

— J'ai été maladroite de venir comme ça, sans prévenir. Il vaut mieux que je revienne à un autre moment.

— Nous avons déjà perdu beaucoup de temps, tu ne crois pas ?

Marie vit alors un doux sourire se dessiner sur le visage de sa grand-mère. L'image d'une petite fille s'amusant gaiement dans la cour surgit alors devant elle. Simple fantasme ou véritable souvenir ? Marie fut alors à son tour troublée. Le regard d'Éliette l'invita à la suivre de nouveau jusqu'à la maison.

Quelques secondes plus tard, Marie se trouva de nouveau dans la cuisine, dont le plafond n'était qu'à un bras du sommet de son crâne, mais très spacieuse. Des repas gargantuesques avaient été organisés ici et l'immense piano continuait de faire mijoter régulièrement de bons petits plats pour les quelques amis habitant encore dans le pays. Jean était toujours assis et regarda Marie qui emboîtait le pas de sa femme. Ses traits semblaient s'être adoucis, mais Marie devinait le mélange de doute, de colère et de tristesse qui était en lui.

Éliette s'efforça de paraître aussi naturelle que possible.

— Qu'est-ce que je te sers ma belle ? J'ai du cidre au frais qui date de cette année.

— Ça me va ! Il doit être délicieux !

Marie força le trait également pour paraître aimable et avenante. Jean se leva, mais il continuait de la scruter du coin de l'œil, tandis qu'il débouchait la bouteille que sa femme venait de sortir du réfrigérateur. Il laissa échapper le bouchon, qui roula jusqu'aux pieds de Marie. Elle se baissa pour le ramasser et un chat blanc maigrichon vint se frotter contre sa main.

— Il est mignon, comment il s'appelle ? demanda Marie en caressant l'animal.

— File Minouche ! Le touche pas, il est plein de puces, lança Éliette en feignant de lui donner un coup de pied.

Marie nota que sa grand-mère était encore agile pour son âge et espérait qu'il en serait de même pour elle dans cinquante ans. Le chat s'échappa de la cuisine en gambadant et la jeune femme prit le verre qu'on venait de poser devant elle. Aucun d'entre eux n'osait prendre la parole. Marie fourmillait de questions, mais ne savait pas si c'était le bon moment pour les poser. Mais à quoi bon attendre ? Elle était là pour ça.

— Je sais que vous vous demandez où j'étais pendant toutes ses années.

Éliette plongea les yeux dans son verre de cidre. Jean se contentait de faire tourner le sien du bout des doigts.

— C'est une longue histoire et je pense qu'un seul après-midi ne suffirait pas à vous la raconter. Tout ce que je peux vous dire, c'est que j'ai grandi en toute sécurité, avec des gens aimants qui ont bien pris soin de moi.

Marie édulcorait légèrement la réalité. Avant de mettre fin à ses jours, sa mère l'avait déposée devant la porte d'un foyer d'accueil à Bordeaux, sans laisser aucun nom de famille ni adresse. Tout ce qu'elle avait laissé, c'était le carnet de cuir signé « Betty Swan », dans lequel elle avait glissé un mot demandant de le remettre à sa fille lorsqu'elle aurait 18 ans. À une époque où Internet et les réseaux sociaux étaient inexistants, le pseudonyme de Betty Swan n'avait pas suffi à remonter jusqu'à l'auteure normande qui n'avait qu'une petite notoriété locale. Les responsables du foyer avaient prévenu la police et les services sociaux, mais personne n'avait pu faire le lien avec la famille Malcourt qui vivait en Normandie. Ce n'était qu'à la suite de son enquête personnelle et au bout de plusieurs années de bataille que Marie avait pu enfin porter le nom de sa mère. Avant cela, elle avait vécu dans plusieurs familles d'accueil, mais toujours de manière temporaire et sans avoir eu le temps de tisser des liens forts avec qui que ce soit. Même si elle n'avait jamais été maltraitée, le bonheur n'avait pas souvent été au rendez-vous. Cela faisait bien longtemps qu'elle avait tourné cette page de sa vie, et elle se considérait comme une miraculée d'un système où tout était fait pour que les enfants soient laissés-pour-compte. Elle n'avait aucune envie de parler de ça avec ses grands-parents et préférait aborder ce qui s'était passé avant.

— Parlez-moi plutôt de maman. J'ai besoin de la connaître et vous êtes ceux qui l'ont le plus connu.

Éliette soupira, retenant ses larmes et Jean avala d'un trait son verre. Marie ne parvenait toujours pas à savoir si sa venue leur faisait plaisir ou non, mais elle devait avoir ses réponses coûte que coûte.

— C'est que c'est pas évident ce que tu nous demandes, répondit alors Éliette. Betty, elle est partie trop vite…

Jean regarda sa femme du coin de l'œil, profondément meurtri de la voir dans cet état et décida de continuer.

— On ne t'a pas vraiment connue en fait. On t'a vue un peu quand tu es née et après de moins en moins, jusqu'à ne plus te voir du tout quand tu avais environ 3 ans.

Il se mit alors à gratter avec le bout de ses ongles le bouchon de liège qui s'émiettait tout doucement.

— Pourquoi ? demanda Marie.

— Ta mère disait sans arrêt qu'elle n'avait pas le temps, qu'elle était prise par son travail, qu'elle viendrait nous voir une prochaine fois. On lui disait qu'on pouvait te garder si elle avait besoin, mais elle répondait toujours que ce n'était pas la peine, qu'elle gérait. Alors un jour, avec Éliette, on est allés chez elle. Elle a refusé de nous ouvrir. Elle a fait comme s'il n'y avait personne alors que sa voiture était là. On a essayé de l'appeler plusieurs fois au téléphone, mais on n'a jamais pu la joindre.

— Avec ton grand-père, on ne comprenait pas pourquoi elle ne nous parlait plus. Est-ce qu'on avait fait quelque chose de mal ? enchaîna Éliette.

— Finalement, ton… père nous a dit qu'elle souffrait de troubles délirants. Elle voyait tout le monde comme ses ennemis et pensait qu'on lui voulait du mal. Alors elle vivait recluse chez elle et ne sortait que pour faire de courts séjours à l'hôpital psychiatrique. On ne comprenait rien à toute cette histoire, car Betty n'avait jamais eu de soucis de ce genre, même si elle pouvait paraître parfois… instable.

Ses révélations blessèrent Marie, qui eut alors devant elle l'image d'une mère malade qu'elle ne connaissait pas.

— Comment ça, "instable" ? demanda-t-elle.

— Elle n'a jamais voulu rien faire comme tout le monde ! Trouver un travail, gagner sa vie correctement ! Elle n'était pas consciente de ce qu'était le quotidien et elle se laissait vivre, voilà tout ! Jamais aucun goût de l'effort ! Elle s'est laissé enfermer dans ses histoires de bouquins et vivait au milieu de tous ses personnages !

— Jean ! l'interrompit Éliette en voyant que son mari s'emportait à nouveau.

— Quoi, c'est pas vrai ? On lui a assez dit qu'il fallait qu'elle se trouve un vrai travail ! Elle a eu de la chance de tomber sur Pierre, qui a bien voulu l'entretenir, moi je te le dis !

Marie réprima un haut-le-cœur. L'évocation du prénom de son père la secoua.

— Jean, calme-toi ! Tu vas faire peur à la gamine !

— Regarde-la ! C'est plus une gamine ! Elle veut savoir qui était sa mère ? Eh bien voilà, une paumée qui rêvait sa vie et ça l'a rendue dingue !

Éliette enserrait son visage dans ses mains tout en observant les réactions de Marie, qui se forçait à rester stoïque. Jean reprit doucement son calme avant de continuer son récit.

— C'était ton père qui s'occupait de toi. Il se déplaçait beaucoup pour son travail alors c'était compliqué de te voir. On n'a jamais vraiment pu tisser de liens avec toi et on le regrette beaucoup maintenant que...

Marie attendait la suite, suspendue aux lèvres de son grand-père.

— Mais comment on aurait pu se douter que tu n'étais pas morte ? dit-il d'un ton abrupt.

Éliette secoua doucement la même en la tenant entre ses mains. En faisant ses recherches, Marie avait trouvé dans la presse l'article évoquant la mort de Betty Malcourt et de sa fille, mais dont le corps n'avait pas été retrouvé. Il n'y avait pas eu de véritable enquête, c'était d'ailleurs pour cela qu'aucun lien n'avait pu être fait avec la petite orpheline de Bordeaux.

— Ma mère avait tout mis en œuvre pour vous le faire croire, c'est ça ?

— Quand on a retrouvé son manteau en haut de la falaise, il y avait un doudou à l'intérieur et quelques objets qui t'appartenaient. Son corps avait été charrié au large à cause de la tempête, puis ramené sur la côte trois jours plus tard.

Marie voyait désormais les larmes de sa grand-mère couler. Les souvenirs douloureux remontaient et la vieille femme ne pouvait plus contenir son émotion.

— On a tous pensé qu'elle avait sauté avec toi, mais qu'on ne t'avait pas retrouvée.

— Et mon père ? Qu'est-ce qu'il a fait ?

— Il a dit qu'il ne voyait aucune autre explication et a approuvé la version de la police.

— Sans faire plus de recherches ?

— Non… mais ce n'était pas ce qui nous avait le plus surpris.

Éliette se leva sous les yeux de son mari, à la recherche d'un mouchoir en papier. Elle ramena la boîte au milieu de la table.

— Ce qui nous avait choqués, c'était son absence à l'enterrement de Betty. En fait, on ne l'a jamais plus revu depuis qu'on avait retrouvé le corps. Il avait d'ailleurs pris sommairement part aux recherches pour te retrouver, et avait même refusé de participer à la cérémonie qui te rendait hommage.

Marie tentait de rester de marbre, même si cette partie du récit ne la surprenait pas.

— Lorsqu'on a voulu creuser un peu, on s'est rendu compte que… qu'il ne t'avait jamais reconnue à la naissance. Son nom ne figurait pas sur la déclaration de la mairie. Ta mère était ton seul parent officiel.

— Et qu'est-ce que vous vous êtes dit à ce moment-là ?

— Oh ma petite… on était complètement perdus, mais on comprenait mieux pourquoi il se fichait de te retrouver. Il n'avait jamais été ton père et t'avait élevée uniquement par bonté d'âme !

Jean s'emportait de nouveau et sa femme s'agrippa à son bras pour tenter de le contenir.

— Il m'aurait élevée et n'aurait pas cherché à me retrouver ? C'est surprenant, non ?

— Non, c'est généreux ! Tu es née d'une coucherie avec un inconnu et Pierre a eu la décence de ne rien dire et de te nourrir. Comme il a nourri ta mère alors qu'elle vivait à ses crochets.

Les dures paroles de Jean ravivaient de plus belle le flot de larmes d'Éliette qui ne disait plus un mot.

— Comment pouvez-vous être certain qu'il n'était pas vraiment mon père ?

— Tu vois une autre explication au fait qu'il n'ait pas voulu que tu portes son nom ? Pourquoi il ne t'aurait pas reconnue à la naissance ? Il n'y a pas d'autre explication, ta mère s'était fait sauter par quelqu'un d'autre et c'est tout !

En se levant, Jean fit tomber la chaise sur laquelle il était assis. Il quitta la pièce sans rien ajouter pour s'enfermer dans le salon voisin.

Marie laissa sa grand-mère reprendre ses esprits. Elle espérait que celle-ci tempère les propos de son mari.

— Comprends-nous… reprit finalement Éliette en continuant de sécher ses larmes. On découvrait que pendant cinq années, tout n'avait été que mensonge autour de toi. Ton grand-père et moi, on est très attachés aux valeurs de la famille. Lorsque Pierre a disparu de la circulation, on n'a pas cherché à le retenir. Après tout, il n'était plus lié par qui que ce soit à notre famille. Pour tout le monde, tu étais morte. Que pouvions-nous faire de plus ?

— Vous assurer qu'il vous avait réellement dit la vérité par exemple, continua Marie en jetant un regard sévère sur sa grand-mère.

— Pourquoi est-ce qu'il nous aurait menti ?

— Peut-être pour cacher qui il était vraiment et ce que

vivait réellement ma mère, recluse derrière les murs de sa maison, comme vous l'avez justement dit.

— Mais enfin, qu'est-ce que tu veux dire ? continua Éliette, surprise par les propos de sa petite-fille.

— Vous vous êtes contentés de croire cet homme sur parole, sans jamais chercher plus loin.

— Nous n'avions pas de raison de le faire, ni de penser qu'il nous mentait ! Qu'est-ce qui te fait penser une chose pareille ?

Marie tentait de masquer sa déception et sa colère.

— En venant ici, j'espérais des réponses. Mais je crois que je ne vais pas en apprendre davantage, malheureusement.

Éliette fuyait désormais le regard de Marie et se leva pour faire un peu de rangement. La jeune femme ne pouvait pas être certaine que ses grands-parents lui disaient toute la vérité, mais Marie n'acceptait pas l'image qu'ils renvoyaient de sa mère. Elle savait que ce n'était pas son vrai visage.

— Une dernière question avant que je m'en aille.

Éliette se retourna timidement, toujours en continuant d'empiler ses casseroles.

— Pourquoi n'avez-vous pas cherché à en savoir plus lorsque vous avez entendu parler de moi ?

Éliette jeta un œil en direction de la porte de la cuisine.

— Ton grand-père n'aime pas qu'on parle de Betty. C'est vrai qu'on ne t'avait pas enterrée, mais ça nous paraissait tellement impossible que tu sois encore vivante. Alors quand on a appris que tu étais possiblement en vie, on s'est dit qu'une part de l'histoire nous avait totalement échappé. Ça nous a fait peur et nous n'étions pas préparés à l'entendre…

Cette réponse amplifia davantage la déception de Marie. Si elle avait espéré voir en Éliette et Jean une famille, elle s'était lourdement trompée. L'éventualité de son existence ne leur avait pas donné envie d'en savoir plus, et cela lui confirmait qu'elle n'obtiendrait pas aujourd'hui les réponses qu'elle attendait. Une nouvelle fois, elle devrait continuer seule.

14 février 1990

Un mois s'est écoulé depuis qu'il m'a mis cette gifle. C'était sans doute un acte isolé, car il n'a plus jamais recommencé. Il s'est même excusé une bonne centaine de fois, me suppliant de lui pardonner. Il m'a offert un énorme bouquet de mes fleurs préférées. Vingt lys reliés ensemble par un épais flot rose. Je les ai mis dans le grand vase blanc de ma grand-mère, celui que j'avais fait tomber l'année dernière, mais que j'ai recollé morceau par morceau. J'adore ce vase, je ne pouvais pas m'en séparer.

Aujourd'hui, c'est la Saint-Valentin. Je me demande s'il va revenir avec une petite surprise. Je lui ai commandé une boîte de ses chocolats préférés chez Thuriaux. Il les adore, surtout ceux qui contiennent de la pâte d'amande. J'ai demandé une boîte en forme de cœur. C'est sans doute un peu trop romantique, mais ce n'est pas le plus important. Le plus beau se trouve caché au fond de la boîte de chocolats. J'ai fait une demande spéciale à Thuriaux pour qu'il glisse une petite carte avec le sexe du bébé. Lorsqu'il aura dévoré les chocolats (et je sais qu'il le fera dans la soirée), il découvrira la petite carte. Il va sauter de joie, car il voulait une fille.

Elle aussi trépigne d'impatience. Je la sens qui fait des petits bonds dans mon ventre. C'est vraiment étrange comme sensation. J'ai l'impression qu'elle ressent tout ce que je vis. On dit que les bébés sont des éponges. Je suis sûre que ça commence bien avant la naissance.

7.

Le carnet encore sur ses genoux, Marie se réveilla en sursaut alors qu'il glissait et était sur le point de tomber par terre. Elle le rattrapa de justesse du bout des doigts et s'empressa de vérifier qu'aucune page n'avait été abîmée. Sa voisine, une coquette sexagénaire, la regardait avec un sourire gêné.

— Je n'ai pas pu m'empêcher de lire ce qu'il y a sur votre carnet. Certains mots sont terribles, mais il y avait quelque chose de poétique dans cette retranscription de la souffrance. Est-ce vous qui l'avez écrit ?

Marie referma brutalement son carnet avant de le ranger dans son sac.

— Non.

— Excusez-moi, je ne voulais pas être indiscrète. C'est juste que j'aime les jolies choses et ce que j'ai lu m'a interpellée.

— Je ne vois pas ce qu'il y a de joli dans ce récit. Ce sont les mots d'une femme qui a vécu l'horreur. Rien de poétique ni de beau là-dedans, rétorqua Marie d'un ton sec. Vous n'y connaissez rien.

— Détrompez-vous, c'est justement mon métier de dénicher les écrits qui feront mouche.

Elle sortit de sa petite sacoche une carte de visite

au graphisme épuré. Des lettres roses enroulées sur un fond blanc crème décrivaient son nom : *Marianne Lancel – Éditrice.*

— Ce que j'ai lu me plaît beaucoup. J'aimerais vraiment connaître la suite, continua-t-elle en posant la carte sur la tablette devant Marie.

— Je vous répète que ce n'est pas un livre, répondit Marie sans cacher son agacement. Cet écrit est personnel et il n'est certainement pas destiné à faire les affaires de vautours de l'édition comme vous. Tout ce qui vous intéresse, c'est de faire du profit, vous vous fichez bien de savoir qui se cache derrière ceux qui écrivent.

— Je ne demande qu'à en savoir plus, répondit l'éditrice, qui faisait son maximum pour éviter de braquer davantage la jeune femme.

— Arrêtez d'insister maintenant !

Marie avait fortement haussé le ton et les voyageurs du wagon se retournaient pour savoir qui était à l'origine de cet esclandre.

— J'aimerais aller aux toilettes s'il vous plaît, continua Marie alors que tout le monde, y compris l'éditrice, s'était finalement tu.

Marianne Lancel se leva et Marie s'échappa en vitesse vers la cabine des toilettes, en n'oubliant pas d'emporter son sac et sans s'attarder sur les voyageurs qui la dévisageaient sur son passage.

Elle s'enferma à double tour et posa son sac par terre. Son reflet dans le petit miroir qui surplombait le lavabo lui fit peine à voir. Cela faisait des jours qu'elle n'avait plus fait une vraie nuit de sommeil. Depuis qu'elle savait qu'elle allait enfin pouvoir le rencontrer. Thomas ne s'était peut-être rendu compte de rien, mais cela faisait des semaines qu'elle se réveillait vers trois heures du matin sans pouvoir se rendormir. Alors elle se levait et elle allait relire le carnet de sa mère. Elle connaissait presque chaque mot de chaque phrase par cœur. Chaque rature, chaque correction, chaque annotation était gravée dans sa mémoire. Si on le lui demandait, elle pourrait réécrire le texte entièrement sans doute, juste de tête. Elle retournait se coucher vers six heures du matin, après s'être abreuvée une nouvelle fois du déchirant récit de sa mère. Pour qui se prenait-elle cette bonne femme ? Elle n'avait pas le droit de poser les yeux sur ce carnet. Marie vivait cela comme une intrusion dans sa vie, une violation de sa chair. Personne d'autre qu'elle n'avait d'ailleurs lu ce qu'il y avait dans ce carnet. Elle avait bien fait part de quelques passages à Thomas, mais sans s'étendre. Juste de quoi lui faire prendre conscience de l'importance de sa quête et lui montrer à quel point elle devait aller jusqu'au bout.

Marie se jeta de l'eau au visage. Cela faisait presque un quart d'heure qu'elle était dans les toilettes, mais elle voulait être certaine que la colère était redescendue avant de retourner s'asseoir et croiser le regard de sa voisine. Elle avait beaucoup de mal à gérer ses émotions en ce moment et ne se sentait pas la force de lutter contre. Si elle avait mal, elle pleurait. Si elle était en colère, elle explosait. Tant pis pour ceux à qui ça ne plaisait pas.

Une voix s'éleva depuis les haut-parleurs. Le train allait arriver en gare de Paris–Saint-Lazare dans moins de cinq minutes. Marie se remit les cheveux en place avant de sortir des toilettes. Les voyageurs ne la regardaient plus et préparaient déjà leurs affaires pour la descente du wagon.

Elle se faufila entre les premières valises qui encombraient déjà l'allée et regagna sa place sans un mot pour sa voisine qui s'était levée en la voyant arriver. Elle sentait son regard sur elle, mais voulait éviter de lui adresser la parole. Marie replia la tablette sans récupérer la carte de visite, qui glissa au sol. L'éditrice se releva de nouveau et attrapa une petite valise qui se trouvait dans le porte-bagages au-dessus du siège. Celle-ci tomba lourdement au sol et après avoir tiré la poignée, elle s'adressa de nouveau à Marie :

— Je ne voudrais pas que vous pensiez que je suis une femme qui s'intéresse uniquement au bénéfice qu'elle peut faire d'un récit. Je vous mentirais si je vous disais que ça ne comptait pas, mais ce que j'ai lu m'a avant tout énormément touchée. J'ai reconnu quelqu'un que je connaissais bien à travers ces lignes. Je regrette que nous n'ayons pas eu le temps d'en parler davantage. Au revoir, mademoiselle.

Marie regarda la femme s'éloigner vers la porte de sortie du coin de l'œil. Elle attendrait de la voir descendre avant de quitter à son tour le wagon. Elle serait bien capable de la relancer une fois sur le quai. La jeune femme regarda à nouveau le numéro de la ligne de métro qu'elle devait prendre pour rejoindre la gare de Lyon. Ligne 14, direction Olympiades. Elle le savait déjà, mais cela la rassurait de le vérifier encore et encore.

Les premiers voyageurs descendaient du wagon et elle attendit qu'il soit vide pour le quitter à son tour. Elle se dirigea ensuite au pas de course vers l'entrée de la ligne de métro. Elle acheta son ticket à la borne avant de s'engouffrer dans le dédale de couloirs souterrains. Dix minutes à peine après être descendue de son train, elle patientait devant le quai de la ligne 14.

Elle était souvent venue à Paris lorsqu'elle était plus jeune, mais avait ensuite préféré les séjours à la campagne et les lieux moins agités. Elle avait hâte de s'installer dans le TGV qui la conduirait vers sa destination finale. Le métro résonnait dans le tunnel, annonçant son arrivée imminente. Il n'y avait pas trop de monde à cette heure et Marie put s'installer sur une place assise le temps du trajet.

En revanche, la gare de Lyon fourmillait de monde en cette veille de week-end et Marie fut prise d'un soudain vertige alors qu'elle cherchait des yeux le tableau des départs. Un homme la retint juste avant qu'elle ne s'effondre à terre et l'entraîna vers un siège quelques mètres plus loin. Elle eut à peine le temps de voir son visage qu'il s'était déjà échappé, pressé par le départ prochain de son train. Elle reprit doucement ses esprits tout en essayant d'apercevoir le tableau d'affichage. Son train partait dans moins de dix minutes et pourtant, elle ne parvenait pas à se lever pour rejoindre son quai. Sa vue était trouble, mais elle parvint tout de même à lire le « A » qui indiquait sa voie de départ.

Elle rassembla ses forces, et tout en tirant ses deux grosses valises, rejoignit enfin son train. Un autre homme l'aida à monter ses bagages et elle s'effondra dans son siège. La climatisation n'était pas encore en route et une chaleur étouffante envahissait le wagon. Des cris d'enfants excités jaillissaient de l'autre côté de la voiture, mais Marie avait les nerfs tellement à vif qu'elle avait l'impression qu'ils se trouvaient juste à côté d'elle.

Le calme revint doucement alors que le train démarrait et prenait la direction de la cité des Ducs. Un SMS de Thomas lui rappela qu'elle avait oublié de l'avertir de son arrivée à Paris. Elle lui répondit quelques mots qui se voulaient rassurants, insista sur le fait qu'elle avait hâte d'arriver et de s'installer dans sa chambre d'hôtel. Un air frais arriva jusqu'à son visage et elle commença à se laisser bercer par le doux roulis du train lancé à pleine vitesse. Les paysages défilaient sans que ses yeux puissent s'y arrêter et elle se laissa emporter par le sommeil, après s'être assurée que personne ne pourrait de nouveau toucher à son carnet.

8.

La porte de la chambre d'hôtel s'ouvrit à grande volée, propulsée par le coup de pied de Marie qui tirait ses deux valises dont le poids lui semblait avoir doublé depuis son départ. Elle avait pris un hôtel proche de la gare de Dijon, mais la centaine de mètres à parcourir lui avait paru interminable.

Elle s'écroula sur le lit, exténuée. La chaleur avait rendu le voyage plus difficile et elle mourait d'envie de se rafraîchir avec une bonne douche.

La chambre était sommairement équipée, mais confortable. Mais cela lui importait peu, elle n'était pas là pour s'attarder et repartait dès le lendemain matin. Bien que le quartier de la gare ne fût pas l'endroit le plus charmant de la ville, l'ambiance joyeusement estivale ne lui avait pas échappé en marchant jusqu'à son hôtel. Elle avait entendu un mélange de plusieurs langues s'élever parmi les touristes encore nombreux malgré la rentrée qui approchait. En ce début septembre, le temps était encore propice à la détente et certains prolongeaient les vacances avec délectation.

Mais pour Marie, hors de question de faire du tourisme. Elle n'était pas là pour profiter des monuments et spécialités qu'offrait Dijon, mais bien pour travailler. Elle n'avait aucune idée de ce qui l'attendait. Tout ce qu'elle savait, c'était qu'elle allait être placée devant une trieuse et qu'elle devrait éliminer les grappes de raisin gâtées ou abîmées. Elle ne s'était préparée qu'à une seule chose : rencontrer celui qui avait tué sa mère. Pour le reste, elle aviserait.

Elle ouvrit l'une de ses valises et en retira une pile de vêtements. Dissimulé dans une grande chaussette empruntée à Thomas, un couteau à peine plus grand qu'un canif avait été soigneusement rangé. Marie l'attrapa et le sortit de son fourreau de fortune. Elle le fit rouler dans ses mains, appréciant l'effleurement de la lame froide contre sa peau. Cela faisait des années qu'elle ne l'avait pas ressorti. Il n'avait servi qu'une seule fois, lorsqu'elle avait 14 ans. C'était Dylan, un ami qu'elle fréquentait à l'époque au foyer qui le lui avait offert. Il lui avait dit qu'elle ferait mieux d'avoir de quoi se défendre si jamais on la taquinait de trop. Comme une prémonition, une semaine plus tard, un type l'intercepta alors qu'elle rentrait du collège. Il était insistant, voulait son numéro de téléphone. Il l'avait suivie sur une bonne partie du trajet, y compris dans le petit square qu'elle traversait quotidiennement et qui était particulièrement désert ce jour-là. Elle sentit, au bruit des graviers, que le type accélérait derrière elle. Elle pressa aussi le pas, mais soudain, elle se sentit emportée derrière la haie qui jouxtait le chemin. Elle poussa un cri d'effroi, mais savait qu'elle ne pourrait compter que sur elle-même en cet instant. Alors qu'il l'entraînait, elle attrapa le couteau dans sa poche et fit un grand geste d'avant en arrière, sans savoir où elle visait. Elle sentit l'étreinte de son agresseur se desserrer et un hurlement déchira le calme de l'endroit. Marie vit que l'homme se tenait la joue avec les deux mains et que du sang coulait à travers ses doigts. Elle prit ses jambes à son cou pour quitter le square et rejoindre la rue. En arrivant au foyer, elle ressortit le couteau qui était rouge de sang. Sa poche, dans laquelle elle avait rangé l'arme, avait été également salie. Sans ce précieux cadeau de Dylan, elle aurait sans doute passé un sale quart d'heure. Même si elle n'avait pas eu besoin de s'en resservir, elle le considérait comme un porte-bonheur et l'avait ressorti d'un de ses tiroirs pour l'emporter avec elle, ici, seize ans plus tard. Elle espérait toutefois ne pas avoir besoin de l'utiliser à nouveau, mais savoir qu'il était quelque part dans ses affaires la rassurait.

Elle le rangea dans sa chaussette et le remit au fond de sa valise. La nuit était tombée bien avant sa descente du train et elle décida d'aller prendre sa douche afin d'aller se coucher rapidement. En s'endormant, elle se répéterait une nouvelle fois le plan qu'elle avait mis en place, afin de s'assurer qu'il se déroulerait sans aucun accroc.

2 mars 1990

Hier, nous sommes allés chez une connaissance de Pierre, un couple qui nous avait conviés à un déjeuner pour fêter les dix ans de leur fille en compagnie d'une vingtaine d'autres invités. Une jolie petite brune aux yeux verts qui dansait lorsqu'elle se déplaçait. D'une politesse rare de nos jours, elle obéissait à ses parents sans sourciller et avait une grâce naturelle qui lui prédisait un avenir sur les planches des plus grandes salles de spectacle. Sa mère avait insisté pour qu'elle nous fasse un numéro de ballerine après le dessert. La petite s'était empressée d'enfiler ses chaussons et sa plus belle robe de tulle. Une délicieuse meringue rose entrait en scène quelques minutes plus tard, sur la musique du Lac des cygnes *de Tchaïkovski. Un classique lorsque l'on espère devenir une petite étoile.*

Avec grâce et légèreté, la jolie danseuse enchaînait les pas, sans fausse note, tout comme la musique qui berçait lentement les esprits des invités. Ses bras montaient et descendaient vers des cieux que tous imaginaient angéliques. La demoiselle livrait un enchaînement de jetés et de pointes dont la technique ne saurait être justement appréciée par une novice comme moi. Mais c'était d'une beauté exquise et nul ne pouvait nier les qualités exceptionnelles que présentait déjà la petite à son âge. Ses parents la voyaient déjà intégrer les ballets les plus célèbres et vouaient un culte à sa professeure de danse classique. La musique accélérait, devenait plus forte, et la demoiselle suivait le rythme en exécutant des pas toujours plus difficiles. Soudain, elle fit une mauvaise réception. Son chausson glissa sur le plancher et elle fit une chute sous les yeux empathiques des membres de l'assemblée. Sa mère se jeta vers elle, mais au lieu de sécher les larmes de douleur qui se déversaient des yeux de la petite, elle la sermonna avec un tel acharnement que cela en devint gênant pour la plupart d'entre nous. Même Marie, en mon sein, semblait désapprouver cette situation que je ressentais comme une violente injustice. La fillette avait fait de son mieux pour nous montrer toutes ses capacités, mais au lieu de la féliciter pour les minutes brillamment exécutées, sa mère l'incendiait pour la demi-seconde qui avait causé sa chute. Voyant que personne ne semblait réagir, je me suis décidée à les rejoindre et à faire savoir qu'elle ne devait pas la blâmer, car son numéro avait été un pur régal. La cheville de la petite gonflait à vue d'œil et j'ai demandé à ce qu'on apporte une poche de glace pour la soulager. Mais sa mère, toujours ulcérée par la chute de sa progéniture, interdit à quiconque de lui apporter le moindre soin et me hurla de rejoindre ma place. Je ne comprenais pas ce qui poussait cette femme à laisser sa fille souffrir le martyre. Cette discipline n'était-elle déjà pas connue pour les nombreux sacrifices corporels qu'elle demandait ? Cette gamine de 10 ans éprouvait là une douleur immense et devait en plus assumer le poids de la honte que sa mère ressentait. J'étais totalement outrée que personne d'autre que moi n'ait eu envie de se lever. J'ai regretté que Pierre me regarde aussi froidement lorsque j'ai rejoint ma place, sous les yeux ébahis des invités qui ne disaient plus un mot. Étaient-ils davantage choqués par le fait que cette femme laisse sciemment souffrir sa fille ou par la violence avec laquelle elle m'avait renvoyée ? Une chose était certaine. Personne n'avait levé le petit doigt et la jolie meringue rose avait quitté la scène sous un torrent de larmes et les insultes de sa mère. Intérieurement, je bouillonnais, mais j'ignorais qu'en cet instant, les nerfs de Pierre étaient, eux aussi, en pleine ébullition.

Sur le chemin du retour, il m'expliqua que les gens qui venaient de nous recevoir étaient de gros clients de la société pour laquelle il travaillait et que ce repas était un moyen détourné de concrétiser leurs futurs accords. Étaient présents de nombreux autres cadres, mais Pierre n'avait pas pris le soin de me les présenter en arrivant. Néanmoins, cela n'aurait en rien empêché mon intervention.

En arrivant à la maison, Pierre me demanda de l'aider à retirer ses chaussures dans lesquelles ses pieds avaient gonflé. Lorsque je me relevai, ma tête fut projetée en arrière et une vive douleur s'élançait dans mon oreille. Pierre avait attendu que nous soyons seuls pour me donner un nouveau coup, mortifié par le fait que je me sois donné ainsi en spectacle devant les membres les plus importants de sa société. Je suis restée assise par terre, choquée qu'il me fasse ainsi payer ma conduite. Il m'annonça qu'il me ferait savoir le moindre changement de comportement de ses supérieurs et de ses clients vis-à-vis de lui à la suite de cet épisode qu'il qualifia de pathétique. Personne n'a à intervenir dans l'éducation des enfants des autres. Cette baffe me fit bien apprendre la leçon.

10.

Une nouvelle fois, Marie se réveilla en sursaut. Elle venait de faire l'un de ces horribles cauchemars qui hantaient ses nuits depuis des années. Elle voyait l'image de sa mère, maculée de sang, bleuie par le déluge permanent des coups portés par celui qui prétendait l'aimer.

Marie chercha à tâtons l'interrupteur de sa lampe de chevet et fut presque surprise de se réveiller dans cet environnement inconnu. Elle regarda la montre à son poignet : il était presque sept heures du matin, ce que lui confirmait la lueur qui passait sous l'épais rideau devant la fenêtre. Mais elle remarqua que pour la première fois depuis des mois, elle ne s'était pas réveillée au beau milieu de la nuit. Elle y voyait là un signe que la délivrance était proche, car ce n'était sûrement pas la qualité du matelas qui l'avait aidée à passer une bonne nuit.

Son train pour Beaune n'était qu'à 11 heures. Elle avait convenu de laisser ses valises à la réception de l'hôtel jusqu'au dernier moment afin de pouvoir finalement découvrir les alentours avant son départ. De Dijon, elle devait bien admettre qu'elle ne connaissait que la fameuse moutarde.

Elle prit tout de même le temps de savourer son petit-déjeuner dans la salle de restaurant de l'hôtel. Un croissant, un pain au chocolat, un jus d'orange et un café serré. Elle dévorait ses viennoiseries avec entrain. Thomas lui avait laissé un message plein d'encouragements et elle lui avait promis de le rappeler après son petit-déjeuner. Le soleil transperçait les vitres de la pièce en diffusant une puissante chaleur, promesse d'une nouvelle journée caniculaire.

Elle remonta rapidement dans sa chambre passer son coup de téléphone. Elle peinait à calmer les inquiétudes de Thomas, qui se sentait de plus en plus mal de la savoir seule si loin. Elle lui répéta qu'elle était une grande fille, mais qu'elle ne manquerait pas de le prévenir si les choses tournaient mal. Il lui avait fallu plusieurs semaines pour le convaincre de ne pas l'accompagner. D'une part parce que son patron ne l'aurait pas autorisé à s'absenter si longtemps, et d'autre part parce qu'elle tenait à faire ce chemin seule. Ce pèlerinage vers celui qu'elle traquait depuis plus de dix ans, c'était un aboutissement. Son aboutissement. Elle voulait le vivre intensément et cela passait par la solitude, dans ses actes et ses réflexions. Elle lui était infiniment reconnaissante de toutes ces heures passées auprès d'elle à la soutenir, à l'approuver même lorsqu'elle se trompait totalement de voie. Toujours avec bienveillance, il lui faisait comprendre que ses choix n'étaient pas forcément les plus judicieux et l'invitait à se questionner à nouveau. Aujourd'hui encore, elle se demandait comment il avait pu avoir une telle patience.

Elle enfila une paire de baskets neuves, spécialement achetées pour le voyage. Elle était prête à arpenter les rues de la ville durant deux petites heures, juste pour le plaisir.

Elle quitta l'hôtel pour se mélanger au flot de touristes qui déambulaient déjà dans la cité des Ducs. Rapidement, elle se retrouva sur la place Darcy, gouvernée par la porte Guillaume de style néo-classique. Une banderole avec pour inscription « Justice pour Tamara » avait été déroulée juste devant et un petit groupe, dont les membres papillonnaient tout autour, accostait les badauds pour délivrer leur message. Marie avait bien entendu parler de cette pauvre femme, morte sous les coups de son conjoint la semaine dernière. Leurs enfants de 6 et 10 ans avaient été les malheureux témoins de la scène. Un nouveau nom qui venait s'ajouter à la longue liste des femmes sacrifiées sur l'autel de la domination et de la servitude. Elle venait ainsi serrer un peu plus les rangs dans lesquels se trouvait déjà sa mère. L'année 2020 s'annonçait encore plus meurtrière que 2019, qui était déjà une année record avec ses 149 âmes retirées de leur chair sous les coups. Certains diront que ce n'est rien à l'échelle de la faim dans le monde ou des cancers. Mais c'est trop lorsque l'on vit à une époque où plus aucun des sexes ne doit avoir une emprise sur l'autre, où chacun doit pouvoir s'exprimer sans craindre une pluie de crachats, d'injures et de coups. Et qu'en est-il de ces 220 000 femmes, qui ne meurent pas, mais qui déclarent subir, jour après jour, ces violences ? Combien sont-elles également à se taire ? Ces chiffres, scandés par le collectif au pied de la porte Guillaume, Marie les connaissait par cœur. Elle aussi prenait une part active dans ce combat et ne manqua pas d'assurer de son soutien lorsqu'un homme, se présentant comme le frère de Tamara, vint la solliciter. Sans jamais l'avoir vécue, elle connaissait la souffrance de cette femme. C'était sans doute la même que celle qui avait tué sa mère. En la vengeant, elle ne vengeait pas seulement Betty, elle vengeait aussi Tamara, Lucie, Camille, Sarah, Amina et bien d'autres encore.

Évidemment, elle ne pouvait rien évoquer de son projet, mais à travers son sourire et sa poignée de main chaleureuse, le frère de Tamara sentit qu'il avait affaire à quelqu'un de sincère. Il en eut la certitude lorsque Marie lui affirma avoir été présente lors d'une manifestation organisée en marge du Grenelle des violences conjugales en novembre dernier. Les choses avançaient, mais elles étaient encore loin de suffire pour convaincre toutes les victimes de se manifester.

Revigorée par cet échange inattendu, mais qui la confortait dans son action, Marie poursuivit sa descente vers la rue de la Liberté, dont le nom était particulièrement de circonstance pour elle. De chaque côté de la rue piétonne s'élevait un enchaînement de commerces et de boutiques qui faisaient le bonheur des touristes. Elle s'arrêta devant l'enseigne d'un artisan local, fabricant de pain d'épices. Alors même que son petit-déjeuner n'était pas digéré, Marie eut l'eau à la bouche en voyant ces impressionnants blocs marron à la croûte luisante. Elle se laissa tenter par quelques échantillons aux différents parfums de cette pâtisserie, quelques nonnettes, ainsi qu'une petite bouteille de liqueur de cassis qu'elle rapporterait en Normandie.

Finalement, en sortant de la boutique, elle n'était plus tout à fait certaine de vouloir rapporter des souvenirs de ce périple. Si les choses finissaient bien, elle les rapporterait, sinon, elle les donnerait à quelqu'un qui en ferait meilleur usage.

Le soleil, bien haut dans le ciel, lui brûlait déjà les épaules et ce n'étaient pas les hauts immeubles qui la protégeaient de ses rayons.

Quelques minutes plus tard, elle arriva devant l'impressionnant palais des ducs de Bourgogne, composé de plusieurs bâtiments imbriqués entre eux au fil des siècles. Elle se recula sur la place juste en face pour admirer l'ensemble avec sa cour d'honneur refermée par les deux ailes, dont la façade qui donnait sur la rue était un clin d'œil au style grec antique avec ses grandes colonnes surplombées d'un sommet triangulaire. Une tour, aux allures de tour de guet, érigée plus en arrière, dominait l'ensemble, offrant une vue imprenable sur la ville pour ceux qui désiraient monter jusqu'à son sommet.

Marie allait de découverte en découverte dans ce centre historique, mais la plus grande fut celle de l'église Notre-Dame, non loin du palais. La curieuse façade était composée de trois grands portails et d'autant d'alignements de gargouilles, qu'elle se mit à compter.

— Il y en a cinquante et une, lui dit alors une voix à côté d'elle.

Un vieil homme, desséché par les années, se tenait près d'elle, soutenu par une canne en bois. Un chapeau de feutrine sur la tête, il l'ôta avant de s'essuyer le front avec le revers de la main.

— Comment savez-vous que je suis en train de les compter ? lui demanda Marie en baissant les yeux vers lui.

— Tous les jours, des gens s'arrêtent pour les compter.

— Vous pourriez les laisser faire jusqu'au bout ! s'exclama Marie, qui n'appréciait pas spécialement ce genre d'intrusion.

— C'est vrai. Mais en général, les gens sont encore plus surpris quand je leur dis qu'elles sont fausses.

— On peut dire que vous savez ménager le suspense vous... Ils devraient vous recruter à l'office du tourisme.

Le vieillard eut alors un rire amusé.

— Je connais tellement de choses sur cette ville que j'en découragerais plus d'un de m'accompagner. Souhaitez-vous que je vous montre notre fameuse curiosité ?

— Non merci, je n'ai pas le temps, rétorqua Marie qui souhaitait se débarrasser de lui au plus vite.

— Allons, je vous en ai fait gagner en vous évitant de compter ces gargouilles. Et puis qui sait ? Cela pourrait vous porter chance !

Intriguée par sa remarque, Marie accepta finalement de le suivre dans une petite rue qui longeait l'église.

— Je vous présente notre célèbre chouette ! s'exclama le vieillard en montrant du bout de sa canne une sculpture d'une vingtaine de centimètres incrustée à même la pierre d'un des contreforts de l'église. On ne sait pas vraiment pourquoi elle est là, mais sa présence ici ravit les plus superstitieux.

— C'est une chouette ça ? reprit Marie en regardant la petite masse défigurée d'où partaient deux petites oreilles.

— Des vandales l'ont massacrée il y a quelques années. C'est vrai qu'elle n'a plus la même allure qu'autrefois, mais sa légende est restée intacte.

— C'est-à-dire ?

— Si vous la touchez avec la main gauche en faisant un vœu, alors celui-ci s'exaucera.

Marie esquissa un sourire amusé.

— Je ne crois pas à tout ça, mais merci pour l'information.

— Vous avez tort. Personne ne repart de cet endroit sans l'avoir caressée. Même ceux qui se jouent bien de cette croyance !

— Merci, mais ça ne sera pas nécessaire. Je ne crois pas beaucoup en la chance. Ce qui fait notre destin, c'est notre force et notre volonté. Le reste n'est que hasard.

— Comme vous voulez. La chouette est là depuis des siècles. Elle sera encore là dans quelques minutes.

Le vieil homme décida finalement de partir face au peu d'engouement de la jeune femme, à la recherche d'un autre touriste plus loquace. Marie fit mine de quitter également les lieux et s'apprêtait à reprendre le chemin de l'hôtel. L'heure tournait et son train ne l'attendrait pas.

La petite rue était vide, à l'exception de la gérante de la petite boutique de souvenirs qui organisait ses rayonnages extérieurs. Marie jeta de nouveau un œil vers la petite sculpture.

Après tout, cela ne coûtait rien d'essayer.

Elle leva sa main gauche et toucha la chouette du bout des doigts. De vœu, elle n'en avait qu'un seul et si celui-ci se réalisait, elle serait la plus heureuse du monde.

11.

Le TER était quasiment vide à cette heure de la journée. Marie mangeait à nouveau un sandwich et avait hâte de pouvoir profiter d'un vrai repas.

Pour des raisons financières, elle avait pris une chambre dans l'hôtel le moins cher de la ville de Beaune. Les prochains mois allaient s'annoncer difficiles, car elle avait démissionné de son poste de gérante d'un magasin de vêtements pour rejoindre la Bourgogne. Thomas lui avait conseillé de prendre un congé sans solde, mais si son plan fonctionnait, elle voulait prendre un nouveau départ. Il en avait profité pour glisser, en plaisantant, qu'il espérait toujours faire partie de sa vie à son retour, ce sur quoi Marie l'avait rassuré.

En sortant de la petite gare, Marie fut prise d'un léger frisson ; jamais elle ne s'était retrouvée aussi proche de lui. Pierre Wesmuller avait, sans le savoir, embauché le temps des vendanges la fille de la femme qu'il avait assassinée vingt-cinq ans plus tôt. La personne qu'elle avait eue au téléphone était la responsable du recrutement sur le site. Elle avait choisi une quinzaine de personnes parmi la multitude de CV reçus, des femmes de préférence, car pour le tri, elles étaient plus minutieuses. Marie se doutait que Wesmuller ne vérifiait pas le pedigree des candidats, là pour une quinzaine de jours uniquement. Il avait bien trop à faire au domaine avant que les vendanges démarrent. Il occupait le poste de responsable de site et supervisait l'ensemble des cuvées et mises en bouteille. Il était aussi le gardien du secret des grands patrons du domaine, les Vautrin. Famille très réputée à Beaune, mais aussi sur toute la côte viticole, les Vautrin abritaient dans leurs caves les plus belles pièces, dont certaines étaient vendues à prix d'or chaque année lors de la célèbre vente des vins des Hospices de Beaune. Une charité apparente qui permettait surtout à la famille de faire reluire encore davantage son nom sur la scène nationale, mais aussi internationale. Un article de presse était justement arrivé sous les yeux de Marie, dans lequel il était écrit que l'une de leurs bouteilles s'était retrouvée sur la table du président américain Donald Trump, le lendemain de son investiture à la Maison-Blanche. Respectée et respectable, la famille Vautrin recevait chaque année des centaines de candidatures pour participer aux très attendues vendanges qui donneraient, selon tous les espoirs, une cuvée encore plus exceptionnelle que la précédente. C'était ainsi plus d'une cinquantaine de personnes que la famille Vautrin embauchait, dont une partie allait dans les vignes et l'autre restait sur le site d'embouteillage pour le tri et la mise en cuve des raisins.

Un monde totalement inconnu pour Marie, bien plus habituée à trier les vêtements des nouvelles collections qu'elle recevait à la boutique que les grappes de raisin.

Le site se trouvait à la sortie de la ville et elle n'était attendue que le lendemain pour le coup d'envoi des vendanges. Néanmoins, elle choisit d'aller faire du repérage pour savoir un peu où elle mettrait les pieds.

Après avoir rejoint son hôtel, elle se badigeonna de crème solaire avant de sortir en direction du sud de la ville. Cette dernière n'était pas très grande et on pouvait aisément s'y déplacer à pied. Elle passa par le centre-ville, très attractif et animé par la multitude de touristes encore présents. Les rues pullulaient d'amateurs de vin et autres connaisseurs et Marie se sentit bien ignorante devant les vitrines qui présentaient des bouteilles aux noms prestigieux comme Romanée-Conti, Corton-Charlemagne ou Musigny. Elle n'aimait pas particulièrement le vin et s'autorisait quelques verres de vin blanc de temps en temps lors de sorties entre amis ou au restaurant, mais sans doute ses goûts étaient-ils loin d'être à la hauteur de la renommée des cuvées produites dans la région beaunoise.

Elle regrettait de ne pas avoir davantage étudié le sujet avant de venir ici, car Wesmuller était nécessairement sensible à la question. Mais Marie avait prévu une tout autre technique d'approche, qui, si elle fonctionnait, lui éviterait bien d'apprendre par cœur l'ensemble des Climats de Bourgogne.

12.

Marie mit plus de temps que prévu pour trouver le site des Vautrin. Il était installé à la sortie de la ville, loin de toute habitation et à l'abri des regards derrière d'épaisses haies qui le rendaient invisible depuis la route. La chaleur écrasante avait déjà mis la jeune femme en nage, et elle regrettait de ne pas avoir emporté un peu d'eau avec elle.

Loin de l'image de carte postale qu'elle se faisait de l'endroit, le site d'embouteillage ressemblait à une petite usine, clôturé par des centaines de mètres de grillage, bardé de caméras de surveillance et dont toutes les entrées étaient verrouillées par un code. Les besoins des Vautrin étaient aujourd'hui tels qu'ils n'avaient pas pu se contenter des installations rudimentaires qu'offrait le domaine familial, et ils avaient fait construire ce site d'embouteillage très moderne à la hauteur de leurs ambitions.

Le portail principal étant ouvert, Marie se lança sur la grande allée qui menait vers l'entrée du site. L'atmosphère était paisible et les parterres colorés par les fleurs vivaces rendaient l'endroit accueillant et agréable. Un léger vent s'engouffrait à travers les haies et venait glisser le long de ses jambes. Elle ignorait totalement où elle allait et ce qu'elle ferait une fois devant la porte d'entrée. L'accueil, indiqué par un panneau, semblait être davantage réservé aux livraisons et départs de commandes qu'aux simples visiteurs. Elle suivit tout de même cette direction et vit trois hommes en combinaison de travail verte, qui fumaient une cigarette à l'angle du bâtiment. Marie pouvait difficilement faire comme si elle ne les avait pas vus, mais poursuivit sa route en direction de l'accueil. Inévitablement, l'un d'eux, le plus baraqué, l'interpella :

— On peut vous aider ? lança-t-il d'une voix grave en s'avançant légèrement dans sa direction.

Marie stoppa sa marche et se tourna vers eux.

— Euh, je voudrais acheter du vin.

Les deux autres se mirent à soupirer, tandis que le baraqué se montra plus coopératif.

— Ah, ce n'est pas possible ici. Il faut aller à la boutique qui est au centre-ville. Ici, on met juste le vin en bouteille.

— Mince, je ne savais pas. Et est-ce que je pourrais voir le responsable du site ? C'est Pierre Wesmuller, je crois ?

— Qu'est-ce que vous lui voulez ? continua l'homme en s'approchant de plus en plus d'elle.

— Lui poser quelques questions, sur le domaine, son travail, etc., bafouilla Marie, sentant qu'elle se perdait elle-même dans ses réponses.

— Vous êtes journaliste ? Parce que si c'est le cas, vous allez vous faire recevoir…

— Non, je ne suis pas journaliste. Laissez tomber, je n'ai pas besoin de le voir finalement. Bonne journée.

Marie fit demi-tour en sentant le regard interrogateur des trois hommes sur elle. Elle s'échappa par l'entrée d'où elle était arrivée quelques minutes plus tôt.

Qu'est-ce qui t'a pris de faire ça ? T'aurais fait quoi si tu t'étais retrouvée face à Wesmuller ? se demanda-t-elle presque à voix haute.

Elle sentait que l'adrénaline lui faisait faire n'importe quoi et qu'elle aurait pu ficher en l'air son plan en quelques secondes. Désormais, elle ne devait plus faire un seul faux pas et rester tranquille jusqu'à demain.

19 mai 1990

Je ne sais pas si c'est la grossesse qui me fait faire n'importe quoi, mais j'ai l'impression de tout faire de travers. Une nouvelle fois, Pierre m'a expliqué comment je devais repasser ses chemises. Pourtant, il m'avait déjà dit de faire d'abord les manches, puis les pans en allant du haut vers le bas. Ma mère ne m'a jamais montré comment repasser alors c'est normal que je ne sois pas une experte, j'ai appris sur le tas.

Il restait effectivement quelques plis à l'arrière de la chemise et Pierre a pris un retard monstrueux ce matin lorsqu'il s'en est rendu compte juste avant de partir travailler. Est-ce que je méritais la claque qu'il m'a mise immédiatement après ? Sans doute, puisque visiblement, je ne comprenais rien. Il m'a dit que ça devrait me rester plus longtemps dans le crâne et que la prochaine fois que je tiendrais mon fer à repasser, j'avais intérêt à m'en souvenir.

J'ai l'impression de faire toujours les mêmes erreurs. Quand je me suis retrouvée adossée contre la table après le choc, j'ai vu qu'il regardait mon ventre bizarrement. Puis il est parti et j'ai reçu un appel trente minutes plus tard. Il me demandait de l'excuser. C'est vrai que son travail le rend très nerveux en ce moment. Il est sur les dents à cause d'un très gros contrat et j'ai vraiment hâte qu'il le signe. J'aimerais tant qu'il soit plus détendu pour l'arrivée de Marie. Bien qu'il soit stressant, il adore son métier et c'est vrai que c'est grâce à lui que je peux prendre soin de moi jusqu'à l'arrivée de la petite.

Dire que dans moins d'un mois, elle sera là. J'ai tellement hâte de la tenir dans mes bras. Je suis sûre qu'une fois que Pierre verra sa frimousse d'ange, tous ses soucis s'envoleront. Il paraît que c'est une bénédiction un enfant, et que sa fragilité nous fait prendre conscience des vraies priorités. Moi, je sais qu'elle sera ma seule et unique priorité. À tout jamais.

14.

La nuit avait été agitée pour Marie, qui avait beaucoup repensé à son erreur de la veille. Elle aurait pu définitivement griller sa couverture si Wesmuller l'avait vue. Aujourd'hui, elle allait pouvoir se fondre dans la masse d'intérimaires venus prêter main-forte pour les vendanges et pourrait ramper discrètement jusqu'à lui sans éveiller les soupçons.

En revanche, le délai était court. Les vendanges n'allaient durer que deux semaines. C'était le temps qu'elle s'était fixé pour s'approcher suffisamment de lui et lui faire cracher le morceau. Mais s'il fallait prendre quelques jours de plus, elle le ferait. Hors de question qu'elle quitte la Bourgogne sans avoir eu ses réponses.

Elle enfila un short en jean et un vieux tee-shirt qui ne craignait pas les taches. Ses cheveux rassemblés en chignon sous une casquette blanche, elle quitta l'hôtel vers 6 h 15 en avalant juste un café. Elle avait l'estomac noué et n'avait rien pu avaler depuis son retour la veille.

Le rendez-vous avait été donné à sept heures du matin pour le briefing de l'ensemble des équipes. Le lendemain, tout le monde devrait être sur le pont à 6 h 30, car avec les fortes chaleurs, il était préférable de commencer tôt.

Marie connaissait maintenant le chemin pour se rendre jusqu'au site d'embouteillage. Lorsqu'elle entra, elle entendit le bruit des chariots élévateurs qui reculaient dans les allées. Elle suivit le fléchage spécialement prévu pour les nouveaux arrivants et contourna cette fois le site par l'autre côté. Déjà, quelques-uns s'amassaient devant le barnum en dessous duquel étaient installées une grosse table de tri ainsi que d'autres machines, dont Marie ignorait encore la fonction et sur lesquelles deux techniciens de maintenance étaient en train de faire les derniers réglages. Elle constata que certains se connaissaient, en tant que grands habitués de ce rendez-vous estival et étaient déjà au fait du fonctionnement des lieux. Un groupe de cinq du même âge qu'elle environ, trois hommes et deux femmes, se montrait déjà très à l'aise et riait aux éclats en scrutant les petits nouveaux de cette année. Marie se tenait à l'écart, attendant que quelqu'un vienne les accueillir et scrutant par la même occasion, l'arrivée de Wesmuller. Les derniers salariés arrivaient, à quelques minutes de l'heure du rendez-vous. La porte de la cuverie qui donnait sur le barnum s'ouvrit et une femme d'une quarantaine d'années en sortit, accompagnée d'une fille beaucoup plus jeune, probablement son assistante, qui tenait dans ses mains deux petits cartons. Elle demanda à tout le monde de se rassembler devant elle rapidement, car les premiers raisins n'allaient pas tarder à arriver.

— Bonjour à tous et bienvenue à la maison Vautrin. Le visage de certains d'entre vous m'est familier et c'est un plaisir de vous retrouver chaque année. Pour tous ceux qui nous rejoignent pour la première fois, je suis Maëva Locher, la responsable qualité du site. Je suis là pour m'assurer que le tri et la mise en cuve des raisins vont s'effectuer dans de bonnes conditions et conformément aux règles sanitaires. En ce qui concerne la partie technique, c'est Pierre Wesmuller qui en a la charge. Il était là cette nuit pour faire la mise en place des machines et se trouve actuellement auprès des vendangeurs, mais repassera vous voir dans la matinée pour s'assurer que tout va bien. Si vous avez la moindre question concernant les différentes tâches qui vous seront demandées, n'hésitez pas à faire appel à moi, ou à Fanny, ici présente.

Le rouge monta dans les joues de la jeune assistante, qui se sentait bien plus à l'aise camouflée dans les lignes arrière. À l'évocation de Wesmuller, Marie eut un léger frisson et l'impression que tout le monde avait ressenti son malaise. Elle devait vraiment se maîtriser si elle voulait passer inaperçue.

La responsable qualité et son assistante distribuèrent alors des charlottes et des gants à l'ensemble du personnel. Elle rappela les règles élémentaires d'hygiène, même si tout le processus qui suivrait le tri limitait les risques de contamination. Certains n'écoutaient que d'une oreille, visiblement déjà lassés d'entendre une nouvelle fois les mêmes consignes. Maëva Locher les regardait du coin de l'œil en les avertissant que cette année, le sérieux était encore davantage de rigueur, les Vautrin attendant beaucoup de cette cuvée 2020. Marie se demandait justement si elle allait pouvoir rencontrer ces gens dont elle ne connaissait pour l'instant que le nom.

— Les journées vont être longues et harassantes, surtout pour ceux qui n'ont pas l'habitude. Fanny va se charger de vous distribuer une carte de pointage nominative pour les prochains jours. Vous devrez badger en arrivant et en partant pour que vos heures soient comptabilisées. Bref, vous avez l'habitude, je ne vais pas entrer dans le détail de tout ça, car il faut encore que nous voyions ensemble la répartition des postes et les consignes pour chacun d'eux.

La responsable commença à répartir les travailleurs autour des différentes machines dont Marie commençait à comprendre la finalité. Elle se retrouvait avec cinq autres femmes autour de la table de tri pour débarrasser le raisin qui arrivait des déchets comme les feuilles, les cailloux, les grappes malades ou pas assez mûres. Plus loin, une personne était chargée de surveiller l'érafloir rotatif qui détachait les grains de la rafle et enfin, quatre autres personnes prenaient position autour de la deuxième table de tri pour finaliser et supprimer les derniers grains indésirables. Deux hommes qui possédaient leur permis conduisaient les chariots destinés à faire les va-et-vient entre la zone de tri et la cuverie.

Soudain, une Volkswagen grise dont les freins criaient vint se garer à proximité du chantier. Un homme d'au moins un mètre quatre-vingt-dix, d'une stature impressionnante en sortit. Les cheveux coupés en brosse, il avait des allures de militaire et suscitait l'envie de se mettre au garde-à-vous lorsqu'il approchait. Marie se tétanisa en le voyant.

Pierre Wesmuller.

Elle peinait à le reconnaître, car les photos qu'elle avait vues de lui sur Internet étaient de très mauvaise qualité. Mais il n'y avait pas de doute, c'était bien lui. Elle sentit ses jambes se raidir lorsqu'il passa derrière elle, pour faire un premier tour du chantier. Au bout de deux minutes seulement et après avoir échangé rapidement avec Maëva Locher, il se décida à saluer les travailleurs. Puis il se posta, mains sur les hanches, face à toute l'équipe.

— Je vous demande une minute d'attention. Le premier convoi de raisins arrive. Je sais qu'on vous a déjà fait un topo de ce qu'on attendait, mais je tiens à vous apporter quelques précisions afin que cette saison se déroule dans de bonnes conditions. L'année dernière, nous avions loué une trieuse optique pour gagner du temps, mais malheureusement, elle n'était pas à la hauteur de nos attentes. Cette année, nous sommes revenus sur un tri plus traditionnel, basé uniquement sur vos qualités d'observation et votre rapidité. Le raisin que vous allez avoir sous les yeux a été ramassé à la main. Je vous demanderai donc de le manipuler avec soin. Les Vautrin tendent à privilégier un processus plus traditionnel et en phase avec l'histoire familiale. Durant les prochains jours, vous serez les garants de cette tradition et vous ne devrez en aucun cas faiblir. Le rythme sera soutenu et vous allez faire de grosses journées, parfois jusqu'au milieu de la nuit. Si la vigne ne peut pas s'adapter, l'homme le peut. Elle sera notre guide et nous nous plierons à ses exigences. Avez-vous des questions ?

La plupart firent non de la tête tandis que certains restaient mutiques, encore sous le coup de ce laïus gonflé de charisme. Marie était impressionnée et avait oublié l'espace de quelques instants qui il était. Avec lui, les choses devaient filer droit et elle voyait mal comment quelqu'un pouvait s'interposer pour contrer ses décisions. Comment sa mère aurait-elle pu faire le poids face à cette masse ? Elle n'avait eu aucune chance.

Maëva Locher ne disait plus un mot depuis qu'il était arrivé et le regarda donner les dernières directives aux travailleurs. Il expliqua comment repérer une grappe qui ne serait pas assez mûre, comment optimiser son espace de travail, se positionner pour être le plus efficace. Il se déplaça le long de la chaîne et montra la zone où les grains les plus petits seraient éliminés et insista sur l'importance de ne pas laisser le moindre intrus se faufiler. L'équilibre des futures cuvées en dépendait. Marie eut alors l'impression d'avoir un rôle crucial dans l'épopée familiale et l'envie de ne pas décevoir. Wesmuller savait diriger ses équipes d'une main de maître, il n'y avait aucun doute. L'approcher davantage que dans ce cadre ultra-professionnel risquait de s'avérer plus délicat qu'elle ne l'imaginait. Elle ne le sentait pas particulièrement ouvert, mais peut-être était-ce la pression de ces jours délicats qui le rendait aussi nerveux et concentré ?

Un premier tracteur arriva, tirant une remorque chargée de caisses grise et rouge remplies de grappes violacées qui brillaient au soleil. Quatre hommes se hâtèrent autour et commencèrent à les déverser sur le premier tapis où se trouvait Marie. Celui-ci se mit alors à avancer et les premiers amas de fruits arrivèrent devant elle. Elle imita ses collègues, étalant les grappes avec délicatesse, éliminant les feuilles, les morceaux de branches, les grains pas assez violets… Elle jetait quelques coups d'œil discrets en direction de Wesmuller, qui surveillait les équipes de près. Puis, pendant qu'il continuait de distiller quelques conseils auprès des uns et des autres, il demanda le prénom de chacun. Marie garda son nez sur le tapis, continuant fébrilement son tri.

— Et vous, mesdames, comment vous appelez-vous ?

Sa voix résonna à quelques centimètres de ses oreilles. Pourtant juchée à plus de trente centimètres au-dessus du sol, Marie sentait que Wesmuller arrivait à sa hauteur.

— Je n'ai pas entendu votre prénom, lui demanda-t-il à nouveau alors que toutes ses collègues avaient déjà répondu.

— Marie, répondit-elle en vitesse sans se retourner.

— Alors, faites attention à votre posture Marie, vous allez avoir le dos en compote dans très peu de temps si vous continuez à vous tenir ainsi.

Elle sentit alors ses mains se poser sur ses épaules et la remettre en place comme un pantin. Elle se raidit instantanément et une boule prit place à l'intérieur de sa gorge, lui provoquant une douleur atroce. De la sueur commençait déjà à se dégager de son front. Elle n'était même pas là depuis une heure et elle perdait déjà pied. Cela n'avait pas échappé à sa voisine d'en face, qui lui adressa un sourire encourageant. Elle allait se faire virer si elle ne donnait pas le change mieux que ça. Elle se redressa et Wesmuller continua son chemin vers la seconde table de tri.

— Détends-toi ma belle, ce n'est pas un mauvais patron. Il est toujours un peu raide au début et après il se détend ! lui lança sa voisine d'en face qui avait répondu qu'elle s'appelait Jeanne.

— Ça ne me dérangerait pas qu'il soit raide avec moi tout le temps, gloussa celle qui se tenait à sa gauche, provoquant l'hilarité du petit groupe.

Marie ne pouvait résolument pas rire à cette plaisanterie. Cette ambiance potache était loin d'être à son goût. Néanmoins, elle se força à esquisser un sourire pour ne pas se mettre en marge du groupe. Se fondre dans la masse. C'était son leitmotiv pour tenir le plus longtemps possible.

15.

De retour à son hôtel, Marie passa, exténuée, devant le comptoir d'accueil à côté duquel se tenait la patronne de l'établissement. Petite, des yeux ronds comme des globes de chaque côté d'un nez trop petit, elle observait, d'un air compatissant, la jeune femme qui se tenait le dos.

— On dirait bien que vous revenez d'une journée de vendanges vous, je me trompe ?

— En effet… répondit Marie, qui prenait le chemin de l'escalier.

— Par contre, je ne vois pas de coup de soleil. Vous n'êtes pas dans les vignes !

— Non, je suis au tri… continua Marie qui ne rêvait que de s'étaler sur son lit.

— C'est difficile aussi, car c'est statique. Avant d'être ici, j'en ai fait un paquet des saisons ! Maintenant, c'est mon fils qui s'y colle, ça ne lui fait pas de mal !

Marie sentait encore ses oreilles bourdonner. Les machines de tri n'étaient pas extrêmement bruyantes, mais les entendre ronfler durant plus de neuf heures lui avait provoqué quelques acouphènes.

— Est-ce que vous dînerez au restaurant ce soir ? demanda la patronne en agrippant son registre des réservations.

— Non merci, j'ai envie de me coucher tôt.

— Comme vous voulez, mais prenez quand même des forces, ils annoncent encore de grosses chaleurs ces prochains jours.

Les derniers mots de la patronne arrivèrent aux oreilles de Marie tandis qu'elle disparaissait dans la cage d'escalier. Elle ouvrit la porte de sa chambre dans laquelle régnait une moiteur tropicale. Mais Marie s'en accommodait bien volontiers, du moment qu'elle pouvait enfin soulager son dos. Elle s'allongea en grimaçant et sentit ses vertèbres se détendre les unes après les autres. Jamais elle n'avait autant senti les éléments qui composaient sa colonne vertébrale. Chaque muscle lui provoquait une douleur lancinante et elle regrettait d'avoir troqué ses séances de natation contre de la course à pied. Étendue sur son lit, bras et jambes écartés, le tee-shirt encore collant sur le dos, elle sentit déjà le sommeil la gagner. Elle se laissa aller à un petit somme, elle prendrait sa douche plus tard. Mais quelques secondes à peine après avoir fermé l'œil, elle fut réveillée en sursaut par quelqu'un qui frappa à sa porte. Marie retint son souffle en se levant, tant la douleur qui lui transperçait le dos était vive. Elle entrouvrit légèrement la porte et vit les doigts potelés de la patronne qui tenaient un plateau.

— Je n'ai pas eu le cœur à vous laisser vous coucher sans rien dans le ventre. Je vous ai préparé un sandwich que vous pourrez avaler vite fait avant de dormir. C'est offert par la maison.

— Merci beaucoup, c'est gentil, répondit Marie, gênée par cette attention.

— Et je vous ai mis aussi un tube de crème anti-inflammatoire. N'hésitez pas à vous en tartiner le dos après une douche bien chaude. Ça devrait soulager un peu tout ça, continua la patronne en pointant son menton vers Marie.

Touchée, la jeune femme attrapa le plateau et le posa sur le petit bureau qui jouxtait son lit. Une odeur de saucisson et de pain frais envahit alors la pièce et Marie sentit son estomac se réveiller doucement. Son déjeuner s'était limité à une barre de céréales et un paquet de chips achetés dans le distributeur de la salle de pause des Vautrin. Elle ôta ses vêtements et se jeta sous la douche. Elle joua quelques secondes avec les robinets, peinant à trouver la température idéale, puis laissa l'eau ruisseler sur elle de longues minutes. Elle eut la sensation de se délester d'une seconde peau poisseuse. Les prochains jours allaient s'annoncer très difficiles si elle ne s'endurcissait pas davantage. En arrivant ici, elle avait été loin d'imaginer que trier des grappes de raisin serait si douloureux.

Une serviette enroulée autour de sa tête, elle alluma la télévision avant d'attraper le tube de crème que la patronne lui avait généreusement donné. En cet instant, seule la chaleur humaine de ce geste lui fit du bien, car elle ignorait comment elle allait pouvoir s'appliquer seule cette crème sur le dos. Elle se tortilla dans tous les sens, étalant inégalement la crème dont la forte odeur de lavande avait totalement inhibé celle de la baguette et de la charcuterie. À défaut de la soulager, elle baignerait cette nuit dans un nuage d'huile essentielle.

Elle avala son sandwich tout en regardant une chaîne d'informations locales à la télévision, qui ne montrait que des vendangeurs tout sourire sous un soleil assommant. Marie réalisa à quel point cette période était cruciale pour toute la vie des domaines et de la multitude d'entreprises qui gravitaient autour. Comment Wesmuller avait-il pu se retrouver lié au destin d'une des familles les plus influentes de la côte viticole beaunoise, alors qu'il n'était que directeur technique d'une crèmerie auparavant ? Marie avait tenté de retracer son parcours depuis la Normandie jusqu'ici, mais il restait quelques zones d'ombre. Elle avait retrouvé son nom dans le registre du personnel d'une société qui vendait des climatiseurs dans le sud de la France. Un emploi de commercial, qu'il aurait accepté pour partir de la Normandie après le décès de sa mère et qu'il aurait gardé durant cinq années. Puis, pendant sept ans, Marie n'avait pas su ce qu'il avait fait, avant de retrouver sa trace en Bourgogne. D'abord sur Dijon, dans une société spécialisée dans la fabrication de liqueur de cassis, puis chez Vautrin pour qui il travaillait depuis dix ans. Un curriculum vitæ hétéroclite, mais Marie s'était surtout intéressée à sa vie personnelle. Il vivait désormais avec une certaine Charlotte, qu'il avait épousée peu de temps après être arrivé ici. Femme au foyer et artiste peintre en désuétude, elle s'occupait de leurs deux enfants, Matéo et Louis. Avant elle, Marie n'avait retrouvé aucune autre relation officielle. La famille semblait vivre discrètement dans une maison nichée sur les hauteurs de la « montagne de Beaune », ce quartier connu pour abriter les demeures les plus cossues de la ville. Régulièrement, les Vautrin faisaient l'objet d'articles dans le journal local et Wesmuller n'était pas en reste. Il lui était toujours réservé une place d'honneur sur la photo, comme étant l'un des piliers de la réussite de l'entreprise familiale. Il faut dire que le domaine n'avait jamais été aussi florissant et qu'il s'était grandement développé depuis son arrivée. Outre ses qualités professionnelles, il se faisait remarquer aussi pour son implication en tant que trésorier de l'association des donneurs de sang et secrétaire de celle de judo où ses fils pratiquaient. Dans les articles que Marie avait glanés, il répondait toujours modestement aux journalistes, prétextant une appétence naturelle pour le don de soi et l'ouverture vers les autres.

Wesmuller respirait donc la réussite, et rien jusqu'ici n'avait entaché l'image de ce cadre aux multiples casquettes. Marie s'était juré de lui faire savoir que le passé ne s'effaçait pas et comptait montrer à tous ceux qui l'idéalisaient, quelle pourriture il était.

16.

Cela faisait deux heures que Marie avait les yeux rivés sur la table de tri. Les grappes de raisin blanc défilaient devant elle sans s'arrêter et ses collègues tenaient la cadence, jetant les déchets dans les seaux qui se remplissaient à vue d'œil. Marie surveillait toujours une éventuelle venue de Wesmuller. Vers 11 heures, il arriva enfin, et félicita l'ensemble de l'équipe pour le travail de la veille. Les vendanges avaient démarré sur les chapeaux de roues et malgré les nouvelles mains venues travailler cette année, tout se déroulait parfaitement bien et à très bon rythme. Marie lisait les sourires de satisfaction sur les visages des travailleurs pendant que Wesmuller les complimentait. Il savait fédérer ses équipes, cela ne faisait pas de doute. Puis il s'éclipsa de nouveau, sans réapparaître jusqu'à la pause.

Le dos de Marie la faisait toujours affreusement souffrir, mais elle semblait déjà s'y habituer un peu plus. Elle s'étira en marchant vers la salle de pause, tout en laissant le soin à ses collègues de la devancer. Lorsqu'ils furent tous à l'intérieur en train de se rafraîchir, Marie fit demi-tour et se dirigea vers la cuverie, où étaient apportées les caisses de raisin trié, prêt à être pressé. Deux gros pressoirs pneumatiques tournaient justement à quelques pas de l'entrée, avec la vendange du matin. D'ici quelques minutes, les moûts seraient prêts à être récupérés et mis en cuve pour subir les premiers traitements. Plus loin se trouvait un alignement d'une dizaine d'immenses cuves en inox, dont certaines contenaient les raisins rouges de la veille déjà entrés en fermentation. Marie ignorait tout de ce processus si particulier et propre au monde vinicole. Le vocabulaire et les subtilités de tous les métiers qui cohabitaient ici lui échappaient totalement, et elle comptait justement s'en servir pour approcher Wesmuller.

— Qu'est-ce que vous faites ici ? s'éleva une voix derrière elle.

Marie se retourna et reconnut le baraqué qui l'avait interpellée deux jours plus tôt lorsqu'elle était venue faire son repérage.

— Rien… Je regarde, c'est tout.

— Vous n'avez pas le droit d'être ici, c'est réservé aux employés de la cuverie ! lança l'homme d'un ton menaçant.

— Je ne fais rien de mal ! J'avais juste envie de voir à quoi ça ressemblait, répondit Marie, qui n'avait pas l'intention de se laisser impressionner.

— Mais je vous reconnais ! C'est vous qui êtes venue avant-hier ! Vous cherchiez monsieur Wesmuller justement !

— Pas du tout, vous devez confondre, rétorqua calmement Marie en détournant le regard.

— Ah si si, j'en suis sûr, vous n'étiez pas habillée pareil, mais c'était bien vous ! continua l'homme en la scrutant de haut en bas.

— Vous vous trompez ! insista Marie. Et puis quand bien même, ça vous pose un problème ?

— Holà ! Il va falloir se calmer un peu ! Vous vous prenez pour qui ? Ce sont les intérimaires qui font la loi maintenant ?

— Qu'est-ce qui se passe ici ?

Wesmuller venait d'entrer dans la cuverie, intrigué par leur conversation animée.

— Cette personne rôde dans la cuverie et elle prétend ne jamais être venue avant alors que je l'ai vue avant les vendanges ! Elle vous cherchait d'ailleurs !

Marie s'électrifia sur place. Non seulement l'attitude délétère de cet employé la dégoûtait, mais en plus elle se retrouvait directement propulsée sous les yeux de Wesmuller.

— Je cherchais juste à découvrir les lieux pendant ma pause. Je ne savais pas que c'était interdit, répondit la jeune femme en affrontant le regard de Wesmuller.

— Il n'y a rien de grave, répondit-il en s'approchant d'elle. Mais vous devriez effectivement rester sur votre poste de travail. Si tout le monde se promène comme s'il s'agissait d'un musée, ça peut vite être le bazar. Laurent, il reste combien de temps de pressurage ?

— Encore un petit quart d'heure, répondit l'homme en scrutant un petit écran sur le pressoir près de lui.

— Bien. Vous venez me chercher quand c'est terminé ?

L'homme acquiesça tout en continuant à lancer son regard noir sur Marie. Wesmuller fit alors demi-tour pour repartir vers son bureau situé à l'autre extrémité du site.

— Monsieur Wesmuller !

Sans réfléchir, Marie avait décidé de profiter de l'occasion pour amorcer une première approche. Il se retourna et attendit qu'elle continue.

— Cela faisait plusieurs années que j'attendais de pouvoir participer aux vendanges en Bourgogne. Je viens de Haute-Savoie et ce n'est pas tellement un domaine que je connais. Ce serait vraiment super si vous aviez la possibilité de m'expliquer un peu comment tout ceci fonctionne.

Marie détestait minauder comme elle le faisait pour s'adresser à lui. Elle savait maintenant que c'était quitte ou double ; soit il lui répondait favorablement et tous les feux seraient au vert pour elle, soit il l'envoyait sur les roses et elle n'aurait plus qu'à trouver un nouvel angle d'approche. Il hésitait.

— C'est-à-dire que c'est un peu compliqué en ce moment. On est en train de réaliser les derniers tirages pour libérer les cuves et je dois gérer les vendanges sur les parcelles ainsi que les mises en cuve ici. Voyez avec Laurent s'il ne peut pas trouver un moment pour vous faire faire un tour du propriétaire si vous y tenez tant que ça.

La mine de Laurent venait de s'assombrir encore davantage. Marie n'avait pas plus envie de faire la visite avec lui. Elle avait senti que Wesmuller n'était pas totalement réfractaire et insista.

— Je ne doute pas des compétences de… Laurent, mais votre parcours m'intéresse également.

— Mon parcours ? C'est-à-dire ?

— Je veux surtout parler de ces multiples casquettes que vous avez justement. Comment peut-on gérer autant de personnes, autant de points stratégiques au sein d'une seule et même structure ?

— C'est mon métier, voilà, tout.

— J'aimerais me reconvertir. Savoir par quelle formation vous êtes passé, quelles sont vos expériences, cela m'intéresse énormément.

Marie sentait que son argumentaire était fébrile, mais il était sur le point de mordre à l'hameçon.

— Bon, vous finissez à quelle heure ?

— 16 heures, répondit Marie, soulagée.

— Venez à mon bureau en passant par l'accueil. Je vous ferai faire un tour rapidement.

— Merci beaucoup ! continua-t-elle en le regardant s'éloigner.

La flatterie avait su faire mouche. Laurent se tenait toujours à quelques pas d'elle, plus suspicieux que jamais.

— Je ne sais pas à quel jeu vous jouez, mais je ne vous sens pas du tout.

— Vous devriez vous poser moins de questions. Tout le monde n'est pas malintentionné.

Il s'éloigna, peu convaincu de sa réponse. Cet homme l'aurait désormais à l'œil et elle devrait se faire discrète pour éviter de lui donner davantage de raisons de se méfier. Néanmoins, elle se moquait bien de ce qu'il pouvait penser d'elle, car elle avait réussi une première étape : elle allait passer un moment avec Wesmuller et voir ce qu'il avait vraiment dans le ventre.

9 juillet 1990

Ce matin, Pierre est parti sans poser le regard une seule fois sur la petite. Moi aussi, j'ai eu une nuit difficile. Marie n'a presque pas cessé de pleurer et tandis que Pierre s'est contenté d'aller dormir sur le canapé en bas, j'ai passé trois heures à la bercer et à lui masser le ventre.

Le pédiatre avait prévenu que c'était courant. Les bébés ont souvent des coliques les premières semaines. Est-ce que c'est une raison pour me laisser me débrouiller seule ?

Je n'ai pas osé lui reparler du jour de l'accouchement. Pourtant, la question me brûle les lèvres un peu plus chaque jour. S'éclipser de la maternité pour un rendez-vous professionnel primordial me semble inconvenant compte tenu de la situation. Il n'aura plus l'occasion de revivre la naissance de sa fille alors que son client aurait pu patienter un ou deux jours de plus. Je n'ai pas pu en parler à mes parents, ils n'auraient pas compris.

Je pense qu'il avait peur d'affronter cet événement, de ne pas être à la hauteur. Derrière ses grands airs, c'est un homme sensible et il n'aurait peut-être pas pu cacher des émotions qu'il avait honte d'assumer. Mais moi, j'aurais aimé le voir pleurer de joie ou s'évanouir au moment de couper le cordon.

Au lieu de ça, j'ai souffert seule pendant des heures, attendant que Marie veuille bien montrer le bout de son nez.

Heureusement que les sages-femmes ont été très gentilles et compréhensives avec moi. Elles m'ont soutenue dans les moments où j'étais sur le point de craquer. Presque 24 heures de travail. J'étais épuisée et je ne m'en suis pas encore totalement remise car Marie peine à digérer mon lait. Elle pleure presque aussitôt après la tétée. Je ne crois pas avoir dormi plus de deux heures d'affilée depuis que j'ai quitté la maternité.

Pierre déserte la chambre, car il ne supporte pas les pleurs de la petite. Il ne m'aide pas beaucoup, mais il est vrai qu'il a son travail et doit être en forme le lendemain. De mon côté, j'ai moins de contraintes que lui de ce côté-là et je peux me reposer quand je le souhaite, mais je crois qu'il ne se rend pas compte à quel point cela devient difficile. J'aimerais lui demander qu'il s'en occupe trois ou quatre heures, le temps que je reprenne quelques forces. Mais je n'ose pas, je suis sûre qu'il refusera.

Mes parents sont passés et ont été horrifiés en voyant mon état. Je leur ai dit que tout allait bien, mais je pense que je vais leur demander un peu d'aide ces prochains jours.

Je dois dormir, sinon, je ne tiendrai pas le coup.

18.

Comme convenu, Marie était venue demander Wesmuller à l'accueil du site. Elle patienta une bonne dizaine de minutes avant qu'il la rejoigne. Il l'entraîna dans le couloir de bureaux qui conduisait vers la partie technique du site. Ils traversèrent d'abord la zone de stockage où s'empilaient des centaines de box remplis de bouteilles non étiquetées, mais soigneusement répertoriées par appellations. Les racks s'étiraient jusque vingt mètres de haut et sur près de cent mètres de long, offrant une perspective spectaculaire pour celui qui n'était pas un habitué des lieux. La fraîcheur de l'entrepôt contrastait avec la chaleur extérieure que Marie avait supportée une bonne partie de la journée. Un sens de circulation avait été aménagé pour les chariots et elle constata avec admiration le ballet organisé qui s'exécutait dans la zone. Puis, Wesmuller l'entraîna dans le chai où trônaient d'imposantes cuves en inox, bien plus grandes que celles qu'elle avait vues tout à l'heure. Il lui expliqua sommairement les étapes qui permettaient de passer du simple jus de raisin à un grand vin. Des mots propres au domaine vinicole parvenaient jusqu'à ses oreilles et elle s'efforçait de se montrer la plus intéressée et la plus réceptive possible : assemblage, collage, fermentations alcoolique et malolactique, chaptalisation… Elle n'hésitait pas à demander des précisions et Wesmuller lui répondait en grand professionnel, maîtrisant à la perfection son sujet. Marie décelait chez lui le regard et la fougue du passionné. À mesure qu'il parlait, elle remarqua la sensibilité avec laquelle il choisissait ses mots, parlant du vin comme d'une chose fragile et délicate sur laquelle une intervention mal mesurée de l'homme pouvait avoir des conséquences désastreuses.

Si seulement il avait pu penser aux conséquences avant de battre ma mère, pensa Marie, constatant qu'il avait plus de considération pour une boisson alcoolisée que pour une femme.

Ils arrivèrent ensuite dans la zone de tirage, réservée à la mise en bouteille des vins lorsqu'ils étaient prêts.

— On met le vin en bouteille à l'aide des tireuses et ensuite, on le stocke dans les box métalliques que vous avez vus tout à l'heure. Puis, on les étiquette en fonction des commandes des clients de l'autre côté, continua-t-il en indiquant d'autres machines actuellement à l'arrêt. En ce moment, le tirage tourne à plein régime, car on a besoin de libérer des cuves pour les nouveaux vins.

Effectivement, les bouteilles avançaient à une cadence impressionnante le long de la chaîne. Elles entraient vides avant d'être lavées puis remplies du breuvage si cher aux yeux des Vautrin. Le vin coulait le long des parois de verre, puis les bouteilles étaient bouchées avant de rejoindre une autre machine qui attrapait les bouteilles et les rangeait automatiquement dans les box métalliques. Quelques ouvriers s'affairaient autour des machines, réalisant surveillance et réglages.

— Cette machine est impressionnante, remarqua Marie en voyant le bras mécanique attraper plusieurs bouteilles en même temps et les placer soigneusement les unes sur les autres.

— C'est un de nos derniers investissements. Avant, on avait deux ouvriers qui rangeaient les bouteilles. Ça prenait plus de temps évidemment, et on avait des cadences limitées. Grâce à ce robot, on a pu exploiter tout le potentiel de nos tireuses et remplir les bouteilles plus rapidement. Ça nous permet de répondre aussi plus efficacement à une demande urgente d'un client par exemple, sans être trop contraints par nos mises en bouteille planifiées.

— Je pensais que vous recherchiez le côté traditionnel, non ? C'est ce que vous nous avez vanté lors de votre discours hier, continua Marie.

— En effet. La modernité n'est pas incompatible avec la tradition. Il faut juste trouver le bon dosage. La maison Vautrin fait face à une demande toujours plus importante, surtout à l'international. Ils achètent des parcelles chaque année, ou font affaire avec d'autres vignerons pour répondre à cette demande. Toute la chaîne derrière se retrouve affectée et on se doit d'être équipés efficacement. Sans ces machines, nous ne pourrions pas satisfaire des clients toujours plus exigeants.

Marie se rappela les articles de journaux mettant en valeur le prestige de la famille Vautrin, dont elle n'avait encore rencontré aucun membre par ailleurs.

— Si on continue par là-bas, on retombe sur la zone de stockage des moûts avec les pressoirs, poursuivit Wesmuller en pointant du doigt la sortie opposée. Est-ce que j'ai satisfait votre curiosité ?

— J'avoue être un peu déçue. Je m'attendais à voir des fûts à perte de vue, et tout ce que je vois, c'est un défilé de cuves en inox et des robots.

— Je ne vous ai pas dit que nous avions fait le tour complet du site, mais certaines parties restent strictement privées. Elles font partie du secret que gardent précieusement les propriétaires.

— Dommage, répondit Marie. Et vous arrivez à gérer ça tout seul ?

— Bien sûr que non ! Je suis entouré d'une grosse équipe, dont un adjoint, un maître de chai, deux chefs de cave et bien d'autres. Il y a aussi le laboratoire qui se situe à proximité des bureaux et la zone d'expédition un peu plus loin. Croyez-moi, je suis bien peu de chose sans toutes ces personnes !

— Là encore, je suis déçue ! Je vous voyais vraiment comme un surhomme !

Marie réalisa l'ambiguïté de ses propos et se dégoûtait en écoutant ses propres mots. Mais qu'est-ce qui pouvait mieux appâter un homme que de le mettre sur un piédestal ? Wesmuller se contenta d'un petit rire gêné avant de reprendre.

— Je vous raccompagne ?

— Vous ne m'avez pas dit comment vous en étiez arrivé là. Vous êtes œnologue au départ ? continua Marie, qui ne voulait pas le laisser filer si rapidement.

— Je suis navré, mais je ne vais pas pouvoir vous accorder plus de temps, répondit Wesmuller en regardant sa montre. Je vous ramène jusqu'à l'accueil, car je pense que la porte de la cuverie est fermée.

Marie emboîta le pas de Wesmuller sans insister. Il ne s'était pas vraiment intéressé à elle et elle ignorait comment l'approcher de nouveau sans paraître intrusive. Mais les vendanges n'étaient pas encore terminées, et elle saisirait la prochaine occasion pour se rapprocher encore davantage de lui.

19.

La première semaine de vendanges s'achevait. Marie n'avait pas pu s'entretenir de nouveau avec Wesmuller depuis la dernière fois. Il n'avait fait que quelques rares apparitions au niveau du chantier de tri, mais la jeune femme n'était pas parvenue à capter son attention. Il était passé à côté d'elle sans lui accorder davantage de crédit qu'aux autres travailleurs. La tâche s'annonçait plus difficile que prévu et le temps filait vite. D'autant plus qu'elle sentait que les regards changeaient sur elle à mesure que les jours passaient. Laurent lui jetait des regards noirs et elle savait qu'il avait parlé d'elle à certains collègues qui s'étaient mis à faire de même. Elle avait également entendu quelques messes basses en salle de pause, qui s'étaient tout de suite arrêtées à son arrivée.

Comme à l'accoutumée, Marie s'installa dans un coin de la pièce pour boire son soda bien frais. Elle n'avait pas échangé avec beaucoup de monde, excepté les autres femmes qui partageaient sa table de tri. Mais elle avait rapidement senti qu'elle avait bien peu de choses en commun avec elles et préférait s'isoler au calme lors de sa pause. À la fin de la journée, elle rentrait à son hôtel sans traîner. Une fois de plus, Laurent et son petit groupe de collègues entrèrent dans la salle de pause en la toisant du regard.

Marie fit comme si de rien n'était, affrontant sans sourciller leurs provocations.

L'un des hommes postés au bout de la chaîne de tri sur un chariot vint alors s'asseoir près d'elle. Il faisait partie du petit groupe de jeunes déjà habitués des lieux qu'elle avait repéré le premier jour.

— T'es pas très bavarde, on ne t'entend pas beaucoup, lui dit-il en faisant claquer sa canette de soda contre celle de Marie.

— Je suis très bien toute seule, enchaîna-t-elle, espérant qu'il daigne alors la laisser tranquille.

— C'est Marie, c'est ça ? Moi, c'est Baptiste, mais tu le sais peut-être déjà.

— Non, et ça ne m'intéresse pas.

— Eh ben, tu es du genre sauvage !

— Je ne suis pas ici pour me faire des potes. Et ta technique d'approche un peu lourde me fatigue déjà…

— Bon… Si jamais tu changes d'avis, mes trois amis sont Charles, Victor et Isa. On est du genre super sympa, donc si tu as envie de passer quand même un bon moment durant ces prochains jours, ce sera avec plaisir.

— Je ne donnerai pas suite, donc ne te fatigue pas.

Baptiste se leva, à peine contrarié par les revers envoyés par Marie. Le reste du groupe l'observait du coin de l'œil alors qu'il leur faisait son compte rendu. Agacée, Marie jeta sa canette de soda sans la terminer et sortit de la salle. Elle qui pensait passer inaperçue durant ces vendanges faisait exactement le contraire. Après Laurent et son équipe, c'était désormais la bande à Baptiste qui la prenait pour une créature étrange. Elle se moquait bien du regard des autres et restait focalisée sur son objectif, mais elle aurait préféré qu'on évite de trop s'intéresser à elle.

Le reste de la journée, elle fit son travail en évitant le plus possible de croiser le regard de ses collègues. Même les cinq autres femmes à sa table ne lui avaient pas adressé la parole, parlant uniquement entre elles. L'ambiance était comme le temps : lourde et écrasante.

Alors qu'elle quittait le site et était sur le chemin du retour vers son hôtel, Marie entendit des pas résonner derrière elle. Elle se retourna et vit Baptiste la rejoindre pour marcher à sa hauteur. Elle roula les yeux en comprenant qu'il était encore là pour lui faire du rentre-dedans.

— T'as pas compris ce que je t'ai dit tout à l'heure ? Je n'ai aucune envie de me faire des potes, lui lança-t-elle, excédée.

— Je t'ai trouvée agressive, mais peu convaincante. Ce n'est pas possible d'aimer être seule et ne parler à personne durant quinze jours ! Toute personne normalement constituée a besoin d'un minimum de relations sociales.

— Eh bien, il faut croire que je ne suis pas comme tout le monde. Et puis, rien ne te dit que je n'en ai pas en dehors…

— Tu dors où ?

— À l'hôtel.

— Seule ?

— Qu'est-ce que ça peut te faire ?

— Je m'intéresse.

Marie s'arrêta au beau milieu du trottoir.

— Bon, écoute, j'aimerais que tu me foutes la paix. T'es peut-être un type sympa, ta bande de copains aussi, mais je n'ai pas besoin de compagnie, et encore moins d'un mec. Pour t'éviter d'autres questions, je suis en couple avec un homme que j'aime et tout se passe parfaitement bien.

Baptiste éclata de rire.

— Ah non, mais tu n'y es pas du tout ! Je cherchais juste à sympathiser et puis en toute honnêteté, tu n'es pas franchement mon genre !

— Tant mieux… Alors s'il te plaît, laisse-moi tranquille.

Marie reprit sa marche, mais Baptiste n'avait pas l'intention de déserter.

— Je les préfère un peu plus musclés et avec de la barbe, continua-t-il en la rattrapant.

— T'es homo, et alors ? Tu penses que je vais avoir envie de copiner pour autant ?

— Non, mais au moins, tu ne te méprendras plus sur mes intentions.

— Je me fiche de tes intentions. Je veux juste rester seule.

— C'est justement ça qui m'intrigue. Tout ce mystère autour de toi. Et ces rumeurs qui circulent à ton sujet.

— Quelles rumeurs ?

Marie s'arrêta de nouveau. Même si elle tentait de faire abstraction, savoir ce que les autres disaient d'elle l'intéressait dans le fond, surtout si cela pouvait desservir son plan.

— Ne me dis pas que tu ignores ce qu'on dit sur toi ? Tout le monde en parle depuis cinq jours.

— Souvent le principal concerné est le dernier au courant dans ce genre d'histoire. Alors, vas-y, raconte !

— On dirait que je t'intéresse soudainement ! Retrouve-moi ce soir sur la place Carnot et je t'en parle.

— Laisse tomber…

— Allez, arrête de te cacher. Demain on ne travaille pas, donc tu ne seras pas obligée de te coucher à 20 heures.

— Je ne sais pas, je verrai.

— 20 h 30, place Carnot. À tout à l'heure !

Baptiste fit alors demi-tour en petites foulées, laissant Marie à sa réflexion. Si elle allait à ce rendez-vous, elle montrait ouvertement qu'elle accordait de l'importance à tous ces on-dit à son sujet. Mais elle avait remarqué que Baptiste était très à l'aise au sein de l'équipe, et pas seulement avec les intérimaires. Il semblait très bien connaître les locaux ainsi que les autres membres du personnel. Elle l'avait également vu échanger un peu plus longuement que les autres avec Wesmuller. Ce Baptiste pourrait finalement s'avérer être sa nouvelle porte d'entrée vers son objectif.

20.

La place Carnot était très festive en ce début de soirée, et tous les clients se hâtaient sur les terrasses pour profiter de la fraîcheur qui s'installait. Des rires fusaient tout autour de l'une des places centrales de la ville de Beaune. Marie l'avait déjà traversée furtivement, sans s'attarder sur la myriade de bars et de restaurants qui l'entourait, et dont le centre était occupé par un petit carrousel sur lequel s'amusaient quelques enfants. Baptiste tardait à se montrer et Marie craignait qu'il se soit moqué d'elle. Finalement, quinze minutes après l'heure du rendez-vous, il apparut d'une des rues piétonnes qui débouchaient sur la place, le sourire satisfait de celui qui avait gagné un pari.

— Désolé, j'ai eu un petit contretemps. Content que tu sois venue finalement. Je t'avoue que je ne pensais pas te voir, j'avais même prévu un plan B au cas où tu me planterais.

— Comme quoi, je réserve aussi mon lot de surprises.

— Je n'en ai pas vraiment douté en te voyant. Je te propose qu'on se pose au *Café des Climats*. Il fait bar à tapas et on y boit des petits crus sympas. Le patron est un ami.

— Je te suis !

Marie commençait à se laisser aller à davantage de légèreté. Elle s'était mis une pression importante ces derniers jours et espérait pouvoir profiter de cette petite parenthèse pour souffler un peu, sans mettre pour autant de côté son objectif.

Installés sur la terrasse du café, ils épluchaient la petite ardoise où étaient inscrits les noms des meilleurs vins que proposait l'établissement, ainsi que des cocktails mis au point par le patron.

— Un verre d'Aloxe les Gaillardes, s'il te plaît, demanda Baptiste au serveur qu'il semblait bien connaître également.

— C'est quoi le cocktail du terroir ? demanda Marie en lisant l'intitulé.

— C'est un chardonnay avec de la liqueur de cassis, une pointe de limonade et quelques feuilles de menthe.

— J'en prends un.

— Mets-nous aussi une assiette de charcuterie et fromage, ajouta Baptiste.

Le serveur tapota la commande sur sa tablette et s'éloigna en leur disant qu'il reviendrait très vite.

— Alors, tu viens d'où ? Parce que ça se voit tout de suite que tu n'es pas d'ici, demanda Baptiste.

Marie hésita.

— Haute-Savoie, près d'Annecy.

— Chouette coin ! J'y ai déjà passé quelques vacances quand j'étais plus jeune.

Marie espérait qu'il n'en demanderait pas plus. Elle n'avait jamais mis les pieds dans cet endroit et serait bien incapable de citer autre chose que le célèbre lac.

— Et toi, tu es d'ici ? demanda-t-elle pour détourner la conversation.

— Ouais. J'ai grandi à Beaune, enfin, mes parents sont d'Aloxe-Corton. J'adore ce coin, je le trouve sublime. Des vignes sur plusieurs dizaines de kilomètres, des appellations mondialement connues, un cachet comme nulle part ailleurs. Je m'y sens bien. Et toi, qu'est-ce que tu viens faire par ici ?

— Je voulais tenter l'aventure des vendanges. Un peu comme un défi personnel.

— Alors t'es en train de passer totalement à côté de la chose ! Les vendanges, c'est pas juste couper des grappes et trier du raisin. C'est toute une ambiance, une atmosphère qui t'envoûte et t'emporte. Tu as l'impression de faire partie d'une grande et belle famille. Ça se termine toujours par une immense fête et tu repars ragaillardi, épuisé, mais prêt à affronter le restant de l'année !

— Eh ben, t'es une vraie publicité pour l'événement, toi !

— J'ai toujours fait les vendanges, depuis que je suis gamin. Je ne me verrais pas passer à côté chaque année, c'est impossible. Mais toi, en restant dans ton coin comme tu le fais, tu manques les trois quarts de ce que sont vraiment les vendanges.

Le serveur était de retour avec leur commande. Marie trempa ses lèvres dans son cocktail.

— Et tu ne trinques jamais, toi ? lança Baptiste en levant son verre.

— Pardon, répondit Marie. On trinque aux vendanges, je suppose ?

— Aux vendanges !

Ils burent chacun une gorgée et Baptiste attrapa le couteau pour se découper un morceau de fromage sur la planche.

— Tu connais les fromages d'ici ? L'Époisses, le Brillat-Savarin et j'en passe…

— Pas vraiment, non. Moi, c'est plutôt le camembert.

— En Haute-Savoie ? J'aurais pensé à la tomme ou au reblochon.

— Oui enfin, je veux dire que moi, je préfère le camembert.

— T'as d'autres fromages typiques ? Je t'avoue qu'avec le vin, c'est mon péché mignon.

— Non, pas particulièrement, tu as tout dit.

— Ah ouais ? Pourtant la montagne, c'est une terre de fromages. Ça doit être la folie chez toi les fondues l'hiver, non ?

— Ouais, c'est la folie. Et tu bosses depuis longtemps pour les Vautrin ? continua-t-elle sans s'attarder.

— C'est la quatrième année. Je fais la saison des vendanges chez eux et quelques missions le reste de l'année.

— Tu ne veux pas te faire embaucher ?

— Non, j'aime bien ma liberté. Je bosse de domaine en domaine et j'apprends les différents métiers. C'est ce qui me plaît.

— Tu aimerais en avoir un plus tard ?

— J'en ai déjà un. Mais je n'ai pas spécialement envie de m'étendre sur le sujet.

La mine réjouie de Baptiste avait brutalement disparu. Marie sentit qu'elle avait touché un point sensible et préféra revenir rapidement à ce qui l'intéressait.

— Et si maintenant tu me parlais de ces fameuses rumeurs ?

Baptiste afficha alors à nouveau son sourire.

— T'es vraiment pas au courant alors ?

— Non… Sinon, je ne serais pas là.

Baptiste avala une tranche de jambon cru qui venait d'un producteur local, comme l'attestait la petite carte de visite coincée dans un coin de la planche.

— Tu ne manges pas ? demanda-t-il, faisant volontairement durer le suspense.

— Non merci. Bon, tu accouches ?

— La dame s'énerve à nouveau ! Alors, il se raconte

que tu chercherais à coucher avec Wesmuller pour avoir un poste chez les Vautrin.

— Ridicule, souffla Marie en levant les yeux au ciel.

— Peut-être, mais c'est une petite boite, tout le monde se connaît. Et certains prétendent que tu t'intéresses de très près à Wesmuller, alors…

— Je parie que c'est ce Laurent qui raconte ça à tout le monde ! Il m'a dans le collimateur depuis le début et je ne sais même pas pourquoi.

— Il t'aurait aussi fait visiter le site.

— Et alors, c'est un crime ?

— Non, mais c'est curieux. Les intérimaires ne demandent pas à visiter en général.

— Je m'intéresse à ce milieu parce que j'envisage de me reconvertir.

— Ah bon ? Tu peux préciser ?

— Non, parce que c'est personnel et que c'est un projet qui émerge seulement.

— Tu voudrais te reconvertir dans le monde viticole alors que tu es en plein cœur de Beaune et que tu bois une espèce de mixture à base de piquette au lieu de te rincer le gosier avec de grands crus ?

— Je me fiche de ce que tu penses, et de ce que pensent tous les autres aussi d'ailleurs.

— Si c'était le cas, tu ne serais pas là, tu l'as dit toi-même.

— À la fin de la semaine, je n'aurai plus à croiser tous ces cons, alors ce qu'ils pensent de moi me passe par-dessus la tête.

Marie sentait que son argumentaire ne suffisait pas à convaincre Baptiste.

— Tu viens faire les vendanges par défi, mais aussi parce que tu veux te reconvertir et tu tournes le dos à tous ceux qui pourraient éventuellement t'apporter leur expérience dans ce domaine. Ton but n'est pas de sympathiser, mais tu veux quand même apprendre des choses. Avoue que ta démarche est un peu spéciale, non ?

— Je n'ai pas à me justifier. Je vais aller payer mon verre et rentrer.

— Déjà ? Je t'ai vexée ?

— Tu me fatigues avec tes insinuations. Je n'ai aucune envie de subir tes questions le restant de la soirée, alors je retourne à mon hôtel.

Marie quitta la table et Baptiste la laissa partir. Elle regrettait d'avoir accepté son invitation, car elle n'aurait pas pu poser des questions sur Wesmuller sans abreuver encore davantage les rumeurs qui couraient à son sujet. Elle rentra à son hôtel, confortée par l'idée qu'elle ne pourrait définitivement compter que sur elle-même pour atteindre son objectif.

3 août 1990

Mes parents ont proposé de garder Marie durant le week-end. J'ai réservé une surprise à Pierre. On part visiter le Mont-Saint-Michel en amoureux. Cette bouffée d'oxygène va me faire un bien fou et je pense qu'il en a besoin également. Il n'arrête pas de travailler et n'aura ses vacances qu'au mois de septembre. J'ai hâte !

4 août 1990

Pierre a refusé de venir. Trop de boulot. Il n'a pas quitté son ordinateur depuis hier soir. Je suis déçue. Je me faisais une telle joie que j'ai passé la nuit à pleurer. J'hésite à appeler une copine pour aller faire un peu de shopping à Rouen, mais Pierre a fait la moue quand j'ai parlé d'elle. Moi qui pensais que l'arrivée de Marie le bouleverserait… Je me suis totalement trompée. Il est encore plus exécrable qu'avant. Pourquoi ne change-t-il pas de travail si cela le rend aussi nerveux ?

Je crois que je vais commencer l'écriture de mon nouveau livre. Cela devrait m'apaiser et me permettre de m'évader un peu. Même si les journées sont difficiles, Marie m'inspire beaucoup et j'aimerais qu'elle soit fière de moi lorsqu'elle sera grande. Savoir qu'elle retrouvera un petit peu d'elle dans mes ouvrages me met en joie et me donne envie de me surpasser. Je ne suis peut-être pas la grande romancière que je rêvais d'être, mais je sais que l'on peut exprimer beaucoup à travers les mots que l'on couche sur le papier. Écrire, ce n'est pas la même chose que dire. À travers un roman, on peut faire parler ses personnages, leur faire faire des choses que l'on n'oserait jamais réaliser soi-même, donner vie à tous nos fantasmes. Parfois, j'ai l'impression d'être la psychologue de ma propre thérapie. Grâce à mes héros, je me questionne sur ma condition personnelle et sur mes limites. J'apprends beaucoup sur moi-même et cela m'aide à prendre confiance. Pourtant, je n'ai jamais eu l'impression d'être aussi faible qu'aujourd'hui. Est-ce la maternité qui me rend totalement guimauve ? C'est sans doute les hormones qui me jouent des tours, car je pleure à la moindre contrariété.

C'est idiot, mais depuis que j'ai commencé ce journal, je me sens moins seule. Je suis retournée à la première page et j'ai vu que j'avais commencé à l'écrire le jour où j'ai appris que j'étais enceinte. J'ai eu besoin d'exprimer encore davantage ma joie, car j'avais la sensation de ne pas avoir montré à quel point j'étais heureuse. Les mots m'aident à être moi-même. Quand j'écris, je ne triche pas, je ne mens pas. C'est pour cela que je parviens à écrire ici toutes les choses que je n'ose pas dire à Pierre. J'espère toujours que cela me donnera la force de lui parler.

22.

Durant son week-end de repos, Marie avait cherché un autre moyen d'approcher Wesmuller. Elle avait trouvé le nom d'un des seuls galeristes de Beaune qui acceptait de mettre en vente les peintures de sa femme Charlotte. Lorsqu'elle était plus jeune, Marie s'était essayée à la peinture à l'huile, mais avait finalement laissé tomber pour se consacrer à ses études. Elle conservait néanmoins de cette époque une certaine sensibilité et une culture artistique qui lui permettraient de se rapprocher de Charlotte. Un petit vernissage était organisé à la fin de la semaine suivante. Si Marie ne parvenait pas à confronter Wesmuller d'ici là, elle irait à la rencontre de sa femme lors de cet événement.

En attendant, elle devait de nouveau affronter ses collègues durant cette dernière semaine de vendanges. Son dos s'était désormais habitué aux souffrances qu'impliquait la table de tri et elle n'était presque plus courbaturée. La patronne de l'hôtel redoublait d'attentions à son égard, voulant s'assurer chaque soir que la jeune femme se portait bien.

En arrivant chez les Vautrin, Marie avait soigneusement évité de croiser la route de Baptiste, qui cherchait à capter son regard dès qu'il en avait l'occasion. Elle savait qu'il n'allait pas la lâcher si facilement, mais elle n'avait vraiment plus du tout envie de lui faire la conversation. Elle risquait de s'empêtrer encore davantage dans des explications qui ne tiendraient pas la route, et voyait bien que Baptiste n'était pas totalement dupe.

Dès la première pause, ses intuitions se révélèrent exactes, puisque Baptiste n'attendit pas une minute pour aller la voir.

— Tu m'en veux toujours pour l'autre soir ? Je suis désolé si j'ai été trop intrusif.

— Pas grave. N'en parlons plus.

— Je peux te repayer un verre pour me faire pardonner ?

— Pas la peine, c'est oublié. Et je préfère qu'on ne se voie plus en dehors du boulot. Je repars dans une semaine, donc ce n'est pas nécessaire que l'on sympathise davantage.

— Tu ne restes pas pour la paulée des Vautrin ?

— La quoi ?

— La paulée ! Le repas qu'ils organisent chaque année à la fin des vendanges. En général, ça se fête en octobre, mais comme il y a pas mal de saisonniers venus de loin qui bossent pour eux, ils le font dès que la dernière grappe de raisin a été ramassée. Une manière pour eux de remercier les personnes qui ont contribué à la nouvelle cuvée.

— Ça ne me tente pas. Tout le monde me regarde de travers. Je n'ai qu'une envie, c'est de finir mon contrat et ne plus remettre les pieds ici.

— C'est de ta faute aussi. Si tu ne cherchais pas tout le temps à t'isoler, les autres pourraient apprendre à te connaître.

— Je te l'ai dit, dans une semaine, je rentre chez moi, donc je me fiche bien de me faire des amis.

— T'es vraiment spéciale. Enfin moi en tout cas, je n'ai pas cru une seule seconde à ces rumeurs. Pas plus qu'au fait que tu cherchais à te reconvertir ou que tu étais là par défi. Je doute même que tu viennes vraiment de Haute-Savoie. Je pense que tu es ici pour une autre raison et si tu me faisais un peu plus confiance, peut-être que je pourrais t'aider.

Marie se sentit soudain prise au piège. Elle n'avait pas fait illusion longtemps face à Baptiste, qui avait vu que son discours ne tenait pas la route. Mais rien ne l'obligeait à se confier, et encore moins à un type qu'elle ne connaissait pas il y a encore quelques jours. Face à son silence, il retourna terminer sa pause avec ses amis.

Wesmuller était arrivé durant l'après-midi, accompagné d'un des fils Vautrin qui venait pour la première fois sur le site depuis le début des vendanges. Un homme d'une cinquantaine d'années aux allures de trader de Wall Street, totalement en décalage avec l'ambiance terroir qui régnait ici. Il se félicitait du bon déroulement des vendanges et n'avait pas manqué de remercier Wesmuller qui, il était vrai, coordonnait tout ce petit monde avec brio. L'une des collègues de Marie avait fini par lui expliquer que les deux fils Vautrin venaient très peu ici, car ils étaient surtout en charge du marketing et des relations commerciales. Ils étaient donc souvent en déplacement, principalement à l'étranger. Le patriarche, Arnold Vautrin, avait en horreur ce site d'embouteillage qu'il trouvait trop moderne et ne sortait de son domaine que pour arpenter ses vignes. Il ne venait ici que s'il en était contraint, et tout le monde était forcé de reconnaître que Wesmuller était celui sans qui l'entreprise familiale ne pouvait pas fonctionner. Les Vautrin lui accordaient une confiance sans faille et ils ne manquaient pas une occasion de le lui faire savoir. Marie constatait donc encore un peu plus la cohésion qui régnait autour de Wesmuller, et à quel point il serait difficile d'écorner l'image de cet homme parfait.

À la fin de la journée, elle se décida à attendre Baptiste à la sortie du site. Il passa devant elle d'un air nonchalant et fit mine de continuer sa route lorsqu'elle l'interpella.

— T'avais raison, je ne t'ai pas dit toute la vérité, lui lança-t-elle alors qu'il s'apprêtait à monter dans sa voiture.

— Je m'en doutais. T'es là pour quoi alors ?

Marie regarda autour d'elle et attendit que les derniers employés aient quitté les lieux pour parler.

— Je n'avais pas particulièrement envie de venir faire les vendanges, je trouve ça horrible. Par contre, il est vrai que Wesmuller m'intéresse, mais pas pour les raisons auxquelles tu penses.

— Qu'est-ce que tu cherches à savoir sur lui ?

— Cette fois, c'est à mon tour de piquer ta curiosité. Si tu veux que je te le dise, tu vas devoir me dire tout ce que tu sais à son sujet.

23.

Marie avait demandé à Baptiste de la suivre jusqu'à son hôtel. Elle ne voulait pas prendre le risque d'être surprise par qui que ce soit.

— Je veux que tu me parles de lui, que tu me dises tout ce que tu sais le concernant. Ne fais pas dans la dentelle surtout.

— Si c'est du croustillant que tu cherches, tu vas être déçue ! Pour ce que j'en sais, Wesmuller est apprécié par tous chez les Vautrin.

— Qu'est-ce que tu penses de lui ?

— Depuis que je travaille chez eux, je n'ai jamais eu aucun souci. Mon CV a tout de suite plu à Wesmuller, c'est lui qui m'a recruté. Au début, j'ai fait un CDD puis finalement, je suis revenu vers l'intérim pour être un peu mieux payé. Comme il trouvait que je faisais du bon travail, il m'a demandé de revenir régulièrement. Il faut dire que je me débrouille aussi bien en cuverie, que sur la ligne d'embouteillage ou sur un chariot alors forcément, la polyvalence, ça plaît.

— Il n'a jamais eu de différend avec quelqu'un dans la boîte ? Une personne qu'il aurait mal traitée ou renvoyée de manière un peu trop virulente ?

— Pas à ma connaissance… Sincèrement, je n'ai jamais

entendu personne se plaindre de lui depuis que je bosse là-bas. Il est aussi bon manager que technicien, et tout le monde est admiratif du travail qu'il a fait pour les Vautrin.

— Il a forcément une faille, une faiblesse...

Baptiste observait Marie avec attention.

— Marie, que cherches-tu sur Wesmuller ?

Elle ne savait pas si elle pouvait faire confiance à quelqu'un qui admirait, comme tous les autres, Wesmuller. Après tout, elle ne le connaissait pas et ignorait s'il ne pouvait pas jouer un double jeu avec elle.

— C'est trop personnel pour que je puisse t'en dire plus. Je voulais juste savoir s'il n'avait pas eu à un moment donné, un comportement déviant avec quelqu'un. Quelque chose qui le révèlerait sous un jour plus sombre.

— Mais pourquoi ? S'il n'a rien fait, c'est plutôt bien non ?

— Ça ne prouve rien... Merci Baptiste, mais je préfère être seule maintenant.

Il sentait la déception dans sa voix et ne parvenait toujours pas à comprendre quel était son but.

— Depuis que tu es arrivée, j'ai senti que quelque chose te tourmentait. Dans ton regard, on sent que tu es malheureuse, mais j'étais loin de penser que c'était lié à Wesmuller. Et quand j'ai entendu les rumeurs sur lui et toi, j'ai compris que quelque chose ne tournait pas rond. Ça te paraîtra sans doute étrange, mais j'ai envie de t'aider si je le peux.

— Tu m'aurais aidée si tu m'avais servi autre chose que des louanges sur lui.

— Désolé, mais je ne peux pas mentir pour te faire plaisir. Cela dit, ce n'est pas parce qu'il semble parfait sous tous rapports qu'il l'est. Tu as l'air d'en savoir plus que moi là-dessus.

Marie s'allongea sur son lit en tournant le dos à Baptiste.

Elle avait envie qu'il s'en aille afin de pouvoir réfléchir une nouvelle fois à la suite qu'elle allait donner à son plan.

— C'est mon combat, Baptiste. Je ne peux pas t'impliquer davantage. Merci pour ton soutien, mais je préfère me débrouiller seule.

Il réfléchit quelques instants.

— Tu sais, on a tous des combats. Certains sont plus difficiles que d'autres et parfois, on regrette de ne pas avoir accepté les mains qui nous ont été tendues.

Marie resta silencieuse.

— Tu te souviens l'autre jour, je t'ai dit que j'avais un domaine. Ce n'est pas exactement ça. Ce sont mes parents qui ont un domaine. À Aloxe-Corton.

La jeune femme écoutait Baptiste, dont elle percevait la fébrilité dans la voix.

— Comme je suis leur seul fils, mon rêve serait de pouvoir reprendre l'exploitation familiale.

— Pourquoi est-ce que tu ne le fais pas ? Elle te revient, non ?

— En théorie, oui… Mais mon père serait prêt à la vendre au premier Chinois qui passe pour éviter que j'en hérite.

— Mais pourquoi ? demanda Marie, qui s'était progressivement relevée.

— Parce que mon père n'a pas supporté que j'avoue mon homosexualité. Un soir, je suis rentré à la maison avec la ferme intention de lui présenter mon petit copain. Lorsqu'il m'a vu arriver main dans la main avec lui, il nous a mis à la porte et m'a demandé de ne plus jamais remettre les pieds au domaine.

— C'est dégueulasse…

— Il faut dire que j'avais fait fort… Je savais qu'il était homophobe et je suis arrivé sans prendre de gants… Mais je n'en pouvais plus de l'entendre cracher sur les homosexuels, et j'ai pensé qu'en lui montrant que ça pouvait aussi le concerner de plus près, il changerait peu à peu d'avis.

— Et ta mère ? Elle en pense quoi ?

— Ma mère m'a avoué qu'elle s'était toujours doutée de quelque chose. Elle m'a reproché de ne pas lui en avoir parlé avant afin de pouvoir préparer le terrain avec mon père. Elle aimerait que je revienne au domaine, mais ce n'est pas possible pour l'instant. Il m'a jeté avec une telle violence que je ne sais pas si je pourrais faire comme si rien ne s'était passé.

— Mais tu as envie de reprendre le domaine... Qu'est-ce que tu vas faire s'il est vendu ?

— Je vois régulièrement ma mère à l'extérieur. Elle me tient au courant de ce qui se passe. Pour l'instant, ça ronronne et même si mon père menace de vendre, il n'a pas envie que le domaine quitte la famille dans le fond. Elle espère que le temps l'apaisera, même si ça fait cinq ans et qu'il refuse toujours de me parler.

— Donc, c'est pour ça que tu travailles pour d'autres domaines ?

— Oui, j'en profite pour ne pas perdre la main et acquérir de l'expérience. Lorsque je reviendrai, je pourrai prouver à mon père que ma sexualité n'influence aucunement mes qualités professionnelles et que je suis en mesure de reprendre le flambeau.

Marie était touchée par la sincérité et le courage de Baptiste. Elle constatait là encore, l'une des nombreuses injustices qui touchaient la société et pensa qu'il y avait encore beaucoup à faire pour que chacun puisse se sentir libre de vivre comme il l'entendait.

— Je n'avais pas forcément prévu de te parler de tout ça. Mais si je l'ai fait, c'est pour te prouver que tu pouvais avoir confiance en moi. Je ne t'oblige pas à me parler, mais sache que tu as quelqu'un sur qui compter ici désormais.

— Merci. C'est tellement délicat que je suis frileuse à l'idée d'en parler. Mais plus tard, peut-être...

Elle savait qu'elle ne pourrait plus revenir en arrière si elle lui parlait. Elle avait besoin de temps pour s'assurer qu'elle pouvait le faire en toute transparence.

— Alors, c'est ici que tu dors depuis que tu es arrivée ? Ça doit te coûter une petite fortune non ? continua Baptiste en regardant tous les recoins de la pièce.

— C'est correct et puis la patronne m'aime bien, elle me bichonne.

— Avec les autres, on loue un appartement dans le centre. Il reste encore un couchage. Si ça te dit, tu peux nous rejoindre. Tu ne serais pas toute seule et ça te changerait les idées de ne pas ruminer dans ton coin.

— C'est gentil, mais je ne sais pas trop. La solitude ne me gêne pas plus que ça...

— 15 euros la nuit, tout compris. Ça te va ?

Marie hésita. Ses finances fondaient comme neige au soleil, surtout à cause de l'hébergement et à ce rythme-là, elle ne pourrait pas rester tellement plus longtemps en Bourgogne. La proposition de Baptiste était tentante.

— Je réfléchis et je te donne ma réponse demain.

Baptiste acquiesça et décida de laisser Marie tranquille pour le reste de la soirée. Pour la première fois depuis son arrivée, elle se sentait réellement plus légère. Même si elle n'avait pas raconté son histoire à Baptiste, elle avait le sentiment d'avoir quelqu'un en face d'elle capable de vraiment la comprendre. Même si Thomas l'avait toujours soutenue dans sa démarche, elle n'était pas toujours certaine qu'il approuvait sincèrement ses décisions. Elle admettait qu'il pouvait ressentir une certaine lassitude face à toute cette histoire qui la hantait depuis son plus jeune âge, et il ne l'avait d'ailleurs jamais connue autrement qu'en menant ce combat pour défendre la mémoire de sa mère. Savoir qu'elle pourrait peut-être se confier à quelqu'un d'autre la soulageait.

15 novembre 1990

Cela faisait un moment que je n'avais pas pris le temps d'écrire dans ce carnet. Il faut dire que Marie occupe beaucoup mes journées. Mais enfin, je peux faire des nuits complètes et cela me fait un bien fou. J'aime ma fille plus que tout, mais encore davantage lorsqu'elle dort !

Avec Pierre, on a enfin pu reprendre un peu de temps pour nous. Nous avons invité quelques amis à boire un verre hier soir. Cela m'a fait du bien de voir du monde et Pierre était particulièrement attentionné. Il y a bien longtemps que je ne l'avais pas connu comme ça et le voir à ce point aux petits soins pour moi m'a rendue fière.

Ma copine, Marlène, était moins bavarde que d'habitude. D'ordinaire, on s'amuse de tout et n'importe quoi, ricanant comme des bécasses pour des broutilles. Elle n'avait pas l'air d'avoir envie de s'amuser hier soir. J'espère qu'elle ne m'en veut pas de ne pas l'avoir rappelée plus tôt. Elle qui a trois enfants devrait savoir à quel point un bébé prend du temps et de l'énergie. J'espère qu'on ne va pas trop s'éloigner et que l'on pourra reprendre nos sorties entre copines comme avant, car j'ai eu un peu de mal à supporter son regard compatissant sur moi toute la soirée. On aurait même dit que je lui faisais de la peine. J'admets que je ne suis pas au top de ma forme et que les cernes meublent la plus grande partie de mon visage, mais tout de même. D'ailleurs, elle n'était pas la seule à me dévisager avec curiosité, comme si j'étais une bête étrange venue d'un autre monde. Son mari m'a posé tout un tas de questions idiotes, comme si on se rencontrait pour la première fois. Je me suis sentie un peu ridicule et lui, je l'ai trouvé complètement ahuri.

J'ai mis ça sur le compte du fait que nous ne nous étions pas retrouvés tous ensemble depuis longtemps. La prochaine soirée devrait être plus détendue.

2 décembre 1990

Je regarde cette ecchymose énorme qui orne le haut de ma cuisse tout en me maudissant. J'ai voulu croire que ces gifles et ces coups qu'il me donnait de temps à autre lorsque le repas n'était pas assez chaud, ou la température de son bain trop basse, n'étaient que des erreurs dans notre parcours. Des erreurs dues à une tension qui s'est accumulée entre son travail et la naissance de Marie, qu'il n'arrivait à exprimer que par la violence. J'ai voulu croire que je parviendrais peu à peu à dompter cette colère, en faisant le maximum pour qu'elle ne surgisse pas. Mais à chaque fois, je me fais surprendre un peu plus par l'intensité des coups qu'il me donne. Les répits sont de courte durée et si je pense toujours qu'il s'agira de la dernière fois, je ne peux m'empêcher d'avoir peur qu'il recommence. Ses pardons, ses excuses sont difficiles à accepter. Je lui ai proposé d'aller voir un psychologue, mais il a refusé en bloc. Je vis désormais suspendue à son humeur, attendant chaque soir qu'il rentre en me demandant dans quel état il sera. S'il passe la porte de bonne humeur, j'ai peut-être une chance d'y échapper. S'il arrive énervé, je sais que je vais y passer. Combien de temps encore cela va-t-il durer ? Il est conscient du mal qu'il me fait, mais cette fureur semble le dominer et le mettre dans un état second qu'il ne contrôle pas.

Je sais malgré tout que je continue de l'aimer, car les moments où nous sommes l'un contre l'autre, sereins et tendres, sont parmi les plus beaux de mon existence.

25.

Marie avait finalement posé ses bagages chez Baptiste et ses colocataires. Elle avait fait leur connaissance et les avait trouvés plutôt sympathiques. Ils n'avaient pas posé trop de questions, ce qu'elle avait grandement apprécié. Sa chambre était nettement moins grande qu'à l'hôtel, mais elle avait tout de même son espace personnel. Elle avait enfin pris le temps d'appeler Thomas, qui s'était montré tout aussi inquiet qu'à l'accoutumée. Il avait également été surpris qu'elle accepte de loger avec des inconnus, mais l'aspect financier de l'opération l'avait convaincu.

— *Et Wesmuller alors ? Tu en es où ?* lui demanda-t-il lors de leur dernière conversation téléphonique.

— Je stagne un peu. Tout le monde semble l'adorer, il ne fait aucun faux pas.

— *Marie… si jamais ça ne donne rien, il faudra que tu songes à rentrer. Tu ne vas pas pouvoir rester là-bas éternellement.*

— Je suis loin d'avoir fait le tour. Je t'ai dit que je comptais approcher sa femme. Si dans le milieu professionnel, il semble irréprochable, le côté privé doit sans doute être moins reluisant.

Le silence de Thomas laissa Marie dubitative.

— *C'est risqué. S'il se rend compte que tu fouilles dans sa vie privée, ça peut mal se terminer.*

— Tu me prends pour une idiote ? Je vais faire ça subtilement.

— *Sa femme ne va pas se confier à toi si facilement. Surtout si elle vit la même chose que ta mère.*

— Ça ne coûte rien d'essayer. Je pense même que j'aurais dû commencer par là, au lieu de me fracasser le dos devant cette foutue machine.

Thomas la mit en garde une nouvelle fois. Marie aimerait pouvoir sentir davantage de soutien au lieu d'avertissements à répétition. Elle savait que son plan n'était pas sans risque, mais tout était mesuré. Elle raccrocha pour partir chez les Vautrin avec ses colocataires.

Il ne restait plus que trois jours de vendanges d'après les estimations, et de la grêle était prévue pour le soir. Le rythme de la récolte allait s'accélérer et une équipe supplémentaire avait été recrutée. La cadence au tri s'annonçait bien plus rude.

Sur place, tout le monde semblait nerveux, y compris Wesmuller qui se montrait plus agité que d'ordinaire. Il n'hésitait pas à activer les équipes pour qu'elles accélèrent et certains employés montraient des signes d'agacement.

Alors que tout le monde s'affairait sur sa tâche, un cri résonna depuis l'intérieur de la cuverie. Tous les regards se tournèrent dans cette direction et Fanny, l'assistante de Maëva Locher, arriva en criant.

— Sylvain a fait un malaise ! Il est dans la cave et ne respire plus ! Je n'ai pas mon téléphone ! Est-ce que quelqu'un peut appeler les pompiers ?

Wesmuller attrapa son smartphone et appela les urgences. Marie se rappela alors qu'elle avait vu un défibrillateur dans une rue à quelques mètres de l'entrée du site. Sans réfléchir, elle quitta son poste et courut le récupérer. Elle avait justement fait une formation aux premiers secours peu de temps auparavant et se souvenait exactement des gestes à réaliser.

Deux hommes avaient remonté Sylvain de la cave et l'un d'eux, secouriste du travail, s'affairait maladroitement à lui faire un massage cardiaque, sous les yeux des autres employés qui commençaient à paniquer. Wesmuller tenta de faire bonne figure et conseillait à tout le monde de rester à l'écart, le temps que les secours arrivent.

Marie arriva, essoufflée, avec le défibrillateur et elle demanda à ce qu'on ouvre la chemise de Sylvain. L'une des femmes qui se trouvaient avec elle sur la table de tri était en proie à une grosse crise de panique et pleurait à chaudes larmes. Marie colla les électrodes aux endroits indiqués, puis se laissa guider par les instructions de la machine, tout en prenant le relais pour le massage cardiaque. Elle était presque en pilotage automatique, appliquant à la lettre les gestes qu'elle avait appris sans être certaine de bien faire. Sylvain ne respirait toujours pas et elle continua à masser vigoureusement, s'arrêtant pour écouter la machine qui demandait de poursuivre le massage. Marie était totalement hermétique à ce qui se passait autour d'elle, à tel point qu'elle ne remarqua pas l'arrivée des pompiers. Ils la remercièrent et Baptiste, qui avait rejoint tardivement les lieux, l'aida à se relever. Tous ses membres tremblaient sous l'effet du stress et il l'éloigna de la cuverie afin qu'elle reprenne ses esprits.

— Tu as eu un sacré réflexe. J'ai l'impression que personne ne pensait à cette machine. Tu lui as peut-être sauvé la vie.

Marie ne répondait pas, encore sous le choc de ce qui venait de se passer. Tout à coup, des acclamations retentirent depuis l'intérieur de la cuverie.

— Il s'est réveillé ? demanda Marie en essayant d'apercevoir quelque chose.

— Ne bouge pas, je vais voir, répondit Baptiste.

Il réapparut quelques secondes plus tard en compagnie d'un des pompiers qui souhaitait lui parler.

— Son cœur est reparti, mais il est toujours inconscient. Il semblerait qu'il ait subi une intoxication au dioxyde de carbone. Il revient de loin et c'est en grande partie grâce à vous. Bravo pour ce que vous avez fait.

— Il n'est pas encore sorti d'affaire alors ? s'inquiéta Marie.

— Pas tout à fait, mais nous sommes optimistes. Encore une fois, sans votre réactivité, nous n'aurions peut-être pas pu faire redémarrer le cœur.

Le pompier retourna auprès de ses collègues, tandis que Baptiste continuait de féliciter Marie. Elle avait le sentiment qu'un tremblement de terre avait eu lieu, mais qu'elle n'en avait été que la spectatrice. Elle n'en revenait pas d'avoir été capable d'un tel acte.

Wesmuller vint alors vers elle.

— C'est… admirable ce que vous avez fait. Vous avez sans doute sauvé Sylvain. Un grand merci.

— Tout le monde aurait fait pareil, répondit Marie, les yeux encore dans le vague.

— Non, je ne pense pas. J'étais tétanisé après avoir appelé les pompiers, et la plupart ici commençaient à paniquer. Vous avez fait preuve d'un grand sang-froid.

— Le pompier a dit qu'il avait été intoxiqué. Comment est-ce possible ?

— En cette période, les vins commencent à maturer dans les fûts en cave, et ils dégagent du CO_2. Normalement, les cavistes sont équipés d'un détecteur et dès que le taux est trop important, ils doivent sortir de la cave. Ils ne sont pas censés y aller seuls, justement en cas d'accident. Mais je ne sais pas ce qui s'est passé, Sylvain n'avait prévenu personne et n'avait pas de détecteur sur lui. Je vais devoir travailler ce point avec l'ensemble de l'équipe. Tout le monde a eu une belle frayeur.

Wesmuller retrouva les pompiers qui emmenaient Sylvain sur une civière. Marie sentait que tous les regards étaient braqués sur elle, mais n'entendait que furtivement les messages de félicitations qu'on lui envoyait. À son tour, Maëva Locher lui adressa ses remerciements.

— Je comprendrais si vous vouliez rentrer chez vous aujourd'hui. On est d'ailleurs tous un peu secoués, je pense que nous allons écourter la journée.

— Je ne sais pas trop… J'aimerais me reposer, oui.

— Alors, allez-y. Nous avons demandé aux vendangeurs de stopper la récolte. Les machines de tri s'arrêteront d'ici deux heures au plus tard.

— Je peux la raccompagner ? demanda Baptiste, inquiet à l'idée de laisser Marie seule.

— Oui, sans problème. Reposez-vous et encore merci.

De retour à l'appartement, Marie reprenait tout juste du poil de la bête. Elle semblait enfin réaliser ce qui s'était passé, et à quel point les regards sur elle ne seraient plus jamais les mêmes.

— Maëva Locher m'a dit qu'elle nous appellerait si jamais elle avait des nouvelles de Sylvain avant ce soir. Je crois que tu vas être reçue en héroïne nationale.

— N'exagère pas ! J'ai juste eu le bon geste au bon moment, c'est tout !

— Peut-être, mais tu es la seule à avoir fait ce geste. S'il s'en sort sans séquelles, il pourra dresser un autel en ton honneur !

Marie sourit et se leva pour aller chercher un verre d'eau fraîche. Elle sentait des courbatures dans tout son corps, tant ses muscles avaient été en tension durant cet épisode. Puis elle reposa son verre et alla dans sa chambre récupérer le carnet de sa mère.

— Tiens, dit-elle à Baptiste en lui tendant le carnet.

— Qu'est-ce que c'est ?

— La raison pour laquelle je suis ici.

Baptiste l'ouvrit et commença à feuilleter délicatement.

— C'est un journal intime ?

— Celui de ma mère. Elle est morte quand j'avais 5 ans.

— Navré pour toi. Qu'est-ce qui s'est passé ?

— Elle a été assassinée.

Baptiste comprit alors que Marie cachait un secret bien plus lourd que tout ce qu'il avait pu imaginer. Mais il ne pouvait pas lui reprocher de faire cette révélation si soudainement après avoir insisté pour qu'elle parle.

— Et tu l'as su en lisant son journal, c'est ça ?

— Exactement. C'est grâce à ses écrits que j'ai pu remonter le cours des dernières années de sa vie. Ça commence bien avant ma naissance, jusqu'au jour de sa mort.

— Et le coupable a été arrêté ?

— Non... Aux yeux de tous, personne n'est coupable. Il n'y a que moi et mon compagnon qui connaissons l'existence de ce journal. Ma mère a été battue par son mari. Un type immonde qui n'a eu de cesse de la rabaisser et de l'écraser, jusqu'à la convaincre qu'elle n'était qu'une moins que rien. Elle se laissait faire, jour après jour, supportant les supplices que cette ordure lui faisait endurer. Personne n'en savait rien, pas même sa famille de laquelle il avait réussi à l'éloigner. Un jour, alors qu'elle était à bout de forces, elle a sauté d'une falaise. Pour tout le monde, il s'agissait d'un suicide. Moi, j'ai compris que c'était son bourreau qui l'avait poussée à commettre cet acte.

Silencieux, Baptiste écoutait religieusement les paroles effrayantes de Marie.

— Depuis que j'ai ce journal entre les mains, j'ai cherché à retrouver la trace de celui qui avait fait ça. Ça fait douze ans qu'il ne se passe pas une minute sans que je ne pense à lui. Il m'obsède. Je n'avais pas beaucoup d'informations ni de moyens, alors ça m'a pris du temps. Mais tout s'est accéléré ces deux dernières années. J'ai pu rencontrer mes grands-parents, qui sont convaincus par l'hypothèse du suicide et pensaient même que j'étais morte avec ma mère. Si je suis là, c'est pour faire parler le monstre qui m'a volé ma mère et mon enfance.

— Attends une minute… Depuis ton arrivée, tu tournes autour de Wesmuller. C'est lui, c'est ça ? C'est lui qui frappait ta mère ?

Marie acquiesça, les larmes au bord des yeux, tandis que Baptiste semblait sous le choc.

— C'est un truc de fou. Mais tu es sûre ? Enfin, je veux dire, tu es certaine que c'est vraiment lui ?

— Pas de doute, crois-moi. T'expliquer tout dans le détail serait bien trop compliqué, mais c'est lui. Tu comprends mieux pourquoi j'avais besoin d'en savoir plus le concernant ?

— En admettant qu'il reconnaisse avoir battu ta mère, ce qui me semble déjà assez délicat connaissant le personnage, qu'est-ce que tu comptes faire ensuite ?

— Je sais qu'il me sera difficile de le traîner en justice. Dans le cadre d'un homicide volontaire, le délai de prescription n'est que de vingt ans, mais avec un bon avocat, je suis sûre que je pourrai tenter quelque chose et le traîner suffisamment dans la boue pour qu'il soit obligé de regarder la vérité en face. Sans compter que c'est à cause de lui que j'ai grandi sans elle.

— Tu m'as dit tout à l'heure que son journal remontait avant ta naissance, et qu'elle est morte lorsque tu avais 5 ans. Donc ça veut dire qu'elle était avec lui avant que tu naisses, c'est ça ?

— Oui...

— Donc Wesmuller serait aussi...

— Mon père.

Baptiste resta figé.

— Je m'attendais à tout sauf à ça. Au pire, je me suis imaginé que tu avais eu une aventure avec lui par le passé et que tu étais venue te venger en maîtresse bafouée... Mais là, ça dépasse tout ce que je pouvais imaginer.

— C'est la première fois que je parle de ça à quelqu'un d'autre que Thomas. Et j'aimerais surtout que ça reste entre nous.

— Évidemment. Et c'est quoi ton plan ?

— Au début, je voulais me rapprocher suffisamment de lui pour pouvoir me faufiler dans ses failles. Le pousser à bout afin qu'il puisse se rendre à nouveau coupable de violence par exemple, et le faire ensuite avouer pour ma mère. Mais en arrivant, je me suis vite rendu compte qu'il n'était pas tellement accessible et surtout, qu'il était apprécié de tous. Alors maintenant, j'aimerais plutôt faire connaissance avec sa femme. Un homme violent le reste toujours, et je suis sûre qu'elle aura davantage de choses à dire sur lui.

— Elle aussi subirait la violence de Wesmuller ? Ça fait des années qu'ils sont ensemble, elle aurait peut-être réagi si c'était le cas, non ?

— Si toutes les femmes battues se sentaient libres de porter plainte ou de quitter leur mari, il n'y aurait pas autant de décès chaque année. Je ne cherche pas à faire du militantisme, mais crois-moi, les choses sont loin d'être aussi simples.

— Tu as sûrement raison. Les homosexuels continuent de subir des agressions à cause de leur choix, et ce malgré toutes les lois qui tendent à leur donner les mêmes droits.

— Donc je vais me rapprocher de sa femme et essayer d'infiltrer sa sphère privée. Si elle est aussi une victime, je dois la convaincre de parler et là, il ne pourra plus fuir.

— Mais, c'est ton père ! Tu serais prête à le mettre en prison ?

— Pour ce qui est de la filiation, rien n'est moins sûr. Il ne m'a pas reconnue à la naissance, mais j'ignore pourquoi. Mes grands-parents pensent que ma mère a eu une aventure extraconjugale, mais absolument rien dans son journal ne permet de l'affirmer. Elle se montre d'ailleurs très amoureuse de Wesmuller et n'a probablement jamais su qu'il ne m'avait pas reconnue. Mais peu importe qui il est réellement, il ne sera jamais mon père.

La surprise de Baptiste avait laissé place à une grande admiration pour la jeune femme. Plus que jamais, il voulait lui apporter son aide.

— Est-ce qu'il y a autre chose que je devrais savoir ? Des grands-parents transformistes ou un chien homosexuel ?

Marie éclata de rire.

— Non, si ce n'est que je n'ai jamais mis les pieds en Haute-Savoie !

— Je m'en doutais ! Tu es d'où ?

— J'ai grandi à Bordeaux, mais ma mère habitait en Normandie.

— C'était donc pour ça le camembert l'autre soir…

— Oui… Je ne voulais pas trop me dévoiler. J'ai dit la même chose à Wesmuller, au cas où…

— Tu as un moyen de rencontrer sa femme ?

— J'ai pensé faire un tour au vernissage qui est organisé chez un galeriste en fin de semaine. Mais je crois que c'est sur invitation.

— Autrement dit, tu n'es pas certaine de pouvoir t'y rendre, et encore moins de te rapprocher de Charlotte…

Marie haussa les épaules. À ce stade, c'était pourtant la seule ouverture qui s'offrait à elle pour entrer encore un peu plus dans la vie de Wesmuller.

24 décembre 1990

Je suis dévastée. Ce devait être notre premier Noël en famille et mes parents ont dit qu'ils ne viendraient pas. Je n'ai même pas eu de véritable explication, une histoire de rhumatisme ou quelque chose dans le genre. C'était tellement vague que j'ai surtout l'impression qu'ils cherchaient une bonne excuse pour ne pas venir. Je ne comprends pas ce qui leur a pris d'annuler au dernier moment. Tout était prêt : les cadeaux, les bougies, les fleurs, le chapon et les petits-fours.

J'ai dressé la table pour deux. Un déchirement quand je vois toute la nourriture qui nous attendait dans la cuisine. Pierre travaille toute la journée, il ne rentrera que pour le dîner. Je vais faire en sorte que tout soit parfait pour son arrivée et surtout, je veux que les yeux de Marie brillent pour son tout premier Noël.

Bien sûr, elle est encore petite, j'en conviens, mais j'ai tellement hâte de la voir découvrir ses nouveaux jouets. Je regrette juste que Pierre n'ait pas voulu venir avec moi pour les choisir. Il m'a dit que ça ne l'intéressait pas et que je n'avais qu'à me débrouiller.

Je crois qu'il n'aime pas Noël. J'ignore totalement pourquoi, mais il ne prend part à aucune décision qui pourrait l'impliquer dans l'organisation. L'année dernière déjà, il était venu à reculons chez mes parents, mais cette année, tout ce qui touche à Noël le met hors de lui. Pourtant, c'est une fête tellement féerique. Je suis une grande enfant devant les vitrines décorées et les sapins majestueux qui brillent de mille feux. Je vais faire en sorte de le faire changer d'avis et de le convaincre qu'on peut passer de beaux moments à Noël.

25 décembre 1990

Noël n'aura plus jamais la même saveur.

Pierre est rentré plus tard que prévu du travail. Il était presque 21 heures et j'avais déjà fait réchauffer trois fois la dinde qui avait inévitablement fini par sécher dans le four. La robe que j'avais choisie avec soin ne lui a pas plu. Est-ce ça qui a tout fait dégénérer ? Il m'a dit que j'avais l'air d'une « salope à paillettes » avec ça sur le dos. Je suis allée me changer à la hâte, complètement sonnée par sa remarque, mais là encore, la jupe à fleurs ne lui a pas convenu. Il me l'a enlevée de force et je me suis retrouvée en culotte au beau milieu du salon. Marie gazouillait dans son transat. J'ai voulu aller me rhabiller, mais il m'a rattrapée en me serrant le bras si fort que j'ai désormais la marque bleue de ses doigts sur l'avant-bras. Il m'a dit ensuite qu'il passerait une meilleure soirée s'il avait une vue sur mes belles jambes et ce qui se trouvait entre elles. J'ai donc passé le reste de la soirée avec un simple chemisier sur le dos. Je n'avais rien contre l'idée de lui faire plaisir, mais cette situation me tétanisait. Évidemment, la dinde ne lui a pas plu et il m'a alors demandé d'enlever mon chemisier pour le consoler. Quand j'ai voulu savoir pourquoi il faisait ça, la réponse ne s'est pas fait attendre. Le reste de la volaille qui trônait quelques secondes plus tôt au milieu de la table venait de m'arriver tout droit en pleine figure, avec ses pommes de terre et ses haricots qui eux, étaient encore bien chauds. La bestiole roula sur mes cuisses avant de tomber sur le tapis, alors que Pierre se levait pour me verser la saucière dans les cheveux. Une forte odeur de vin rouge me montait aux narines tandis qu'il continuait avec la bouteille de vin. J'avais les cheveux dégoulinants de graisse et d'alcool et je restais assise comme une conne sur ma chaise, attendant de savoir si quelque chose d'autre allait suivre. Je pleurais. Je pleurais, mais cela ne semblait pas le perturber. Au contraire. Lorsque j'ai enfin osé lever la tête, j'ai vu dans ces yeux un mélange de fureur et de satisfaction. Marie s'est mise à pleurer. Qu'avait-elle vu ? Allait-elle maintenant se dire qu'il était normal que sa maman se fasse renverser tout un repas de fête sur la tête ? Ses cris me déchiraient le cœur, mais ils agaçaient encore davantage Pierre qui m'ordonna d'aller la coucher. Avec toute la sauce qui gouttait de mes cheveux, je me suis levée et j'ai attrapé une serviette pour les sécher, mais il me l'a aussitôt reprise. Il m'a alors agrippée par les cheveux et m'a tirée jusqu'à la salle de bains. J'ai crié si fort que je crois encore entendre ma propre voix résonner dans mon crâne. Il m'a alors plaquée devant le miroir et m'a demandé ce que je voyais.

À part une femme terrifiée et sous le choc de ce qui était en train de se passer, je ne voyais rien de bien glorieux. Il me tira les cheveux plus fort encore jusqu'à ce que je lui donne une réponse. Mais je ne savais pas ce qu'il voulait entendre. Le maquillage avait coulé de mes yeux, le rouge à lèvres était effacé, laissant une trace rouge sur mon menton et du persil était collé sur mes joues, entre les traces de sauce brunâtre qui commençaient à sécher. J'ai juste eu le temps de répondre « rien » qu'une violente décharge s'élança dans mon pied. Il venait de prendre tout son élan pour m'écraser les orteils avec le talon de sa chaussure. J'avais la sensation que mes os s'étaient émiettés sous le poids du choc. Je me suis écroulée au sol, tordue de douleur. Il a quitté la salle de bains en me disant que j'avais eu de la chance de donner la bonne réponse, sinon, il aurait fait en sorte de me faire ouvrir les yeux. Je tenais mon pied dans mes mains, recroquevillée entre les toilettes et la baignoire. Il a éteint la lumière et je l'ai entendu prendre Marie pour la coucher. Ses pleurs se sont arrêtés instantanément et un silence de mort régnait dans la maison. Je n'ai pas osé bouger de mon trou. Au moindre bruit, je craignais qu'il ne réapparaisse pour s'en prendre de nouveau à moi. Je n'arrêtais pas de penser à cette maudite jupe que j'avais mal choisie.

Les moments de répit que j'avais entrevus ces dernières semaines étaient de courte durée. Est-ce que ça allait être ça maintenant mon quotidien ? À chaque nouvel épisode, les insultes et les humiliations sont plus difficiles à supporter, les coups deviennent plus sournois. J'avais pourtant tout fait pour que cette soirée se déroule au mieux. Il n'aime pas Noël, mais ce n'est pas de ma faute. Désormais, cette date sera rayée de mon calendrier. Je voulais aller auprès de Marie, m'allonger auprès d'elle pour me rassurer.

Je crois que je commençais à m'endormir lorsqu'il est entré de nouveau dans la salle de bains. La lumière m'a immédiatement éblouie et j'ai vu alors les orteils de mon pied gauche totalement bleuis. Mes cheveux restaient collés à mes bras et lorsque j'ai relevé la tête, j'ai vu le visage de Pierre, en larmes. Il m'a aidée à me relever et m'a demandé si j'avais besoin d'aide pour prendre une douche. Il s'est contenté d'un « non » de la tête et il m'a laissée me laver de toute cette crasse qu'il m'avait balancée. Mais aucune douche, aucun bain ne pourrait laver ma mémoire.

Noël n'aura plus jamais la même saveur.

27.

— J'ai repensé à tout ce que tu m'as dit et ça va être un jeu d'enfants d'entrer chez Wesmuller.

Baptiste était arrivé tôt dans la chambre de Marie, qui avait bien dormi cette nuit-là. Partager son fardeau avec quelqu'un qui la comprenait et la soutenait activement lui avait fait le plus grand bien. La veille, elle avait pourtant fermé les yeux en relisant les pages les plus sombres du journal de sa mère. Elle attrapa le carnet resté près de son oreiller pour le ranger et continuait d'émerger tandis que Baptiste poursuivait ses explications.

— Lorsque je suis entré chez les Vautrin, Wesmuller m'appréciait beaucoup. On échangeait régulièrement, à tel point que j'avais fini par lui expliquer pourquoi j'étais parti de chez mes parents. Mon histoire l'avait touché, je crois.

— L'homme qui s'émeut du rejet d'un homosexuel par sa famille, mais à qui ça ne pose pas de problème de battre des femmes... Continue...

— Oui, bon... Toujours est-il que lorsqu'il n'avait rien pour moi au domaine, il me proposait de réaliser quelques travaux chez lui. Des bricoles, mais c'était pour m'aider. J'ai tondu la pelouse, taillé des haies. J'ai même fait plusieurs fois le taxi pour sa femme qui n'a pas le permis.

— Et tu n'as rien remarqué chez elle ? Comment est-ce qu'elle parlait de son mari ?

— Non, je n'ai rien remarqué de suspect, sinon, je pense que j'en aurais parlé. Toujours est-il que j'ai fini par sympathiser avec elle également. Ce n'est pas une grande bavarde, elle est même plutôt réservée.

— Et donc, c'est quoi ta grande idée ?

— J'ai pensé que les Wesmuller pourraient t'embaucher à la fin des vendanges. Ça fait un moment que je n'ai pas mis les pieds chez eux, car je préférais travailler dans les domaines, mais je sais qu'ils cherchent régulièrement quelqu'un pour les aider sur les tâches ménagères ou la garde des enfants.

— D'après ce que j'ai compris, Charlotte ne travaille pas, non ?

— Non, mais elle a besoin de temps pour peindre, et puis elle n'a pas vraiment le profil de la femme au foyer. Les lessives, le repassage, ça n'a jamais été son truc.

— Et pourquoi est-ce qu'ils auraient besoin de moi ?

— Parce que tu es une héroïne !

— Pardon ?

— Si sa femme a besoin de quelqu'un, avec ce que tu as accompli hier, tu es la personne toute désignée !

— Ça se tente et ça peut être bien plus rapide que l'idée du vernissage. Je serais au cœur de leur foyer et je n'aurais plus qu'à gagner la confiance de Charlotte.

— Elle n'est pas super mon idée ?

— Elle est top même !

Marie adressa un sourire à Baptiste, qui prenait très au sérieux son implication dans cette mission.

Ils se rendirent ensemble sur le site des Vautrin, où un comité d'accueil attendait Marie. Les deux fils Vautrin étaient présents aux côtés de Wesmuller et de l'ensemble de l'équipe, témoin du sauvetage de la veille.

— C'est donc vous la sauveuse ! s'exclama le plus jeune fils, celui qu'elle n'avait pas aperçu jusqu'alors.

— Sauveuse… c'est un bien grand mot. Comment va Sylvain ?

— Il est hors de danger et s'est réveillé durant la nuit, continua-t-il. Il revient de loin et sans votre intervention, les séquelles auraient pu être irréversibles. Cette tragique histoire aurait pu marquer à jamais l'histoire de notre domaine, et croyez bien que nous saurons en tirer les leçons qui s'imposent.

Wesmuller s'approcha alors de la jeune femme, un énorme bouquet de fleurs à la main.

— C'est bien peu de chose à côté d'une vie, mais c'est notre manière à nous de vous remercier.

Tous les membres de l'assemblée se mirent à applaudir, et Marie se sentit terriblement gênée d'être ainsi mise sur le devant de la scène. Elle regarda Baptiste, qui semblait sur le point de verser une larme. Le second fils Vautrin prit alors la parole.

— Je ne veux pas faire le rabat-joie, mais nous avons encore un peu de pain sur la planche. Nous aurons l'occasion de féliciter de nouveau Marie lors de notre paulée qui aura lieu la semaine prochaine. Le destin est décidément avec nous puisque la grêle est passée à côté hier soir et nous allons pouvoir terminer les vendanges dans d'excellentes conditions.

Tous les ouvriers reprirent alors leur poste et les tracteurs à l'arrêt en attendant l'arrivée de Marie, redémarrèrent. L'accident de la veille avait renforcé la cohésion de l'équipe qui redoublait d'efficacité.

De son côté, Marie ne pensait qu'à une chose : rencontrer Charlotte au plus vite. Baptiste avait raison, le sauvetage de Sylvain était probablement sa clé pour entrer chez Wesmuller sans avoir à faire le moindre effort. Elle continua de l'observer du coin de l'œil tout en tenant le bouquet qu'il lui avait offert. Elle se rappela qu'il se servait des fleurs pour s'excuser auprès de sa mère, les jours où il s'était déchaîné sur elle. Elle les déposa derrière son poste de travail et les jetterait dans la première poubelle qu'elle trouverait en sortant d'ici.

Lors de la pause, l'attitude de ses collègues était totalement différente. Tout le monde lui souriait, comme si elle avait une auréole sur la tête. Même Laurent ne semblait plus la voir comme une opportuniste et avait proposé de lui payer un café. Elle décida de baisser un peu la garde et de profiter des derniers moments au sein du domaine. Après tout, ses collègues n'étaient pas responsables de la colère qui l'animait chaque fois qu'elle pensait à Wesmuller, et elle s'autorisa le droit de décompresser un peu avant de poursuivre de plus belle sa mission.

28.

Baptiste avait prévu de profiter de la paulée pour demander à Wesmuller d'embaucher Marie. Tous les membres de la colocation avaient soigné leur tenue pour cette dernière soirée ensemble.

Une grande table avait été installée à la place des machines de tri sous le barnum, et plusieurs bancs attendaient la soixantaine de salariés et de saisonniers qui avaient contribué à cette saison des vendanges.

Marie fut ravie de découvrir ses collègues apprêtés, détendus et souriants. Maëva Locher avait troqué son jean et sa blouse pour une longue robe à motifs floraux, tandis que Wesmuller avait opté pour le traditionnel costume et sa cravate, malgré la chaleur encore bien présente en ce début de soirée. Un léger vent rafraîchissait les esprits et tout le monde attendait l'arrivée de la famille Vautrin. Pour l'événement, le père faisait l'honneur de sa présence et Marie, comme la plupart des autres saisonniers, découvrait son visage pour la première fois. L'homme était chétif et arriva, soutenu par l'un de ses fils. Des cheveux d'un blanc éclatant tombaient sur ses oreilles, laissant apparaître un crâne dégarni en son sommet. Lui en revanche, n'avait pas particulièrement fait d'effort vestimentaire et portait un short en velours, tenu par une paire de bretelles. Il salua l'assemblée avant de prendre place aux côtés de ses fils, qui invitèrent tout le monde à s'asseoir.

La famille avait fait appel, comme chaque année, à un traiteur pour s'occuper du repas. Cinq serveurs avaient été embauchés pour dresser la table et servir le repas aux convives. L'espace d'un instant, Marie eut l'impression de faire partie d'une grande famille, réunie autour de son patriarche. Elle qui ignorait tout de ce qu'était une famille, dut se retenir pour ne pas laisser transparaître son émotion.

Un tintement retentit alors ; le plus jeune fils s'apprêtait à faire un discours. Le silence s'installa instantanément autour de la table.

— Chers amis, cette année encore, les vendanges ont été une belle réussite. Le raisin était d'excellente qualité et cette cuvée 2020 s'annonce à nouveau exceptionnelle. Vous tous, à votre niveau, avez contribué à cette réussite, et c'est pour cette raison que vous avez été conviés ici ce soir. Sans vous, la famille Vautrin n'aurait pas le même prestige et au nom de mon père et de mon frère, nous vous en sommes infiniment reconnaissants.

Une première salve d'applaudissements résonna dans la cour. Le fils Vautrin fit le tour des différents métiers en citant le nom de chacun, sans en oublier aucun. Un geste que Marie trouva particulièrement touchant.

— Comme chaque année, de nouveaux visages sont venus grossir les rangs de nos équipes. Nous espérons que vous avez passé une agréable saison à nos côtés et que vous serez encore des nôtres l'année prochaine.

Marie se surprit à penser que si ce n'était pas Wesmuller qui l'avait obligée à venir ici, elle serait revenue avec plaisir, malgré la douleur des premiers jours.

— Je tiens à remercier tout particulièrement Pierre, dont le professionnalisme a permis une nouvelle fois à ces vendanges d'être parfaitement orchestrées. Tu commences à avoir l'habitude des compliments, je le sais bien, mais tout le monde ici admire tes grandes qualités et sait combien tu es précieux pour notre maison.

Wesmuller acquiesça modestement, en remerciant son patron pour la confiance qu'il lui accordait, ainsi que la famille tout entière sans qui il ne serait pas là aujourd'hui. Marie sentait que les sentiments réciproques entre Wesmuller et les Vautrin étaient sincères. Elle songea au moment où toutes ces belles paroles voleraient en éclats lorsque tout le monde apprendrait l'homme qu'il était réellement.

— Pour finir, j'aimerais que nous levions nos verres à Marie. Tout le monde se souvient du dramatique accident qui a eu lieu la semaine passée et qui s'est heureusement bien terminé. Cela nous a ouvert les yeux sur nos limites et nos fragilités et nous a montré que nous ne devions jamais nous reposer sur nos acquis et nos certitudes. Alors, à Marie et à la vie ! Merci à tous !

L'ensemble des convives leva son verre et regarda en direction de la jeune femme, qui se sentit une nouvelle fois très gênée. Elle recueillit une brassée de sourires, qu'elle rendit généreusement. C'est alors que des cris d'étonnement s'élevèrent derrière elle. Sylvain venait de faire son apparition, à la surprise générale. Plusieurs personnes se levèrent en même temps pour l'accueillir. Marie fut satisfaite de voir qu'il allait bien, même s'il avait encore une mine fatiguée.

— Le médecin voulait me garder encore à l'hôpital, mais je ne voulais pas manquer cette soirée, dit-il alors que l'aîné des fils Vautrin l'invitait à les rejoindre.

L'un des serveurs installa un nouveau couvert non loin de Wesmuller et plusieurs collègues lui réclamèrent un petit discours. Timidement, Sylvain accepta.

— Merci à tous pour votre chaleureux accueil. Je ne suis pas un spécialiste des discours, donc je vais faire vite.

Je tenais surtout à être là pour remercier ceux sans qui je ne serais sans doute plus de ce monde. Je crois que c'est Fanny qui m'a trouvé, heureusement rapidement. Sam et Thibault, qui m'ont sorti de la cave. Sam, je ne me souviens pas du goût de tes lèvres, désolé.

Des rires éclatèrent et Sam mima un baiser goulu dans sa direction, avant de stopper en songeant que ses patrons le regardaient.

— Et pour finir, je tiens à remercier Marie. Il paraît que c'est vous qui avez fait le plus gros du travail. Les médecins m'ont dit que sans votre massage cardiaque efficace, une bonne partie de mes neurones auraient grillé alors...

— Déjà que t'en avais pas beaucoup ! lança Laurent, provoquant de nouveau des éclats de rire.

— Très drôle Laurent ! N'empêche qu'en attendant, elle m'a sauvé la vie donc, merci infiniment. Je pense que je n'aurai jamais les mots assez justes pour vous exprimer à quel point je vous suis reconnaissant.

Cette fois, Marie sentit qu'elle rougissait et même si elle était flattée, elle avait hâte que cet épisode soit derrière elle.

Tout le monde applaudit de nouveau et son regard croisa celui de Wesmuller, qui avait planté ses yeux dans les siens. Ses mains venaient se frapper l'une contre l'autre avec une intensité telle que Marie avait l'impression de n'entendre que lui. Ces mêmes mains qui la félicitaient en ce moment étaient celles qui avaient ôté la vie à sa mère. Elle fut alors prise d'un haut-le-cœur et dut se contenir pour ne pas quitter la table. Elle détourna ses yeux de lui pour attraper Baptiste du regard, qui semblait toujours aussi ému de la voir ainsi mise à l'honneur.

— Alors vous le savez, reprit le plus jeune fils Vautrin, la tradition veut que nous pressions les derniers raisins lors de la paulée. J'aimerais donc que Marie soit celle qui clôture symboliquement cette saison.

Prise au piège à nouveau, Marie n'eut pas d'autre choix que de venir le rejoindre et de saisir la pelle qu'il lui tendait. Il l'invita à mettre quelques pelletées de raisins dans le petit pressoir à cliquet qui se tenait à côté de la caisse de fruits. Elle qui détestait être au centre de l'attention, en avait pour son grade ce soir. Péniblement, elle renversait les raisins dans l'engin et Vautrin appela Wesmuller afin qu'il vienne tourner la manivelle. En passant près d'elle, il posa une main sur son épaule, en signe de soutien. Une onde de choc la parcourut ; cette proximité lui était insupportable. Elle se retrouva face à lui qui la regardait en souriant, puis tourna la tête de peur qu'il remarque à quel point elle le détestait. Le second fils vint tenir un verre vide en bas du pressoir et dès les premiers tours de manivelle, le jus de raisin s'écoula dans le récipient. Lorsqu'il fut à moitié plein, Wesmuller s'arrêta et le fils Vautrin leva son verre en l'air. Puis il se mit à entonner un ban bourguignon, rapidement suivi par l'ensemble des convives. Marie fut surprise de découvrir cette tradition, qui consistait à enchaîner les *la la la* en tournant et en tapant des mains. Puis il but d'une traite le verre, sous les applaudissements de toute l'assemblée.

Le reste de la soirée se déroula plus tranquillement et les Vautrin papillonnaient d'un bout à l'autre de la table pour discuter avec les uns et les autres. Seul le père semblait ne pas prendre pleinement part à la fête, préférant rester dans son coin et échanger avec les quelques anciens encore présents.

Baptiste profita d'un instant où Wesmuller était seul pour l'aborder.

— Pierre, j'aimerais vous demander quelque chose. Je sais que Marie est trop timide pour le faire elle-même, donc je me permets de le faire à sa place.

— Oui, je t'écoute, répondit Wesmuller, intrigué.

— Maintenant que les vendanges sont terminées, Marie se retrouve sans travail. Comme j'ai déjà travaillé pour vous il y a quelques années, je me demandais si vous n'auriez pas besoin de quelqu'un pour faire du ménage ou du repassage chez vous ?

— Tu me prends un peu de court... Là, comme ça, je ne sais pas trop...

— Même garder les enfants, pour que votre femme puisse se rendre en ville, ou aller à ses rendez-vous entre copines...

Marie observait la scène de loin. Le regard de Wesmuller oscillait entre elle et Baptiste, qui avait dégainé ses yeux de cocker.

— Je vois avec Charlotte ce soir ou demain et je vous tiens au courant, répondit-il en attrapant son verre.

— Je suis désolé d'insister, mais ce serait super si vous pouviez l'appeler... maintenant, reprit Baptiste qui sentait qu'il lui filait entre les doigts.

— Je te savais pugnace, mais j'avoue que tu te surpasses, plaisanta Wesmuller en reposant son verre avant de prendre son téléphone.

Il quitta la table et Baptiste revint vers Marie en levant les deux pouces.

— C'est dans la poche !

— Ah oui ? Mais j'ai l'air de quoi avec toi qui joues l'agent Pôle emploi ?

— On s'en fiche ! Le principal, c'est que tu puisses entrer chez lui et faire ce que tu as à faire.

Marie était touchée par la démarche de Baptiste.

— Merci de faire tout ça... lui dit-elle discrètement.

— Tu parles, ce n'est rien... J'ai dit que je t'aiderais, alors je le fais.

— Oui, mais on ne se connaît pas et tu t'impliques sans te poser plus de questions.

— J'aurais des raisons de m'interroger ? Tu ne comptes pas assassiner Wesmuller ? Oh merde ! En fait, tu veux le tuer !

— Mais non ! répondit Marie en riant. Il ne souffrirait pas assez si je le tuais... J'aime autant qu'il paie d'une autre manière.

— Alors tout va bien, je n'ai pas de raison de m'inquiéter.

— Quand même... Tu n'es pas obligé de faire tout ça.

Baptiste fit tournoyer son vin dans le fond de son verre, l'air songeur.

— Ça me fait du bien de me sentir utile. C'est sûr que j'aurais préféré fêter la fin des vendanges au domaine de mes parents, mais c'est ainsi... Ça m'aura au moins permis de te rencontrer !

Baptiste levait son verre pour trinquer, quand Wesmuller réapparut près d'eux.

— Je viens d'appeler Charlotte et elle ne serait pas contre un petit coup de main, dit-il en regardant Marie.

— Merci beaucoup, vraiment. Ça me soulage de pouvoir continuer à travailler, répondit Marie en affichant son plus beau sourire de façade.

— Je ne peux pas vous promettre un gros contrat, peut-être deux ou trois heures par jour. Ça vous conviendrait quand même ?

— Oui, bien sûr, c'est parfait. Je peux commencer quand ?

— Demain, ce serait parfait, car Charlotte doit se rendre à Beaune pour préparer une exposition. Elle ne serait plus obligée d'emmener les enfants.

— Sans problème, je serai là.

Baptiste avait arboré un large sourire durant leur échange.

— Ça va marcher, j'en suis sûr, reprit-il, une fois Wesmuller retourné à sa place. Par contre, il va falloir que tu te montres plus ouverte et sympathique si tu veux que Charlotte se confie à toi.

— Tu veux dire que je fais désagréable ?

— Disons que tu parais parfois renfermée... très renfermée et, connaissant Charlotte, il va falloir te montrer beaucoup plus joviale si tu comptes l'apprivoiser.

— Ne t'inquiète pas. Je saurai m'adapter à la situation. Si je parviens à gagner sa confiance, Wesmuller aura bien du souci à se faire.

29.

Marie avait peu fermé l'œil durant la nuit. La soirée avait fini aux alentours de minuit, et elle s'était retournée des centaines de fois dans son lit, pensant sans cesse aux premiers instants qu'elle passerait chez Wesmuller.

Il lui avait dit de venir à 13 heures, ce qui lui laissa le temps de se préparer. En suivant les conseils de Baptiste, elle se maquilla de manière à donner l'image d'une fille fraîche et sûre d'elle. Elle n'avait pas vraiment de temps à perdre et devait rapidement pousser Charlotte à lui avouer si son mari la battait elle aussi. La tâche ne serait pas facile, elle le savait. Peu de femmes osaient avouer ce qu'elles subissaient et lorsque c'était le cas, elles refusaient bien souvent de porter plainte. S'il le fallait, Marie comptait bien lui dire où avait fini sa mère pour la convaincre.

Elle se glissa dans une petite robe légère et décontractée et attendit que Baptiste revienne pour l'accompagner.

La maison se trouvait dans le quartier le plus prisé de la ville. Camouflée derrière une palissade d'où dépassait une haie de bambous, elle avait été achetée par le couple peu de temps après l'arrivée de Wesmuller chez les Vautrin. Baptiste et Marie se présentèrent à l'interphone avant que le portail ne s'ouvrît pour les laisser entrer. Ils avancèrent dans l'allée gravillonnée le long de laquelle s'alternaient palmiers de Chine et massifs fleuris. Quelqu'un s'occupait vraisemblablement déjà du jardin, à en juger par la netteté de la taille des différents arbres et arbustes qui parsemaient le vaste terrain. La demeure, imposante, reflétait le fastueux train de vie de la famille.

— Je crois qu'ils ont fait venir un architecte d'intérieur pour remettre la maison à leur goût, expliqua discrètement Baptiste tout en approchant de la porte d'entrée.

— Les Vautrin payent bien, on dirait...

— C'est sûr que ce n'est pas avec les quelques ventes de Charlotte que la famille pourrait s'offrir tout ça.

La porte s'ouvrit et Charlotte apparut dans une élégante robe longue à bretelles. Ses cheveux bruns étaient tressés et retombaient sur sa poitrine. Le visage rayonnant, Marie ne put que constater la beauté naturelle de cette femme qui ne semblait avoir besoin d'aucun artifice pour séduire. Elle devait avoir une dizaine d'années de moins que Wesmuller.

— Qu'est-ce que tu fais là Baptiste ? C'est Pierre qui t'envoie ? demanda-t-elle après les avoir salués.

— Non, j'accompagnais seulement Marie.

— C'est donc vous, Marie ? demanda-t-elle en regardant la jeune femme. Pierre ne parle que de vous depuis quelques jours.

— Ah oui ? répondit Marie timidement.

Baptiste lui donna un léger coup de coude avant d'enchaîner :

— Comment allez-vous Charlotte ? Ça fait un moment qu'on ne s'est pas revu. Les enfants vont bien ?

— Très bien, merci Baptiste. Je vais les appeler pour faire les présentations.

Baptiste en profita alors pour prendre congé et Marie le salua de la main alors qu'il repartait.

Charlotte invita Marie à entrer et l'accompagna jusqu'à l'immense salon, dont la baie vitrée s'ouvrait sur la terrasse et sa piscine. Marie était de plus en plus impressionnée à mesure qu'elle découvrait l'intérieur de la maison. Hormis quelques jouets d'enfants éparpillés au sol, celle-ci pouvait aisément apparaître sur les catalogues de maisons de luxe, avec son imposante cheminée de briques rouges qui trônait au milieu du salon et sa vaste cuisine contemporaine. Alors que Charlotte s'affairait à débarrasser quelques affaires, Marie essaya d'apercevoir sur elle des indices qui pourraient indiquer qu'elle subissait des violences. Mais avec sa robe qui descendait jusqu'aux chevilles et son épais gilet, elle ne remarqua rien. Elle savait que certains hommes ne frappaient pas au hasard et que les femmes faisaient tout pour cacher leurs blessures. Le fait que Charlotte porte un tel gilet en plein été pouvait déjà être un signe. Marie préféra toutefois ne pas s'emballer et se laisser davantage de temps pour tirer des conclusions.

Comme l'avait dit Baptiste, Charlotte parlait peu et elle haussa à peine le ton lorsqu'elle appela pour la troisième fois ses enfants à descendre. Les deux garçons descendirent l'escalier en pierre à toute vitesse pour atterrir aux pieds de leur mère, tout sourire.

— Marie, voici Matéo, dit-elle en serrant contre elle une tête blonde aux yeux bleus, et Louis.

Le second petit garçon avait quant à lui les cheveux bruns et les yeux verts. Il ressemblait beaucoup à Charlotte, d'autant qu'il se montrait lui aussi très réservé.

— Quel âge avez-vous les garçons ? leur demanda Marie.

— On a 6 ans !

— On est des jumeaux !

Charlotte les regarda en souriant à son tour.

— Les gens sont toujours surpris d'apprendre qu'ils sont jumeaux. Mais vous allez voir, même s'ils sont très différents, ils ne peuvent pas se passer l'un de l'autre, ils sont très fusionnels !

— J'ai hâte de les connaître, répondit Marie, en sentant déjà que Matéo était bien plus espiègle que son frère.

Les deux garçons repartirent aussi vite qu'ils étaient venus, et Charlotte proposa à Marie de faire un tour du propriétaire. Elle put ainsi constater que les Wesmuller bénéficiaient de tout le confort moderne, avec une cuisine dotée des équipements de dernière génération. Le plan de travail, long de quatre mètres, recevait toutes sortes de petits électroménagers, allant du blender aux multiples options à la cafetière broyeuse de grains.

— Cette cuisine est magnifique, mais je suis une piètre cuisinière malheureusement, expliqua Charlotte en passant rapidement dans la pièce. Vous cuisinez ?

— Oui, mais c'est sans prétention. Juste de quoi éviter les pâtes à la bolognaise tous les soirs !

— Derrière, il y a le cellier qui nous sert de réserve, mais je vous épargne cette partie inutile de la visite.

Elles firent demi-tour et Charlotte indiqua rapidement où se trouvait la salle de bains du rez-de-chaussée, ainsi que la chambre d'amis destinée aux invités. À l'étage, principalement réservé aux enfants, s'enchaînaient cinq chambres dont la suite parentale ainsi qu'une salle de jeux, dans laquelle étaient justement en train de s'amuser calmement Matéo et Louis autour d'un train électrique. Tout au bout d'un couloir se trouvait une seconde salle de bains, réservée cette fois aux enfants.

— Ce serait bien si vous pouviez leur donner un bain en fin de journée. Je devrais être de retour pour le dîner, mais si jamais je tarde, ils seront déjà propres.

Marie acquiesça, puis elles redescendirent au rez-de-chaussée. Charlotte ouvrit alors une porte qui donnait sur un escalier descendant au sous-sol. Marie s'attendait à atterrir dans un garage, mais sa surprise fut de taille lorsqu'elle découvrit la grande pièce à l'éclairage tamisé. Les Wesmuller avaient aménagé une salle de télévision où se trouvaient également un bar et un billard américain. La décoration se voulait moins sobre que dans le reste de la maison, avec, au mur, une panoplie de disques vinyle de chanteurs rock des années 1970 et 80. À l'autre bout de la pièce se trouvait un espace détente avec spa et sauna confectionné sur-mesure pour s'adapter aux contraintes du lieu. En face se trouvait un bureau réservé à Wesmuller, mais dont Charlotte n'ouvrit pas la porte.

— Je vous emmène tout de même voir quelque chose qui devrait vous plaire.

Charlotte repartit vers l'escalier, mais au lieu de le monter, elle ouvrit une porte qui se trouvait en dessous. Elle alluma la pièce et une cave creusée à même la pierre se découvrit alors. Marie se retrouva face à des centaines, voire des milliers de bouteilles de vin, soigneusement entreposées dans des casiers étiquetés avec l'appellation et le millésime. Si Marie était impressionnée par la quantité, elle se demandait si Wesmuller avait souvent l'occasion d'en déboucher une pour en faire profiter sa famille ou ses amis.

— Je reconnais que c'est un bel endroit. Vos proches doivent être ravis lorsque vous les invitez !

— C'est un endroit qui fait toujours son petit effet, c'est vrai. Surtout pour les amateurs de vin !

Marie n'osa pas dire qu'elle préférait de loin les sodas au vin, et qu'elle serait incapable de distinguer un vin rouge d'un vin blanc autrement que par sa couleur.

Puis, Charlotte conduisit Marie jusqu'à la terrasse où elle lui demanda d'être particulièrement attentive à la piscine, recouverte par un immense dôme en verre.

— Je le ferme toujours à clé pour éviter les accidents, les garçons sont si imprévisibles… On avait testé le bracelet anti-noyade l'année dernière, mais ils ne le gardaient pas au poignet. C'était totalement inutile.

— Pardon, mais pourquoi ne pas l'avoir simplement clôturée ?

— J'aurais aimé, mais Pierre trouvait que ce n'était pas assez esthétique. Il a préféré faire installer cette horrible cloche de verre au-dessus... En ce qui me concerne, l'essentiel reste que mes enfants soient en sécurité, même si c'est bien dommage de ne plus pouvoir admirer la piscine, je vous l'accorde.

Charlotte et Marie continuèrent de faire le tour du jardin et elles arrivèrent devant une petite dépendance, cachée derrière un immense saule pleureur.

— Qu'est-ce que c'est ? demanda Marie, voyant que Charlotte ne s'y arrêtait pas.

— Ce n'est rien, c'est mon atelier.

— Là où vous réalisez vos peintures ?

— Oui, c'est ça.

— J'aimerais beaucoup le visiter, si vous le voulez bien.

Marie sentit que Charlotte hésitait.

— Ce n'est vraiment pas intéressant, je vous assure...

— L'art est normalement destiné à être partagé, non ? Je suis sûre que vous y enfermez des merveilles !

— Si vous insistez, alors, pourquoi pas, répondit finalement la femme de Wesmuller, peu habituée à ce que l'on porte de l'attention à son travail.

Avec émotion, elle ouvrit la petite porte en bois et Marie découvrit une vaste pièce vitrée, où s'entremêlaient tubes de peinture entamés, toiles abîmées et plantes à demi mortes. Un chevalet, épargné par l'abandon du lieu, trônait au milieu de la pièce, tourné vers la fenêtre. Une toile représentant une femme dénudée était en cours de réalisation. Elle semblait vouloir se cacher du regard de quelqu'un qui n'était pas encore dessiné sur la toile. Marie regarda autour d'elle et constata que cet endroit n'était finalement pas aussi mort qu'il en avait l'air. Les personnages sur les différentes toiles entreposées maladroitement étaient essentiellement féminins. Leurs regards, saisissants, étaient dirigés vers le spectateur, qui ne pouvait que se plonger à l'intérieur. Elles étaient dans des postures dominatrices et les couleurs de leurs tenues, vives et cinglantes. Chaque toile était un véritable coup de fouet dont on ne pouvait pas rester insensible. Une force évidente se dégageait, et Marie eut l'impression d'être entourée d'une armée de femmes, enragées par la volonté de survivre.

— Vous ne dites rien... Vous n'aimez pas ? osa timidement Charlotte qui n'avait pas quitté Marie du regard.

— Si, si, c'est... bouleversant.

— Vous trouvez ?

— Bien sûr... On a le sentiment que ces femmes veulent quitter leurs tableaux, prendre les armes et partir en guerre.

— Quel serait leur combat, selon vous ?

— Je ne sais pas... Elles pourraient avoir envie de se battre pour plus de justice... ou montrer qu'elles n'ont plus peur peut-être...

Charlotte resta muette face aux interprétations de Marie, qui ne pouvait s'empêcher de voir plaquées en face d'elle toute la colère et la rage de vivre de la femme de Wesmuller. Cette intensité dans la peinture représentait sans doute la face immergée de l'iceberg, cette partie d'elle-même qu'elle n'osait pas montrer au grand jour.

— C'est curieux de vous voir ici. D'ordinaire, j'y viens toujours seule, je n'emmène jamais personne.

— Même pas votre mari ?

— Oh non, il ne vient jamais. Pour tout vous dire, je ne sais même pas s'il sait ce que je vais exposer demain alors...

— Ça ne l'intéresse pas ?

— Pas vraiment. Mais je le comprends. L'art, c'est si subjectif. Tout le monde ne peut pas y être sensible et cela demande une certaine forme d'ouverture. Pierre est quelqu'un de très pragmatique et concret. Il n'aime pas devoir lire entre les lignes.

— C'est dommage, il ne sait pas ce qu'il rate… Et je ne dis pas ça pour vous faire plaisir, reprit Marie, sincèrement éprise par la puissance de ces toiles.

— C'est gentil. J'aimerais peindre plus, mais avec les enfants, je peine à trouver un peu de temps pour moi. Ils sont encore petits et demandent beaucoup d'attention.

— Quand peignez-vous alors ?

— La nuit, essentiellement. C'est le seul moment où je suis tranquille. C'est bête, mais malgré tout le luxe qu'offre cette maison, c'est ici que je me sens vraiment bien. Au milieu de mes amies, comme je les appelle, et enivrée par l'odeur de la peinture et des solvants. Ça me revigore et je pourrais peindre jusqu'au matin si je le voulais.

— Vous parvenez à en vivre ?

— Oh non, pas du tout. En ce moment, je prépare ma première exposition depuis bientôt presque sept ans. Lors de la dernière, j'étais enceinte des jumeaux et depuis, je n'ai presque pas fait sortir une seule toile d'ici. Un amateur d'art qui tient une petite galerie sur Beaune est tombé sous le charme de mes tableaux et a accepté de les mettre en vente chez lui. J'étais tellement heureuse que ça m'a donné envie de m'y remettre pour de bon.

Marie comprenait Charlotte. Sa mère aussi ne se sentait bien que lorsqu'elle couchait ses histoires sur le papier.

— Ma mère aussi était une artiste, dit-elle alors spontanément.

— Ah oui ? Elle peignait également ?

— Non, elle écrivait des romans.

— C'est super ! J'aime beaucoup lire et lorsque j'étais

plus jeune, il m'est arrivé d'écrire quelques poèmes. Heureusement, je me suis vite rendu compte que j'étais plus douée avec un pinceau qu'avec un stylo, s'amusa Charlotte. Elle écrit toujours ? Je serais curieuse de la découvrir !

— Non malheureusement, elle n'a plus ce loisir. Elle… elle est décédée.

— Je suis désolée, je n'aurais pas dû…

— Ce n'est rien. Ça fait quelque temps maintenant, mais je pourrai vous apporter un de ses ouvrages si vous le souhaitez. J'en emporte toujours un avec moi.

— Avec grand plaisir.

Marie semblait ressentir chez Charlotte la même fragilité que chez sa mère. Mais elle avait peur d'être trompée par la volonté de voir absolument une femme blessée et meurtrie en elle. Elle devait trouver des éléments factuels et ne pas se laisser envahir par des émotions qui pourraient l'induire en erreur. Le moindre faux pas lui ferait perdre la confiance de Charlotte et sa place chez Wesmuller.

16 juin 1991

Aujourd'hui, Marie a un an.

Ce doit être un jour de fête, mais j'ai peur qu'il soit un nouveau jour noir… Comme tous ceux qui comptaient pour moi et qui ont viré au cauchemar.

Lorsque je suis allée chez mes parents, j'ai tout fait pour cacher les bleus que j'avais sur les bras. Je ne sais même plus comment Pierre me les a faits. Ils n'ont rien vu, si ce n'est que je restais tête baissée. Mon père m'a dit que je ferais mieux de me bouger si je ne voulais pas que mon mari me quitte…

Ma mère ne disait rien. Elle me regardait avec pitié. Cela faisait des semaines que je ne les avais pas vus et tout ce que je récoltais, c'étaient des brimades. Je regardais le chandail que ma mère venait de tricoter à Marie tout en le caressant du bout des doigts. Cette douceur, je ne la connaissais qu'à travers les yeux de ma fille désormais.

Je garde espoir parce que sans cela, je crois que je ne tiendrais pas. Pierre a décroché un nouveau contrat et depuis quelques jours, il est un peu plus calme. Il m'a seulement insultée. C'est rare maintenant que cela ne précède pas un torrent de coups. Je fais du mieux que je peux pour éviter de le contrarier et cela me demande une énergie folle. Il y a deux jours, il a lu par-dessus mon épaule le nouveau roman que je prépare. Il a fait une moue qui en disait long. Il est loin le temps où il m'encourageait et me poussait à me dépasser pour que je donne le meilleur. J'ai tout jeté à la poubelle pour recommencer.

Je dors à peine et mon père ne comprend pas comment je peux avoir autant de cernes alors que je « ne fous rien de la journée ». Mais je ne peux pas lui dire ce qu'il se passe. Il aurait raison de me traiter de faible si je n'essaie pas tout pour que les choses changent.

J'ai tout de même acheté un gâteau pour que Marie ait un souvenir de sa première bougie. Au chocolat, mais sans pralin, car Pierre n'aime pas ça.

Bon anniversaire, ma fille.

Je t'aime.

31.

Baptiste avait fait les cent pas en attendant le retour de Marie à l'appartement. Lorsqu'elle arriva, il se jeta sur elle, la laissant à peine se déchausser.

— Alors ? Tu as trouvé quelque chose d'intéressant ?

— C'est un peu tôt encore. Laisse-moi le temps de m'acclimater et de prendre la température.

— Qu'est-ce que tu as pensé de Charlotte ? Tu crois que Wesmuller s'en prend à elle aussi ?

Marie se laissa tomber dans le canapé. Elle essaya de rassembler les différents éléments recueillis aujourd'hui pour dresser un premier portrait de Charlotte.

— Je ne sais pas trop quoi en penser… Elle a une part très mystérieuse, c'est certain. En regardant ses peintures, on devine tout de suite qu'elle renferme une énergie plus fougueuse, presque de la rage. Mais ça ne veut pas dire que Wesmuller lève la main sur elle. Elle parle de lui assez librement, révélant timidement qu'il s'intéresse peu à elle, mais je n'ai pas senti d'animosité ou de crainte de sa part.

— Il ne faut pas lâcher, répondit Baptiste tel un supporter. Si elle t'a montré ses peintures, c'est déjà une belle victoire. Avec moi, elle ne disait pas un mot, sans doute parce que je suis un homme.

— Elle a dû se sentir en confiance. J'y retourne demain pour garder les enfants durant l'exposition. Tu savais que Wesmuller avait un bureau au sous-sol ?

— Oui, mais je n'ai jamais vu personne y aller, pas même lui. Il est toujours fermé à clé, d'ailleurs.

— Tu penses qu'il pourrait y cacher quelque chose ?

— Franchement, je ne sais pas... Mais je te déconseille de t'y risquer. Si jamais Wesmuller se rend compte de quelque chose, tu seras virée et tes chances de le coincer seront nulles.

— Je ne suis pas inconsciente, mais pourquoi empêcher l'accès à cet endroit s'il n'avait rien à cacher ?

Baptiste craignait que Marie s'intéresse de trop près à cette pièce.

— Fais gaffe quand même... Maintenant que je sais qui il est vraiment, je me demande de quoi il serait capable.

— Si je sens que ça devient dangereux, je ne prendrai pas de risque. Mais je dois tout explorer, traquer le moindre indice, la plus petite faille... Je dois le faire pour ma mère, tu comprends ?

L'émotion jaillit alors soudainement dans la voix de Marie. Les événements qui s'enchaînaient après des années d'attente la mettaient à fleur de peau.

— Tu devrais aller te reposer. Il faut que tu aies les idées claires pour la suite, suggéra Baptiste.

— Oui, tu as raison. Je vais aller me coucher. Merci pour tout ce que tu fais pour moi.

— Arrête de me remercier. J'ai envie que tu ailles au bout de ton combat. Si tu y parviens, ce sera un peu une victoire pour moi aussi.

— Ton père ne sait pas qu'il a un fils en or... C'est tellement con cette situation.

— Ouais, mais on va éviter de parler de ça, sinon je vais passer ma soirée à déprimer !

— T'as raison, excuse-moi. À demain Baptiste !

Il la salua de la main et Marie se dirigea vers sa chambre. Elle se coucha, sans un regard pour son téléphone portable et sans remarquer que Thomas avait cherché à la joindre pour la douzième fois de la journée.

32.

Marie se présenta de nouveau chez Wesmuller le lendemain, et Charlotte l'accueillit tout aussi apprêtée que la veille. Elle portait une jupe jusqu'aux genoux, mais le reste de ses jambes était camouflé sous d'épais collants noirs. Son visage était recouvert d'une couche de maquillage qui cachait des traits tirés et une mine peu enjouée.

— Vous n'avez pas l'air en forme, dit Marie en suivant Charlotte jusqu'au salon.

— Je n'ai pas beaucoup dormi... Cette exposition me stresse énormément. J'ai le trac...

— Vous n'avez pas de raison d'angoisser. Vos peintures plairont, j'en suis certaine. Je regrette d'ailleurs de ne pas pouvoir vous y accompagner finalement.

— Vous êtes gentille, répondit Charlotte en se tamponnant le front avec un mouchoir en papier.

— Pourquoi n'ôtez-vous pas ce gros gilet ? Il fait une chaleur à mourir et vous n'allez pas tenir longtemps avec ça sur le dos.

— Oh non, je suis très frileuse, je ne m'en sépare jamais, répondit aussitôt Charlotte en le refermant contre sa poitrine.

De plus en plus convaincue que ses tenues étaient destinées à camoufler le moindre centimètre carré de peau,

Marie n'insista pas. Charlotte se mit alors à chercher son sac à main dans toute la pièce.

— Les jumeaux jouent dans leur chambre. Vous pourrez leur proposer une baignade, si vous voulez. Il y a de quoi leur préparer un goûter dans les placards, il ne faut pas hésiter à fouiller.

— Votre mari vous rejoint à l'exposition ?

— Euh non, je ne pense pas.

— Il sera ici avant vous alors ?

— Je ne peux pas vous dire. Son emploi du temps est assez aléatoire. Je ne pense pas être là pour le dîner, car un cocktail est prévu après l'exposition, mais faites comme chez vous.

Chaque mouvement de Charlotte montrait qu'elle était en proie à une peur panique. Elle se déplaçait vite, dans tous les sens, en regardant dans toutes les directions.

— Charlotte, je vous sens totalement angoissée, qu'est-ce qui se passe ?

— C'est ridicule, je sais, mais je suis très nerveuse, répondit-elle en s'asseyant sur le canapé. Cela fait tellement longtemps que je n'ai pas exposé. Ce n'était peut-être pas une si bonne idée que ça finalement de me lancer là-dedans...

— Vous plaisantez ? Cacher plus longtemps encore votre talent serait une erreur ! Ayez confiance en vous !

— Après tant d'années à peindre pour moi seule... J'ai peur de la réaction du public. Pierre pense que c'est prématuré, que mes toiles ne sont pas encore prêtes...

— Vous l'avez dit vous-même, il n'a pas cette sensibilité qui lui permet d'apprécier votre art à sa juste valeur. Ne vous préoccupez pas de cela et faites ce qui vous fait plaisir. Cette exposition vous fait plaisir, n'est-ce pas ?

— Oui, mais je ne suis plus sûre de rien maintenant...

— Et c'est bien trop tard pour reculer ! Allez-y et prenez note des réactions, des commentaires ! Je suis sûre que tout cela sera très formateur et que vous serez fière d'avoir franchi ce cap à la fin de la journée !

Marie tenta de capter le regard de Charlotte, qui baissait la tête constamment. Ce manque de confiance, elle le retrouvait dans les écrits de sa mère. Elle avait perdu au fil du temps cette assurance qui l'avait animée et confortée dans ses choix. Et si, tout comme elle, Charlotte agissait contre la volonté de son mari et craignait un violent retour de bâton ? Si Wesmuller était totalement contre cette exposition et le fait que les regards soient tournés vers sa femme, l'espace de quelques heures ? Allait-il s'en prendre à elle à son retour ? Cela expliquerait en partie cette angoisse démesurée à quelques minutes de son départ.

— Charlotte, êtes-vous sûre qu'il n'y a rien d'autre qui vous met dans cet état ?

— Pourquoi est-ce que vous me demandez ça ?

— Vous semblez tellement nerveuse… Je me dis que cette exposition n'est peut-être pas la seule chose qui vous inquiète.

— Non, pas du tout. C'est ma première exposition depuis plusieurs années, donc c'est normal que je sois stressée.

Elle s'épongea à nouveau le front du revers de la main.

— Je vais y aller, mon taxi ne va pas tarder, dit-elle en se levant sans un regard pour Marie.

Elle quitta la maison à la hâte, laissant la jeune femme de plus en plus convaincue d'avoir vu juste. Charlotte n'avait pas l'attitude d'une femme sereine.

Elle entendit alors l'un des jumeaux crier à l'étage et s'y précipita. Louis pleurait à chaudes larmes alors que son frère tenait la petite voiture qu'il venait de lui arracher des mains. Marie consola le petit garçon sous les yeux de Matéo, ravi de son butin. Elle attrapa une autre voiture, qu'elle se mit à faire rouler le long du circuit imprimé sur le tapis de jeu. À son tour, Louis en fit de même et tous les deux se mirent à faire une course effrénée à travers la pièce.

Lorsqu'elle était au foyer, Marie avait souvent pris du temps pour s'amuser avec les enfants qui étaient beaucoup plus jeunes qu'elle. Elle savait combien la solitude était grande dans ces endroits, malgré le nombre tristement important de pensionnaires. Beaucoup d'entre eux souffraient de pathologies mentales et se retrouvaient là à cause de parents démissionnaires ou mal accompagnés. Difficile dans ces conditions de se faire de vrais amis, même si Marie avait réussi à tisser quelques liens. Dès qu'un enfant faisait son entrée, elle déployait des trésors d'ingéniosité pour le rassurer et l'intégrer. Elle avait ainsi appris à aborder des enfants de tous les âges et les éducateurs se reposaient beaucoup sur elle lorsqu'il fallait soulager les maux des plus tristes. C'était donc avec une certaine aisance qu'elle s'occupait de Louis et Matéo, passant de l'un à l'autre, trouvant des jeux communs afin qu'ils passent un bon moment tous ensemble.

Mais Marie ne pouvait évidemment pas oublier pourquoi elle était là. Alors qu'elle servait des tartines de confiture aux enfants, une question lui brûlait les lèvres.

— Est-ce que votre papa joue beaucoup avec vous ?

Matéo fit rapidement non de la tête.

— Il a plein de travail.

Louis restait silencieux, préférant dévorer sa tartine.

— Il est gentil avec vous ?

Marie se détestait. Utiliser ces enfants pour obtenir des informations sur Wesmuller la dégoûtait au plus haut point. Mais elle savait son temps ici compté et devait profiter de toutes les occasions pour progresser.

Les deux petits garçons acquiescèrent, les lèvres dégoulinantes de confiture. Elle n'avait de toute façon rien remarqué sur eux, aucune trace de violence éventuelle.

Longtemps, elle avait tenté de se remémorer cette période où elle aussi, partageait le même toit que Wesmuller. Mais rien. Elle ne se souvenait pas de l'avoir vu lever la main sur elle. Pas plus que sur sa mère d'ailleurs. Elle ne pouvait pas prétendre avoir été témoin d'une scène violente, tout comme elle ne se rappelait pas avoir eu de doux souvenirs avec sa mère. Son cerveau avait tout oublié. Elle avait cherché à comprendre pourquoi et les psychiatres lui avaient répondu que le choc de son abandon en était probablement responsable. Pour se reconstruire, son cerveau avait naturellement mis de côté la période de sa vie associée à sa mère et Wesmuller. « La nature est bien faite », lui avait même dit l'un d'entre eux. Mais Marie avait tout fait pour se souvenir des cinq premières années de sa vie. Elle avait tenté l'hypnose, fait des séances avec un médium et même tenté le spiritisme pour entrer en contact avec sa mère. Tout cela n'avait rien donné et elle avait finalement décidé de faire confiance aux mots. Ceux qui se trouvaient dans le carnet de sa mère décrivaient suffisamment bien cette époque sombre et lui avaient permis de s'imaginer à ses côtés. Si son dossier médical à l'arrivée dans le foyer ne décrivait pas de traces de violence physique, son rapport psychologique faisait état d'un gros traumatisme qu'elle avait appris à surmonter grâce au soutien des médecins et des éducateurs. Ce traumatisme, elle l'attribuait à ces années où elle avait forcément été témoin de la violence de Wesmuller envers sa mère. Quotidiennement à ses côtés, elle estimait qu'il était impossible qu'elle n'ait rien pu voir. Les jumeaux étaient-ils eux aussi des témoins ? Avaient-ils déjà entendu leur mère crier ? Auraient-ils pu voir leur père s'acharner sur elle, verbalement ou physiquement ?

Marie brûlait d'envie de les questionner à ce sujet, mais elle craignait de les brusquer. Que se passerait-il s'ils venaient à trouver cela étrange et à en parler à leurs parents ?

Elle observa un peu plus les garçons. Si Louis semblait plus réservé et timide, comme sa mère, elle ne le trouvait pas perturbé. Matéo révélait une énergie compensatrice, mais ses jeux restaient ceux d'un enfant que l'on pourrait qualifier de normal. Leurs interactions, leurs dessins n'avaient rien révélé de suspect aux yeux de Marie, qui avait appris à rapidement déceler les comportements troublés au foyer. Sans doute Wesmuller avait-il choisi d'agir loin de leur regard. En grandissant, ses enfants pouvaient devenir des témoins compromettants et dangereux.

Furtivement, elle songea qu'elle avait devant elle ses petits frères. Si elle n'avait jamais considéré Wesmuller comme son père, elle devait bien admettre qu'il était forcément son géniteur. Elle ignorait toujours pourquoi il ne l'avait pas reconnue à la naissance, mais n'était pas certaine de vouloir en connaître la raison. Elle avait appris à vivre sans la présence, même irréelle, d'un père. Le souvenir de sa mère lui suffisait amplement, car elle était certaine d'avoir reçu tout son amour.

— On peut regarder un dessin animé ? lança Matéo après s'être débarbouillé.

— Vous ne préférez pas aller dans la piscine ? Qu'est-ce que tu en penses, Louis ?

— Maman dit qu'on ne doit pas aller dans l'eau juste après avoir mangé.

— D'accord, alors c'est parti pour un dessin animé !

Marie choisit alors un DVD dans le meuble sous la télévision et le lança. Les deux petits garçons, confortablement installés, avaient les yeux scotchés sur l'écran. Elle décida de profiter de ce moment où les enfants ne risquaient pas de la solliciter pour visiter le bureau de Wesmuller. Discrètement, elle descendit au sous-sol et traversa la longue pièce à peine éclairée. Elle pressa la poignée de la porte du bureau qui lui résista. Baptiste avait raison ; la pièce était fermée à clé. Marie n'avait pas encore croisé Wesmuller une seule fois depuis qu'elle travaillait pour lui. Il partait tôt et rentrait tard. Pourquoi avait-il besoin d'un bureau s'il n'y était jamais ? La curiosité de Marie à l'égard de cet endroit était grandissante. Il lui fallait trouver un moyen d'y entrer. Elle se mit à regarder aux alentours de la porte, à ouvrir les différents placards autour du bar. Des dizaines de bouteilles d'alcool étaient amassées et Marie les déplaça une à une.

Wesmuller n'est pas un imbécile. S'il veut être bien certain que personne n'entre ici, il emporte sans doute la clé avec lui. Marie stoppa rapidement ses recherches. Elle devrait trouver un moyen moins conventionnel d'entrer dans la pièce.

24 novembre 1991

Hier, je me suis réveillée dans mon lit alors que je m'étais endormie dans la baignoire. Je ne me rappelle plus ce qui s'est passé, mais lorsque je me suis regardée dans le miroir, j'ai vu que mon œil, à demi fermé, était entouré d'une auréole bleue et jaune. Je l'ai frôlée de mes doigts et une vive douleur m'a alors traversé le visage. J'ai soudain pensé à Marie. Où était-elle ?

Je me suis ruée dans sa chambre, mais elle n'y était pas. Son petit lit était défait, mais je ne trouvai ni son doudou, ni sa tétine. J'ai senti une peur panique m'envahir. J'ai appelé Pierre, mais il n'y avait aucun bruit dans la maison. Je me suis mise à appeler dans toutes les pièces comme une furie et je sentais les larmes me brûler les joues.

C'est là que la porte d'entrée s'est ouverte et que Pierre est entré, avec la petite entre les bras et un sachet de croissants chauds. Il m'a demandé si j'avais passé une bonne nuit et m'a invitée à m'asseoir à la table qu'il avait dressée pour le petit-déjeuner. Dans la panique, je n'avais même pas remarqué le bouquet de lys qui se trouvait au centre de la table et qui n'était pas là la veille.

J'ai pris Marie dans mes bras, et l'ai serrée si fort que je me suis arrêtée à temps pour ne pas l'étouffer. J'ai eu tellement peur. Peur que Pierre s'en prenne à elle parce que je n'étais plus capable d'être son punching-ball. Que va-t-elle devenir si jamais je me retrouve à l'hôpital et qu'il n'a plus personne sur qui se défouler ? Je dois tenir bon pour qu'il la laisse en dehors de tout ça. Tant que je survis, Marie pourra vivre.

34.

Charlotte fut de retour en début de soirée, au grand étonnement de Marie qui s'imaginait que ce genre d'événement s'éternisait toujours. Elle paraissait exténuée.

— J'allais faire cuire des pâtes pour les garçons, dit Marie en brandissant une casserole qu'elle avait peinée à dénicher dans les placards. Comment s'est passée l'exposition ?

— Plutôt bien, répondit Charlotte, la voix fatiguée. Les gens ont été très réceptifs.

— Super, vous devez être contente, non ?

— Oui... Un galeriste de Dijon m'a demandé si je pouvais venir présenter mes toiles le mois prochain.

— Formidable !

L'enthousiasme de Marie tranchait avec la mine peu enjouée de Charlotte.

— Ce n'est pas une bonne nouvelle pour vous ?

— Si, bien sûr, répondit Charlotte avec hésitation. Mais je ne sais pas si je pourrai.

— Encore ce fichu manque de confiance, c'est ça ?

— Non... Enfin peut-être, oui. Une exposition, c'est beaucoup de préparation et je ne sais pas si j'aurai le temps...

— Je suis là, moi. Je peux garder les enfants, même

lorsque vous êtes ici. Vous ne serez pas obligée d'attendre la nuit tombée pour prendre vos pinceaux !

— C'est gentil, mais ça ne sera pas possible.

— Pourquoi ?

— C'est comme ça... Je vais me doucher.

Marie observa Charlotte monter silencieusement à l'étage. Ce qui devait sans nul doute être une très bonne nouvelle pour elle la décontenançait totalement. Elle dressa la table pour les jumeaux, tandis que les pâtes cuisaient tranquillement dans la casserole. L'attitude de Charlotte l'inquiétait de plus en plus et elle sentait qu'il manquait peu de choses pour qu'elle se confie.

Soudain, la porte d'entrée s'ouvrit à nouveau et Wesmuller entra dans la maison. Les jumeaux qui jouaient tranquillement sur le tapis du salon se précipitèrent sur lui. Il embrassa tendrement ses deux garçons en leur demandant si leur journée s'était bien passée. Marie comprit alors qu'un lien fort et sincère existait entre Wesmuller et ses enfants. Il entra dans la pièce et vit alors Marie, qu'il n'avait pas remarquée jusque-là.

— Bonsoir, Marie. Charlotte n'est pas encore rentrée ?

— Si, mais elle prend sa douche à l'étage.

— Ah, très bien.

Wesmuller posa alors sa sacoche et son trousseau de clés sur le plan de travail, sous les yeux de Marie. Elle ne put s'empêcher de fixer son regard dessus et compta les clés. Six. Dont une qui ouvrait sans doute le bureau du sous-sol.

— Tout s'est bien passé avec les jumeaux ? Ils ne sont pas trop agités ?

— Pas du tout, ils sont adorables. C'est un vrai plaisir de s'occuper d'eux.

— C'est vrai que nous n'avons pas à nous plaindre. Ils travaillent bien à l'école et ne font pas de remous à la maison.

Je ne passe pas autant de temps que je le voudrais avec eux, mais chaque moment est un pur régal. Heureusement que j'ai l'occasion de les accompagner au judo, ce sont toujours quelques heures que je passe avec eux.

Marie tourna le dos à Wesmuller pour remuer les pâtes dont le temps de cuisson était largement dépassé. Il lui apparaissait affreusement sympathique, et elle se mordit la lèvre pour retenir les larmes qu'elle sentait monter. Matéo et Louis étaient justement en train de lui demander s'il pouvait venir jouer avec eux autour de leur circuit de voitures et Wesmuller accepta sans rechigner. Était-il vraiment toujours ainsi avec eux, ou était-ce une façade parce qu'elle était là ? Il n'avait aucune raison de faire semblant, car elle n'était rien pour lui. Juste une intérimaire et la nounou occasionnelle de ses enfants.

Charlotte descendit alors, vêtue d'un long peignoir, les cheveux encore mouillés.

— Tu pourrais faire un effort tout de même, nous ne sommes pas seuls, lança alors Wesmuller sur un ton calme, mais ferme.

Charlotte regarda alors sa tenue et s'excusa aussitôt.

— Désolée, j'ai fait comme d'habitude. C'est vrai que ce n'est pas très correct.

— Ne vous en faites pas, il n'y a aucun problème, s'empressa de répondre Marie, qui sentit la gêne de Charlotte. Vous êtes chez vous.

— Je vais aller enfiler quelque chose d'autre, reprit-elle en faisant demi-tour.

— C'est inutile, je vais partir, car je pense que vous n'avez plus besoin de moi. Les pâtes sont prêtes, mais je crois qu'elles sont un peu trop cuites…

— Ce n'est pas grave, ils mangeraient même de la purée de pâtes, s'amusa alors Wesmuller, tandis que Charlotte restait immobile au milieu des marches d'escalier. Que diriez-vous de venir dîner demain soir ? J'aimerais faire plus ample connaissance avec celle qui sauve des vies !

Marie regarda alors Charlotte, qui paraissait surprise de cette proposition. Elle tenta de deviner si cela l'enchantait ou non, mais elle restait stoïque et silencieuse. Marie ne pouvait de toute façon pas laisser filer cette occasion de se rapprocher encore davantage du couple.

— J'accepte avec plaisir !

25 juillet 1992

J'ai de plus en plus de mal à cacher mes blessures. Celles qui sont à l'extérieur, mais aussi celles qui se trouvent à l'intérieur. Pour ne pas craquer, j'évite le plus possible de voir du monde. J'invente des excuses pour ne pas avoir à dissimuler et mentir. Je me souviens de cette fois où j'ai fondu en larmes devant ma mère et que j'ai dû inventer un mensonge stupide pour ne pas avoir à dire la vérité. Pourtant, je ne compte plus les fois où j'ai eu envie de dire à mes parents ce qui se passait. Mais ils ont toujours mis Pierre sur un piédestal… Comment pourraient-ils s'imaginer ce qui se passe vraiment entre les murs de notre maison ? De toute façon, je ne suis pas étrangère à cette situation. Si j'avais su prendre ma vie en main et montrer de quoi j'étais capable, j'aurais pu rendre Pierre fier de moi. Aujourd'hui, je reconnais qu'il n'y a pas grand-chose à valoriser. Mes manuscrits avortés s'entassent au fond de l'armoire. Maintenant que Marie grandit, j'arrive à consacrer davantage de temps à l'écriture, mais je sens que ma concentration et mon inventivité ne sont plus tout à fait les mêmes qu'avant. Je me force parfois à prendre la plume, car je sais que cela m'apaise. D'ordinaire, je fais lire mes manuscrits à Marlène, mais il y a bien longtemps que je ne l'ai pas vue. J'ignore pourquoi, mais chacun de mes appels reste sans réponse et lorsque par miracle, j'arrive à la joindre, la conversation tourne rapidement court. Je sais qu'elle a sa vie et sa famille, mais ça ne l'avait jamais empêchée de prendre de mes nouvelles. D'habitude, elle sautait sur chaque occasion de découvrir mon nouveau manuscrit en avant-première. Là, elle repoussait sans cesse nos rendez-vous pour finalement annuler. Lorsque j'ai tenté de lui demander une explication, elle m'a juste répondu qu'elle était débordée.

Finalement, je comprends que l'amitié est un lien bien plus complexe que l'amour. Lorsque quelque chose se casse, le retour en arrière devient difficile. Faire semblant n'est plus possible et on doit se résoudre à accepter que la relation soit terminée. Un aller sans retour. En amour, les choses ne sont pas si définitives. On s'aime, on s'engueule, on doute, on se déchire, on se pardonne, on part, on revient. Malgré toute la souffrance de ces derniers mois, je refuse de me dire que le soleil n'entrera plus dans ma vie. J'aime Pierre. Je sais que toute cette violence qu'il déverse sur moi n'est que le reflet de son esprit torturé. Il n'est pas encore prêt à en parler, mais je fais tout pour qu'il sente que je ne veux que son bonheur. Notre bonheur. Je ne peux pas croire qu'il nous soit interdit malgré notre mauvais départ. Si je dois encore essuyer des coups pour l'atteindre, je le ferai. Notre famille mérite que l'on se batte pour elle.

36.

Marie s'apprêtait à arriver chez les Wesmuller, un gros bouquet de fleurs à la main. Elle comptait bien profiter de cette soirée pour observer le couple et déceler les indices qu'elle recherchait tant. Car elle devait bien le reconnaître, à ce stade, elle n'avait toujours aucune preuve de la violence de Wesmuller.

Dans son journal, sa mère révélait une extrême solitude. Au fil du temps, ils ne recevaient plus personne à la maison et Wesmuller s'était occupé de faire le vide autour d'elle, afin qu'elle n'ait aucune échappatoire. Cette invitation spontanée, tout comme le fait qu'il l'embauche et la laisse en tête-à-tête avec sa femme était une prise de risque. À tout moment, Charlotte pouvait se mettre à parler. Pour Marie, cela montrait d'autant plus l'emprise de Wesmuller sur sa femme. Il ne craignait plus que l'on entre dans sa sphère privée et avait sans doute mis en place un autre moyen de pression pour que personne ne découvre qui il était vraiment.

Elle fut accueillie par le large sourire de Wesmuller, qui semblait sincèrement l'apprécier. En entrant dans la maison, les jumeaux, déjà très à l'aise avec elle, vinrent la couvrir de baisers humides et bruyants. Elle chercha Charlotte du regard, qui s'affairait dans la cuisine. En voyant Marie, elle lui adressa un large sourire. Elle n'avait plus le visage triste et anxieux de la veille et semblait en pleine forme dans sa robe de soirée scintillante. Un fin gilet blanc masquait toujours la totalité de ses bras.

— Charlotte n'est pas un cordon-bleu alors nous avons préféré faire appel à un traiteur pour ce soir, expliqua Wesmuller en prenant le bouquet que Marie tendait à sa femme. C'est d'ailleurs un ami. Vous ne devriez pas être déçue.

Sans réagir, Charlotte disposa une dizaine de petits-fours sur une assiette et Marie fut aussitôt entraînée par Wesmuller vers la table dressée pour le dîner.

— Les enfants ont mangé, ils seront couchés d'ici un petit quart d'heure. Nous serons plus tranquilles pour discuter, continua Wesmuller.

Marie ne pouvait s'empêcher d'essayer de savoir ce qui se passait dans la tête de Charlotte, d'imaginer ce qui avait lieu ici, une fois les enfants au lit, la porte et les volets fermés. L'image de Wesmuller tabassant sa femme lui revenait sans cesse devant les yeux. Mais Charlotte paraissait bel et bien détendue ce soir. Les yeux rivés sur elle, Marie s'installa et vit une table dressée comme un jour de fête. De la vaisselle de grande qualité, probablement de la porcelaine, accompagnée de verres en cristal, attendait de recevoir des plats dignes d'un repas étoilé.

— Une petite coupe ? demanda Wesmuller en apportant un seau à champagne rempli de glaçons dans lequel se trouvait une bouteille de Dom Pérignon.

— Je ne m'attendais pas à fêter Noël en avance, répondit Marie, gênée de constater que le couple avait mis les petits plats dans les grands.

— Oh, ne vous formalisez pas ! répliqua Wesmuller. Ici, on n'attend pas de date particulière pour se faire plaisir.

Si on veut boire du champagne et manger du caviar, on le fait. N'est-ce pas, chérie ?

— Oui, et ça nous fait plaisir de faire plaisir, répondit Charlotte en regardant son mari déboucher la bouteille.

Le bouchon sauta en l'air en tonnant, à la plus grande joie des jumeaux qui se battirent pour le récupérer. Marie vit sa coupe se remplir avec un crépitement qu'elle avait rarement entendu.

— Je vous laisse me donner votre avis.

Timidement, Marie attrapa la coupe et la porta à ses lèvres. Elle acquiesça et Wesmuller continua le service.

— Il est délicieux, poursuivit Marie.

Charlotte lui fit alors passer l'assiette de petits-fours et l'invita à se servir.

— Je crois qu'ils sont à la truffe et aux figues.

— Tu veux bien aller coucher les garçons, s'il te plaît ? demanda Wesmuller à sa femme.

Charlotte se leva immédiatement et prit ses enfants par la main.

— Laisse-les faire une bise à Marie avant !

Elle les lâcha et les deux garçons vinrent chacun son tour enlacer Marie, qui appréciait de plus en plus la chaleur humaine que dégageaient ces enfants.

Seule avec Wesmuller alors que Charlotte était repartie à l'étage, Marie prit alors les devants :

— Alors, comment s'annonce la cuvée 2020 ?

— Excellente ! Le temps a été parfait cette année, nous n'avons pas subi de fortes gelées, ni même d'épisode grêleux. Le raisin était sucré à la perfection et les premiers moûts sont très qualitatifs.

— J'en suis ravie.

— J'ai dit à Sylvain que vous veniez à la maison et il vous adresse ses salutations. Il parle de vous sans arrêt, vous êtes presque une déesse vivante pour lui !

— Oh, c'est très flatteur, répondit Marie. Mais j'ai juste fait ce qu'il fallait au bon moment, c'est tout.

— Votre sang-froid était admirable, tout le monde s'accorde à le dire.

— Merci.

Charlotte réapparut et s'installa de nouveau à table.

— Buvons de nouveau à cet épisode Marie, si vous le voulez bien, dit Wesmuller en levant sa coupe.

Charlotte l'imita et Marie fit cogner son verre contre celui de Wesmuller, qui fixa ses yeux sur les siens. Il y avait quelques semaines encore, jamais elle n'aurait imaginé trinquer avec lui. Elle savait qu'elle faisait ça pour avancer masquée, comme un chat tapi dans l'ombre, prêt à bondir sur sa proie. Elle s'interdisait de trouver la situation agréable, même si elle reconnaissait passer un bon moment malgré l'ombre de sa mère planant au-dessus de sa tête. Elle porta un petit-four dans sa bouche et l'explosion de nouvelles saveurs qui s'en dégagea l'envoûta. Le champagne était divin et l'ambiance très détendue.

— Lorsque je vous ai fait visiter le site, vous m'avez dit que vous souhaitiez vous reconvertir. Expliquez-moi un peu.

Toute sa crédibilité reposerait sur cet instant. Il fallait qu'elle soit convaincante pour que Wesmuller continue à lui faire confiance.

— Je travaille dans le prêt-à-porter, mais mes grands-parents possèdent un petit domaine que je souhaiterais reprendre.

— En Haute-Savoie ? Je crois me rappeler que vous êtes de là-bas, n'est-ce pas ?

— J'y vis actuellement, mais ma famille est originaire de la région bordelaise.

— Superbe région viticole en effet. D'où exactement ? Je connais un peu ce coin.

— Dans le Médoc. C'est sans prétention, mais mes parents ont toujours refusé de faire revivre ce vieux domaine familial. C'est quelque chose qui me tient beaucoup à cœur, mais comme je n'y connais absolument rien, je tenais à commencer tout en bas de la chaîne.

— Et pourquoi en Bourgogne ? Ça aurait été tout aussi simple de vous faire la main directement dans le Bordelais, non ?

— Oh, c'est un choix purement géographique. La Bourgogne est plus près de chez moi.

— Évidemment ! répondit Wesmuller, apparemment satisfait des réponses de Marie.

Elle avala d'un trait ce qui restait dans sa coupe et Wesmuller lui en resservit une nouvelle.

Pendant ce temps, Charlotte n'avait pas dit un mot, mais continuait d'afficher un sourire que Marie pensait de plus en plus être de façade.

Le repas fut une succession de plats tous aussi délicieux les uns que les autres. Marie découvrit des mets qu'elle n'avait encore jamais goûtés jusqu'alors. Wesmuller faisait principalement la conversation, et Charlotte se contentait d'apporter les assiettes et de débarrasser la table, tout en surveillant le réchauffage des plats. Insuffisant pour connaître la nature de la relation entre elle et son mari.

— Vous ne m'avez pas dit ce que vous avez pensé de l'exposition de votre femme ? lança-t-elle alors que la conversation tournait court.

Wesmuller ne réagit pas et Charlotte baissa les yeux tout en portant sa serviette à sa bouche. L'ambiance, qui avait été légère jusque-là, se fit soudain plus lourde. Marie sentit que la question mettait tout le monde mal à l'aise.

— Pour être tout à fait honnête, je n'ai pas pris le temps d'aller la voir, répondit enfin Wesmuller après quelques secondes de réflexion.

— C'est dommage, j'ai pu voir quelques toiles de votre femme et je les ai trouvées particulièrement puissantes et envoûtantes.

— Elle vous l'a peut-être dit, mais je m'intéresse peu à l'art. Pour moi, ce n'est rien de plus qu'un passe-temps et je n'arrive pas à comprendre comment une foule de gens peut s'extasier devant de la peinture étalée sur une toile.

Marie fut alors choquée par la brutalité des propos que tenait Wesmuller. Charlotte continuait à se terrer dans son mutisme.

— Je ne suis pas d'accord. On peut faire passer des tas de messages à travers les arts, et pas seulement la peinture d'ailleurs.

Charlotte se racla la gorge. Marie vit alors qu'elle avait le regard fixé sur elle. Mais elle ne voulait pas laisser Wesmuller écraser ce qui représentait pour elle son sas de décompression.

— Certains se servent de ça comme moyen d'expression. Une chanson, un dessin, une photo, un livre. Chaque œuvre délivre un message. Il faut juste être un peu ouvert pour le déchiffrer.

— Alors on dira que je suis totalement hermétique, mais ça ne me pose aucun problème. Je vis mes émotions, au lieu de les glisser à droite et à gauche en espérant que quelqu'un les comprenne.

— Pardon, mais je trouve ça dommage. Votre femme est une brillante artiste. Ce n'est pas pour rien qu'on lui propose à nouveau d'exposer d'ailleurs.

Le regard de Wesmuller s'assombrit alors. Il se tourna vers sa femme, dont les joues se teintèrent en rouge. Marie comprit alors qu'elle avait trop parlé.

— Tu as une autre exposition ? Qu'est-ce que c'est que cette histoire ?

— Pour l'instant, il n'y a rien de confirmé. On m'a juste fait une proposition.

— Et je peux savoir où ?

Cette fois, Wesmuller avait totalement changé de ton et ne semblait plus se préoccuper de la présence de Marie.

— À Dijon. Mais ne t'en fais pas, je n'ai pas dit oui.

— Si tu te mets à accepter toutes les expositions qu'on te propose, on ne va pas s'en sortir. Qui va s'occuper des enfants ?

— Je peux me rendre disponible, ce n'est pas un problème, osa Marie alors qu'elle sentait Charlotte très mal à l'aise.

— Vous êtes bien gentille, mais je ne travaille pas pour payer une nounou à mes enfants alors que ma femme est à la maison pour eux, justement.

Marie venait de mettre le doigt sur l'un des points critiques du couple ; Wesmuller avait en horreur la passion de sa femme pour la peinture parce qu'elle devenait un point d'ancrage à l'extérieur. Tout comme avec sa mère, il avait fini par l'isoler et l'empêcher de s'épanouir à travers son art. Elle devait au plus vite changer de conversation afin d'apaiser les tensions et éviter que tout cela se retourne contre Charlotte.

— Est-ce que vous avez besoin d'aide pour le dessert ? s'empressa de poursuivre Marie, alors que Wesmuller lançait toujours un regard noir sur sa femme.

— Non, ça ira, je vais me débrouiller.

Charlotte se leva et se dirigea vers la cuisine. Marie sentait qu'il allait être difficile de réchauffer l'ambiance, mais ne regrettait pas d'avoir abordé le sujet, car elle avait pu sentir toute la violence qui transparaissait derrière les propos de Wesmuller. Sa réaction ne collait pas avec l'image de l'homme savant et ouvert qu'il donnait partout où il allait. Sa réaction moyenâgeuse à une époque où personne ne pouvait ignorer que la femme luttait pour ses droits venait ainsi de révéler la faille qu'il manquait à Marie jusqu'à maintenant.

Charlotte rejoignit la table avec une tarte au citron meringuée, au moment même où le téléphone de Wesmuller sonna.

— Bon sang, qui peut bien m'appeler à cette heure-ci ? dit-il en quittant la table.

Il sortit sur la terrasse pour prendre l'appel et Marie en profita pour parler enfin à Charlotte.

— Je suis désolée pour tout à l'heure, je ne pensais pas qu'il réagirait ainsi.

— Taisez-vous s'il vous plaît, répondit Charlotte en chuchotant.

— Arrêtez de vous laisser faire, il n'a pas le droit de vous traiter de la sorte. C'est terminé le temps où la femme restait sagement à la maison à attendre que son mari rentre du travail, à préparer à manger et faire la lessive.

— Il va vous entendre… Arrêtez, je vous en prie.

Cette phrase, prononcée encore plus doucement que la précédente, arracha le cœur de Marie, qui sentit toute la détresse qu'elle dissimulait.

— Charlotte, je sais ce que votre mari vous fait subir. N'ayez plus peur, je suis là.

Elle ne réagit pas et Wesmuller fit son retour dans la pièce.

— L'alarme du site vient de se déclencher. On paie un vigile pour qu'il surveille et s'occupe de couper l'alarme et il n'était même pas à son poste. Résultat, on me dérange après une journée de douze heures de travail. C'est à peine croyable, non ? Il va m'entendre demain…

— En effet, c'est regrettable… continua Marie, qui tendait son assiette à Charlotte.

Chacun avala sa part de tarte en silence. Wesmuller n'avait plus envie de discuter et Marie craignait le moment où elle quitterait la maison, laissant derrière elle un climat menaçant. Charlotte allait sans aucun doute subir les foudres de Wesmuller, et il était peut-être même déjà en train de songer au supplice qu'il lui ferait subir. Retardant le moment où elle avalerait la dernière bouchée, Marie eut alors envie de tenter quelque chose qui pourrait sauver Charlotte de son bourreau ce soir.

— Je ne suis pas très rassurée à l'idée de rentrer toute seule dans cette nuit noire.

— Pas de problème, je vais vous ramener, proposa Wesmuller sans hésiter.

— Oh, je ne veux pas vous faire ressortir à cette heure. Peut-être que je pourrais passer la nuit ici ? Comme je dois de toute façon revenir demain pour garder les enfants, je serai déjà sur place.

— Ça ne sera pas nécessaire. L'exposition de Charlotte est terminée, nous n'avons plus besoin de vous. Je vous raccompagne ?

Charlotte la regarda sans rien dire, les yeux mouillés et la mine défaite. Prise de court, Marie comprit alors qu'elle ne pourrait plus remettre les pieds chez Wesmuller.

14 janvier 1993

Je reprends la plume après plusieurs mois d'absence.

En août dernier, Pierre est tombé sur l'un de mes manuscrits et il a totalement explosé en le lisant. Sans raison aucune, il s'est mis en tête que j'écrivais sur lui. Ça l'a mis dans une rage folle et il m'a demandé que je lui apporte tous mes autres écrits. Je lui ai dit qu'il se trompait, que ce que j'écrivais n'avait rien à voir avec lui, mais il avait le sentiment que je l'avais trahi. Je priais pour qu'il ne retourne pas la maison et tombe sur ce journal. Je pense que je n'aurais pas survécu. J'ai préféré lui donner moi-même tous les manuscrits que je gardais précieusement dans mon armoire. Il les a attrapés avec violence et il est allé les mettre dans la baignoire. Plusieurs kilos de feuilles, noircies par mon écriture, étaient entassés devant moi. Je restais plantée devant la baignoire, en larmes, attendant de savoir quel sort allait leur être réservé, même si je me faisais peu d'illusions.

Pierre est revenu de la cuisine avec une bouteille d'alcool à brûler. Il l'a ouverte en me regardant droit dans les yeux et s'est mis à l'agiter au-dessus de la baignoire. En quelques secondes, les feuilles se sont retrouvées imbibées et la salle de bains envahie par la forte odeur d'alcool. Dans ma tête, je ne cessais de retourner des phrases qui pourraient lui faire entendre raison, mais aucun mot ne sortait de ma bouche.

Seuls mes yeux décrivaient la détresse qui m'habitait en cet instant. Cela lui plaisait de me torturer et de voir qu'il avait ce pouvoir sur moi. Tirer les ficelles, me mettre plus bas que terre, puis me relever, me dire que je suis la plus nulle avant de me remettre au sommet…

Il m'a alors dit qu'il n'avait jamais lu des livres aussi mauvais que les miens, qu'il avait fait semblant de les aimer pour me mettre dans son lit. Je sais que lorsque sa colère s'exprime, il dit parfois des choses qu'il ne pense pas. Il s'excusera dans une heure de m'avoir dit ça.

Il a alors pris la boîte d'allumettes, celle que je garde dans un tiroir de la cuisine pour allumer les barbecues. Il en a craqué une et le reflet de la flamme s'est mis à luire dans ses yeux, accentué par sa fureur. Cette flamme représentait l'enfer que je vivais. D'abord minuscule, elle prit une ampleur gigantesque lorsqu'elle toucha le fond de la baignoire. Une chaleur intense se plaqua contre mon visage, tandis que mes boyaux se tordaient de douleur de voir ainsi s'évaporer plusieurs mois d'écrits. Des centaines, des milliers d'heures à trouver le bon mot, la bonne phrase pour finir en flocons de cendre. Les flammes étaient hautes et j'avais peur que la maison tout entière s'embrase. Il observait le spectacle avec délectation, un sourire aux lèvres. Régulièrement, il me regardait pour s'assurer que je souffrais bien, que j'avais mal. Oui, j'avais mal. C'était bien pour ça qu'il le faisait, non ?

Quand la flamme s'est éteinte, j'ai cru que j'en avais fini pour aujourd'hui, que mon quart d'heure était passé. Mais il m'attrapa par le bras et m'entraîna vers le garage. On est passé devant Marie qui jouait sur le tapis du salon. Elle m'a regardée avec ses petits yeux noisette, en mordillant son cube en bois. J'ai baissé les paupières pour ne pas qu'elle sente la peur en moi. Je ne luttais même plus. J'avais bien compris que plus je criais, plus il frappait fort.

Il m'a ordonné de poser la main sur l'établi en bois, que mon père nous avait offert lorsqu'on avait acheté la maison. Puis il a attrapé le marteau qui était pendu sur le mur. Il voulait me détruire la main. Pas n'importe quelle main. La droite, celle avec laquelle j'écrivais mes romans si médiocres. Évidemment, il y a cette force naturelle qui vous oblige à éviter le danger. Je savais qu'en retirant ma main, je prenais le risque qu'il me détruise les deux. Il m'ordonna de la reposer et que si je ne le faisais pas, il exploserait le marteau sur mon crâne. Il en était capable oui, et peut-être même que l'idée qu'il le fasse vraiment m'a fait envie l'espace d'un instant. Mais je ne pouvais pas abandonner ma fille.

Avant de reposer ma main sur l'établi, j'ai demandé si je pouvais mettre mon foulard entre mes dents pour ne pas crier trop fort. Il a accepté. J'ai alors commencé à serrer le bout de tissu tout en fermant les yeux. J'ai attendu que la tête du marteau vienne cogner ma main en me demandant quelle allait être l'intensité de la douleur. Puis le métal s'est écrasé sur mon poignet. J'ai senti mes os se morceler à l'intérieur. Le foulard n'a servi à rien. J'ai hurlé si fort que j'espérais qu'on m'entende à l'autre bout de la rue. Il a frappé plusieurs fois jusqu'à ce que mon poignet ne soit plus qu'un morceau de peau reliant ma main au reste de mon bras. J'étais sur le point de tomber dans les pommes lorsqu'il décida de m'emmener à l'hôpital. Une fois sur place, je me suis évanouie.

Lorsque j'ai rouvert les yeux, j'ai senti sur moi le regard de l'infirmière bienveillante. « Vous ne vous êtes pas ratée, m'a-t-elle dit. Qu'est-ce qui vous a pris de faire ça ? » Je ne comprenais rien à son discours qui consistait à me faire passer pour la seule responsable de mon état. Le personnel médical me traitait comme si j'étais une demeurée, c'était insupportable. Mon bras pesait une tonne avec le plâtre autour. Je ne pouvais plus me servir de ma main droite et j'ai dû tout réapprendre avec la main gauche. Une torture dont Pierre semblait tantôt se réjouir, tantôt culpabiliser. À l'hôpital, je ne lui ai presque pas parlé. Ça le rendait dingue, mais il savait qu'il ne pouvait rien faire sans être vu. Ses doigts et ses mâchoires se crispaient lorsque je ne répondais pas. J'ai fait ce qu'il fallait pour sortir au plus vite d'ici. Pas question de laisser Marie entre ses seules mains.

De retour à la maison, je savais que l'enfer allait reprendre, mais au moins, je pouvais serrer ma fille contre moi. Évidemment, j'avais beaucoup de mal à m'en occuper avec une seule main, mais il en fallait beaucoup plus pour me mettre à terre. Écrire n'a pas été possible durant plusieurs mois, c'est pourquoi je ne reviens que maintenant. J'ai tremblé en pensant à ce que Pierre ferait s'il était tombé sur le carnet durant mon absence. Je regrettais de ne pas l'avoir détruit avant, car je savais qu'il représentait mon aller simple pour la morgue. Heureusement, il ne l'a pas trouvé. Plus que jamais, il reste le seul endroit où je peux être moi-même, sans tricher ni mentir. Mais je sais aussi qu'à tout moment, il peut causer ma perte.

38.

Dans la voiture, elle serrait les dents et les poings, repensant au nombre de fois où elle avait espéré se retrouver seule avec Wesmuller. Il était là. À quelques centimètres d'elle, à sa portée et vulnérable. Pourquoi ne pas en finir maintenant ?

Elle mit la main dans sa poche, là où elle avait rangé le couteau offert par Dylan. Il était petit, mais un coup bien placé pouvait lui être fatal. Avec ses mains accrochées au volant, il ne pourrait pas réagir. Mais ils risquaient aussi de se retrouver dans le décor et elle n'avait pas l'intention de mourir en même temps que lui.

Le menacer, la lame sous la gorge, pour qu'il avoue tous ses crimes ? Elle en avait rêvé tant de fois. Mais elle savait aussi que des aveux sous la contrainte ne valaient rien.

Pourtant, elle continuait de serrer le couteau du plus fort qu'elle le pouvait. L'envie irrépressible de lui trancher la gorge maintenant ne la quittait pas et son instinct la poussait à aller au-delà de ce qu'elle avait toujours désiré. Elle prit une bonne bouffée d'air et déplia doucement la lame du couteau d'une seule main. Son ventre fut alors envahi d'une sensation jamais connue jusqu'alors : celle de tenir la vie de quelqu'un au bout de ses doigts. Et pas n'importe quelle vie. Celle de Wesmuller. Pourquoi ne parvenait-elle pas à ressentir une satisfaction à l'idée d'être enfin maîtresse du destin de cet homme en cet instant ? Elle s'efforçait de se dire que c'était le moment ou jamais d'obtenir justice lorsqu'une angoisse s'empara d'elle à l'idée d'être sur le point de franchir ce cap. Que deviendrait sa vie si elle supprimait celle de Wesmuller ? Serait-elle plus heureuse derrière des barreaux ? Car il ne fallait pas se faire d'illusions. Elle finirait derrière des barreaux. Et plaider la légitime défense ? Elle pourrait mettre en avant le caractère violent de Wesmuller et dire qu'elle avait sorti son couteau pour se défendre ? Charlotte pourrait s'exprimer librement et appuyer son témoignage. Mais elle ne pourrait pas l'entendre reconnaître tous les sévices qu'il avait fait subir à sa mère, et c'était bien ça qu'elle désirait plus que tout. Qu'il avoue son crime.

Wesmuller donna un brusque coup de frein alors qu'un chat, surgi de nulle part, traversa la route. Marie poussa un cri de douleur. La lame venait de s'enfoncer dans sa paume. Elle sentit alors le sang chaud couler entre ses doigts. La nuit l'empêchait de voir la tache rouge qui se formait dans le fond de sa poche et s'étendait sur l'avant de sa veste. Wesmuller ne remarqua rien et Marie resserra encore plus les mâchoires. Elle se dit alors qu'elle faisait une bien piètre criminelle et qu'il n'avait vraiment rien à craindre d'elle.

— C'est bien ici ? demanda-t-il d'une voix fermée alors qu'il s'arrêtait devant son immeuble.

— Oui, merci, répondit Marie en plaquant son sac sur sa poche avant d'ouvrir la portière.

Soudain, la main de Wesmuller se referma brusquement sur son bras. Elle se retourna vers lui, braquant ses yeux encore baignés par ses larmes de douleur. La pénombre le rendait encore plus menaçant.

— Une dernière chose avant que vous partiez. J'aimerais que vous laissiez ma femme tranquille. C'est une personne fragile, elle n'a pas besoin que vous veniez la perturber davantage.

Sans attendre sa réponse, il la lâcha et Marie sortit de la voiture à la hâte. Elle referma la portière et regarda la voiture s'éloigner dans la nuit. Sa menace résonnait encore dans sa tête. *C'est une personne fragile.* Il avait aussi dit cela de sa mère et tout le monde l'avait cru. Il reproduisait le même scénario avec Charlotte, réduisant ainsi peu à peu ses chances de s'en sortir.

16 février 1994

Fuir.

Quitter à tout prix cette maison en vie avant qu'il ne soit trop tard. Croire que Pierre pouvait changer a été la pire erreur de ma vie.

Mais où aller quand toute votre famille vous a tourné le dos et s'imagine que votre bourreau est l'homme idéal ? Vers qui se tourner lorsque la poignée de gens que vous pensiez être des amis vous prend pour une dégénérée sans intérêt ?

J'ai senti la honte et la peur dans leur regard la dernière fois que je les ai vus. Pourquoi ?

Je n'en peux plus de passer mes nuits recroquevillée, à pleurer et attendre le moment où Pierre m'obligera à le laisser me faire l'amour. Il y a bien longtemps que je n'ai plus aucun plaisir, comment le pourrais-je ? Chacun de nos rapports est forcé. Si au début, il me suffisait de fermer les yeux et d'attendre qu'il termine, je dois maintenant lutter contre les innombrables douleurs que cela me provoque. Le sentir en moi me dégoûte. Je vomis chaque fois après. Mon corps n'est qu'un ramassis de bleus et d'écorchures. Je peine à me lever chaque matin, mais je lutte pour pouvoir m'occuper de Marie. Je sais que je ne suis pas à la hauteur ces derniers temps. Les parents me regardent bizarrement lorsque je l'amène à l'école. C'est d'ailleurs la seule sortie que je fais. J'ai l'air d'un zombie. Je la dépose, le plus loin possible des regards, et je l'observe se diriger vers la porte, son petit cartable rose sur le dos, ses deux couettes se balançant au-dessus de sa tête.

Je sais qu'elle entend mes cris parfois quand je n'arrive pas à les étouffer. Elle m'a déjà demandé pourquoi j'avais mal comme ça. J'ai inventé une maladie qui me fait des blessures et je lui ai promis qu'on me trouverait un remède très bientôt. La maîtresse a appelé plusieurs fois à la maison, mais c'est Pierre qui s'est chargé d'aller la rencontrer. Elle n'a plus jamais rappelé depuis.

J'ai trouvé le numéro d'une association qui aide les femmes battues. J'ai mis du temps à comprendre que j'étais une victime et non pas la coupable. À force d'humiliations, j'avais fini par me convaincre que j'avais mérité tout ce qui m'arrivait. J'ai même cru que j'avais de la chance qu'un homme comme lui s'intéresse à moi. Je vais appeler l'association demain, lorsque Pierre sera au travail. Je dois me sortir de là. Je dois NOUS sortir de là. Ma fille mérite mieux que de vivre sous le même toit qu'un tortionnaire.

19 février 1994

Je me réveille de deux jours d'enfer. Pierre a compris que je préparais quelque chose et il a envoyé Marie chez mes parents pour pouvoir me battre tranquillement. J'ai l'impression que l'empreinte de son poing est inscrite dans mon ventre tant je suis habituée à le sentir s'enfoncer dans mes entrailles. Sur mes jambes, plus aucun centimètre de peau n'est épargné. Des ecchymoses de tous les âges les recouvrent.

Un mélange de bleu, de vert et de jaune s'étale du haut de mes cuisses jusqu'au bout de mes orteils. Pierre continue de me les écraser avec jouissance. Je boite. Comment ne pas passer pour une morte-vivante lorsque l'on me voit ?

Je tente d'effacer le souvenir de ces dernières heures où j'ai vu la mort de près. Je crois que je l'ai supplié de m'achever. Je ne m'en souviens plus à vrai dire. En tout cas, je l'ai pensé.

Mourir plutôt que fuir. Je commence à me dire que c'est peut-être la meilleure solution.

40.

Un bandage de fortune enroulé autour de sa main, Marie s'était péniblement endormie la veille. Bien que Wesmuller l'ait congédiée, elle ne comptait pas rester sans rien faire et avait bien l'intention de revenir voir Charlotte aujourd'hui même.

Baptiste devinait la colère sur le visage de Marie.

— Qu'est-ce que tu comptes faire maintenant ?

— Je vais retourner voir Charlotte et la convaincre de me parler.

— Et si tu tombes sur Wesmuller ?

— Peu de chance. Il va encore passer sa journée au domaine. Ça me laisse du temps pour parler à sa femme et la convaincre de partir.

— Tu voudrais qu'elle quitte sa maison aujourd'hui ?

— Pourquoi pas ? Elle n'a pas pu le faire jusqu'à présent parce que Wesmuller a fait le vide autour d'elle. Mais si elle sent qu'elle a quelqu'un sur qui se reposer, elle s'en sentira la force.

Ils furent interrompus par la sonnette de l'appartement. Baptiste alla ouvrir. Marie reconnut instantanément la voix de Thomas.

— Qu'est-ce que tu fais ici ? lui demanda-t-elle sans cacher sa surprise.

— Ça fait des jours que tu ne me réponds plus et j'étais mort d'inquiétude ! répondit-il en tirant une petite valise.

— Je vais vous laisser, coupa Baptiste en s'éclipsant dans sa chambre.

— Je suis désolée, tout est allé tellement vite ces derniers jours que je n'ai pas eu temps de te rappeler, excuse-moi, tenta de se justifier Marie.

— Je viens de faire près de quatre cent cinquante kilomètres et six heures de train alors oui, tu peux t'excuser.

Marie se rappela les nombreux SMS et appels en absence qu'elle avait vus sur son téléphone en repoussant toujours le moment où elle répondrait. Tout son esprit était accaparé par Wesmuller et elle en avait oublié Thomas.

— Tu comptes rester ici ? dit-elle en lui servant un café.

— Je n'ai pas fait tout ce chemin pour repartir ce soir. À moins que je sois de trop... dit-il en regardant vers la chambre de Baptiste.

— Pas du tout, ça me fait plaisir que tu sois là, dit Marie en se laissant enfin aller à un geste de tendresse.

— Ta main ! dit-il en remarquant le bandage. Qu'est-ce qui s'est passé ?

— Rien du tout, une égratignure. Mais il n'y a pas un pansement ici alors, j'ai opté pour le format XXL, répondit-elle en essayant de paraître décontractée.

— Je n'arrivais plus à rester tout seul, loin de toi, sans savoir ce qui se passait, reprit Thomas.

— Oui, c'est ma faute. C'est parce que depuis quelques jours, je travaille chez Wesmuller.

— Quoi ?

— Enfin, je travaillais. Car hier, il m'a congédiée.

— Tu es en train de me dire que tu es allée plusieurs jours chez lui ?

— Il m'a embauchée comme baby-sitter. Ça m'a permis de me rapprocher de sa femme et d'apprendre des choses très intéressantes.

Thomas ne pouvait pas masquer sa grande inquiétude.

— Tu ne crois pas que tout ça va un peu trop loin Marie ? Tu prends beaucoup trop de risques pour l'approcher.

— Arrête de stresser. Il ne peut pas se douter de quoi que ce soit. Je suis sur le point de faire avouer à sa femme qu'elle aussi subit la même chose que ma mère.

— Tu en es sûre ? Enfin, je veux dire, tu as la preuve qu'elle se fait violenter par Wesmuller ?

— Pas encore, mais il la manipule. Il l'a isolée de son entourage, il la dénigre et la rabaisse. Exactement comme avec ma mère.

— C'est un peu léger, non ?

— Je te dis que je suis sur le point de faire avouer tout le reste à Charlotte. Tu ne me fais pas confiance ?

Marie sentait que Thomas n'était pas convaincu et elle était agacée de le voir autant sur la réserve.

— C'est pas ça, mais je suis inquiet pour toi, tu peux le comprendre, non ?

Marie s'approcha de lui et l'enlaça. La chaleur de son corps contre le sien lui fit un bien fou. Elle réalisa encore davantage à quel point elle avait besoin de lui et de sa présence pour trouver l'énergie d'aller jusqu'au bout.

— Promets-moi de faire attention, de ne pas prendre de risques insensés ? continua-t-il après leur étreinte.

— Je sens que je touche du doigt ce pour quoi je me bats depuis des années. Ma mère ne sera plus seule et Wesmuller va payer pour tout le mal qu'il lui a fait. Je ne lâcherai pas si près du but.

Marie rassura une nouvelle fois Thomas avant de partir chez les Wesmuller. Elle n'était pas sereine et craignait que Charlotte refuse de lui ouvrir. Mais elle était déterminée à lui faire comprendre que son cauchemar pouvait s'arrêter aujourd'hui si elle le voulait.

41.

Thomas était resté assis seul dans la cuisine après le départ de Marie. Baptiste avait attendu quelques minutes avant de le rejoindre et il constata avec désolation son grand état d'inquiétude.

— Café ?

— Oui, je veux bien.

Baptiste fit vrombir la machine et le jus noirâtre coula dans la tasse de Thomas. Il la posa devant lui.

— Sucre ?

— Non merci.

— Tu sais, c'est un peu à cause de moi si Marie est entrée chez Wesmuller, osa finalement Baptiste en s'installant en face avec sa tasse.

— Donc, c'est toi que je dois remercier de l'avoir mise dans un tel pétrin ?

— Étant donné sa détermination, elle se serait très bien débrouillée sans moi.

— C'est pas faux...

— Tu ne devrais pas t'angoisser autant, elle sait ce qu'elle fait.

— Je n'en suis pas si sûr...

— Tu doutes d'elle ?

— Pourquoi est-ce que tu l'aides au juste ? Tu y gagnes quoi ?

— Rien. Elle m'a raconté son histoire et ça m'a touché. J'ai eu envie de l'aider, voilà tout.

— Donc, tu l'as encouragée à se jeter dans la gueule du loup.

— Je dirais plutôt que je l'ai soutenue.

— Elle te parle d'un type qui battait sa mère il y a vingt-cinq ans, qui serait responsable de son suicide et tu l'as crue sans réserve ?

— Je n'avais pas de raison de ne pas la croire. J'ai lu le carnet et...

— Ah, tu as lu le journal de sa mère ? T'es un vrai chanceux toi ! Tu sais que je n'ai eu le droit qu'à des extraits !

Baptiste sentait Thomas au bord de l'implosion. Ce dernier se leva et fit le tour de la pièce.

— Est-ce que tu t'es demandé ce qui allait se passer une fois qu'elle se retrouvera en face de lui, à lui balancer qui elle est vraiment ?

— Elle y a déjà réfléchi et elle saura quoi lui dire...

— Qu'est-ce que tu en sais ? Tu la connais depuis combien de temps ? Quinze jours à peine ? Moi, ça fait cinq ans que je vis avec le fantôme de sa mère et l'ombre de Wesmuller au-dessus de moi ! Alors, ne viens pas me dire que tu sais ce qu'elle a dans la tête !

— Je comprends ton inquiétude, mais...

— Ferme-la ! Tu ne comprends rien et tu ne sais rien du tout ! Depuis que je connais Marie, il n'y a pas une seule minute où elle n'a cessé de penser à toute cette histoire, pas un seul matin où elle s'est levée sans imaginer le jour où elle pourrait crever les yeux de ce type ! Et maintenant qu'elle est sur le point d'atteindre ce moment fatidique, je me demande si je n'aurais pas dû l'enchaîner pour éviter qu'elle mette les pieds ici !

— Je la connais peut-être depuis peu de temps, mais j'ai bien compris qu'elle avait besoin de ça pour continuer à avancer. Si tu l'obliges à tout arrêter maintenant, elle n'arrivera jamais à se reconstruire !

— Sauf si elle parvient à comprendre d'elle-même que ça ne la soulagera pas ! Tu penses franchement que Wesmuller va gentiment lui dire ce qu'elle veut entendre ? Il niera en bloc et elle ne sera pas plus avancée !

— Sa femme peut changer la donne. Il semblerait qu'elle aussi subisse la même chose, et ce sera grâce à Marie si la vérité éclate. Elle aura alors sa revanche !

— La vérité ? Quelle vérité ? Vous n'avez rien pour le moment, mais peut-être parce que vous vous plantez sur toute la ligne !

— Donc, tu n'y crois pas ?

— Je crois qu'elle fonce droit dans le mur et que quoi qu'il se passe, cette histoire finira mal, que Wesmuller soit réellement coupable ou non.

— C'est trop tard, tu ne pourras pas la convaincre de faire machine arrière maintenant.

— Moi non, elle ne m'écoutera pas. Mais toi en revanche, on dirait que tu as quelques privilèges.

— Ne me demande pas de lui dire de tout arrêter, elle ne comprendrait pas.

Thomas s'approcha de Baptiste et plongea son regard dans le sien.

— Écoute-moi bien. Si elle est vraiment une amie pour toi et que tu tiens à l'aider, convaincs-la de renoncer. Je suis sûr que tu sauras trouver les bons mots.

27 octobre 1994

Je suis désemparée. Pierre me surveille plus que jamais. Il a cessé tout déplacement professionnel et s'occupe d'emmener Marie à l'école. J'ai l'interdiction de quitter la maison. À chacun de ses départs, il m'enferme. Il a également fait installer des grilles à toutes nos fenêtres. Officiellement pour dissuader les voleurs. Clairement pour m'empêcher de fuir. J'ai les pieds et les jambes en bouillie, je ne peux même plus courir. Marcher est un véritable supplice.

Il a fait de moi une chose qui n'a plus rien à voir avec un être humain. Une femme encore moins. Si mon visage reste la partie de mon corps la plus épargnée, j'ai tout de même deux dents en moins. Il y a bien longtemps que je ne me reconnais plus.

Depuis que j'ai tenté de contacter l'association, il a fait résilier notre abonnement téléphonique et s'est acheté un téléphone portable. Je suis coupée du monde. Plus personne ne vient à la maison depuis des mois. Je ne sais pas ce que j'attends. Je suis spectatrice de ma déchéance depuis tellement de temps. Quelle mère suis-je à l'heure actuelle ? Je suis forcée de constater que Pierre s'occupe bien de Marie malgré tout. Je l'entends lui parler lorsqu'il la couche. Il lui dit que je suis malade et qu'il ne faut pas me déranger. Il lui arrive encore de s'excuser pour ses « coups de sang ». Je ne sais pas comment il peut encore s'imaginer que je le prends au sérieux. Il me regarde et fond en larmes en voyant à quel point il m'a détruite. Je n'espère plus que ses pleurs soient sincères.

Je pense à mourir chaque jour. Je cherche juste le meilleur moyen.

43.

Marie sonna à l'interphone et attendit une réponse qui ne venait pas. Elle insista. Une angoisse soudaine l'envahit alors. Et si à cause de l'épisode de la veille, la nuit s'était mal terminée pour Charlotte ? S'il l'avait laissée pour morte sur le tapis du salon ?

Marie se mit alors à crier son prénom. Un chien se mit à aboyer dans le voisinage. Rapidement, un voisin passa sa tête par-dessus son portail et observa Marie d'un air suspicieux. Elle cria une bonne dizaine de fois le prénom de Charlotte et était sur le point de tenter de l'escalader lorsque le portillon s'ouvrit.

— Marie ? Qu'est-ce que vous faites ici ?

Marie s'élança vers elle et lui prit les mains.

— Charlotte, vous allez bien ?

— Oui, tout va bien. Vous avez l'air paniquée, qu'est-ce qu'il vous arrive ?

— Je suis venue vous dire que vous n'avez plus rien à craindre au sujet de votre mari. Je suis au courant de tout, vous ne devez plus avoir peur.

— Vous m'avez déjà dit ça hier soir, mais je ne suis pas sûre de bien comprendre.

Le voisin était toujours en train d'observer les deux femmes.

— Est-ce qu'on peut entrer pour discuter ? proposa Marie.

— Écoutez, c'était très agréable de vous connaître, mais vous ne devriez pas rester ici. Pierre vous l'a dit, nous n'avons plus besoin de vous.

Marie poussa Charlotte à l'intérieur du jardin et referma le portillon.

— Vous voulez bien ôter ce foulard autour de votre cou ?

— Quoi ? Mais pourquoi ?

— Charlotte, j'aimerais vous parler de quelqu'un. Est-ce qu'on peut en parler à l'intérieur ?

Sans résister, Charlotte laissa Marie entrer. Les enfants étaient à l'école. Elles étaient donc seules.

— Je vous laisse me parler uniquement parce que je vous apprécie, mais je vous avoue que je ne comprends pas ce qui se passe.

Marie sortit de son sac le carnet de sa mère et elle s'installa aux côtés de Charlotte sur le canapé.

— Pendant plus de cinq ans, ma mère a tenu ce journal. Elle l'a commencé lorsqu'elle est tombée enceinte. Au début, elle y écrivait ses joies, ses moments de bonheur, ses doutes, ses peines. Et puis, rapidement, la légèreté et le bonheur ont laissé place à la peur et à l'angoisse.

Charlotte restait silencieuse. Elle écoutait, concentrée, les paroles que Marie distillait lentement.

— Celui qu'elle avait pris pour le prince charmant était en réalité un véritable imposteur. Il ne la considérait pas comme une femme, mais plutôt comme sa chose. Au début, c'étaient des mots ou des phrases désagréables, rien de méchant en apparence. Puis les insultes ont commencé à pleuvoir, pour un oui ou pour un non. Mais comme si ce n'était déjà pas assez humiliant comme ça, il lui a mis une gifle, puis deux. Ensuite, ce sont les coups de poing, les coups de pied, une fois, deux fois et jusqu'à trois fois par jour.

Marie tentait de contenir l'émotion qui commençait à la submerger. Charlotte, elle, restait de marbre.

— Un jour, alors qu'elle n'en pouvait plus, qu'elle ne voyait plus d'issue à sa souffrance, elle a décidé d'en finir. Alors elle a confié la petite fille de cinq ans que j'étais aux services sociaux avant de se jeter du haut d'une falaise.

— Écoutez Marie, votre histoire est bouleversante, mais je ne vois pas bien en quoi cela me concerne…

— Parce que cet homme dont je vous parle, il l'avait également isolée de ses amis et de sa famille, en la faisant passer pour une malade mentale. Il l'empêchait de faire ce qu'elle aimait le plus au monde : écrire.

Marie sentit que le regard de Charlotte changeait enfin. Cette histoire ne pouvait laisser personne indifférent, et encore moins quelqu'un qui pouvait se reconnaître en elle.

— Depuis que j'ai ce carnet, je ne vis plus que pour une seule chose : faire payer celui qui m'a volé ma mère et laver sa mémoire. Mon enquête m'a conduite jusqu'à Beaune et jusque chez vous.

— Attendez, j'ai peur de comprendre, reprit Charlotte. Vous pensez que Pierre est celui qui a épousé votre mère ?

— Non, j'en suis certaine ! Tout est écrit dans ce carnet. C'est lui, il n'y a aucun doute là-dessus.

— Vous vous trompez totalement ! Pierre n'a jamais été marié, je suis sa première épouse !

— Mon enquête et plusieurs témoins m'ont confirmé leur union. Charlotte, si je suis ici, c'est parce que je ne veux pas que vous subissiez le même sort que ma mère !

— Mais c'est totalement absurde !

— J'ai vu vos tableaux, j'ai compris le message caché derrière vos peintures ! C'est celui d'une femme qui souffre et qui n'en peut plus ! Vous savez que j'ai raison !

La respiration de Charlotte s'était accélérée. Son regard se détournait de celui de Marie, qui tentait par tous les moyens de le retenir.

— Ce qui compte aujourd'hui, c'est qu'il arrête de vous détruire et ça ne pourra se faire que si vous acceptez d'en parler !

— Mais enfin, il n'y a absolument rien à dire ! Pierre n'est pas le monstre que vous décrivez ! Il a peut-être parfois des paroles un peu rudes, il n'est pas toujours très compréhensif, mais il n'a jamais porté la main sur moi !

— Charlotte, j'ai lu dans vos yeux la peur lorsque j'ai parlé de votre exposition ! J'ai compris que la simple idée que vous puissiez être valorisée juste une fois dans votre vie le rendait fou de rage ! Vous n'êtes pas heureuse avec lui, c'est évident ! Ma mère devait se cacher pour écrire et c'est ça qui l'a tenue en vie. Que ferez-vous lorsqu'il vous empêchera définitivement de peindre ?

— Pierre n'aime pas ce que je fais, mais il ne m'empêchera jamais de peindre, il sait que j'en ai besoin !

— Mais vous ne comprenez pas ? Son but, c'est de vous asphyxier, de vous tenir le cou jusqu'à ce que vous n'ayez plus d'autre choix que de le supplier de vous laisser respirer. Il vous fait croire qu'il n'est rien sans vous, mais c'est tout le contraire qu'il veut faire ! Il veut que vous ne soyez plus rien sans lui !

— Votre histoire ne tient pas debout ! Je vous dis que vous faites erreur sur la personne et si vous voulez mon avis, vous devriez partir avant qu'il revienne !

— Charlotte, je sais que c'est difficile pour vous de parler, mais je ne partirai pas tant que vous ne m'aurez pas dit la vérité !

— Je ne vous dirai rien du tout, parce qu'il n'y a rien à dire !

— Alors qu'est-ce que vous cachez sous ce foulard ? Et cet épais gilet alors qu'il fait une chaleur à mourir ? Et cette robe qui descend jusqu'aux chevilles alors que vos jambes ne demandent qu'à respirer ?

— C'est comme ça que j'aime m'habiller, c'est tout ! Je ne vais quand même pas me dénuder pour vous prouver que vous faites totalement fausse route ?

— Et pourquoi pas ? Si je ne vois aucune marque sur vous, je reconnaîtrai mon erreur et je partirai !

— Il n'en est pas question ! Je ne rentrerai pas dans votre jeu sordide ! Maintenant, partez de chez moi et arrêtez de salir ma famille !

— Charlotte, ne refusez pas la main que je vous tends !

— Écoutez Marie, j'ai beaucoup d'affection pour vous, mais j'ai la sensation que vous n'êtes animée que par votre vengeance, qui ne concerne pas ma famille. Cela vous empêche de voir la réalité et j'aimerais mieux que vous partiez maintenant avant que Pierre n'apprenne tout cela !

— Alors vous allez continuer à vous faire torturer sans rien dire jusqu'à l'épuisement ? Et vos enfants ? Vous les laisserez entre les mains de ce bourreau qui vous fera passer pour une faible ? Une dépressive ? Une malade mentale ?

— Ça suffit maintenant ! Partez et rentrez chez vous ! Laissez-moi tranquille !

Charlotte attrapa le bras de Marie et l'entraîna de force vers la porte d'entrée.

— Ne le laissez pas vous détruire ! Vous n'êtes plus seule !

Marie entendit la porte se refermer derrière elle.

— Je reviendrai Charlotte ! cria-t-elle en se retournant vers la maison.

Un flot de larmes s'écoula alors de son visage. Elle avait donné tout ce qu'elle pouvait. Désormais, Charlotte savait qu'elle avait une alliée à l'extérieur. Elle était sur le point de se livrer, mais Marie savait combien il était difficile pour une femme battue de reconnaître la vérité. Elle espérait désormais que sa venue allait persuader Charlotte qu'elle n'était plus seule.

44.

De retour à l'appartement, elle trouva Baptiste occupé à éplucher des pommes de terre.

— Où est Thomas ? demanda-t-elle en jetant un coup d'œil dans sa chambre.

— Parti faire un tour, il ne m'a pas dit grand-chose.

— Vous avez fait un peu connaissance ?

— Vaguement…

Marie sentit de la nervosité dans les gestes de Baptiste, qui s'acharnait de plus en plus sur ses pommes de terre.

— Ça va ? T'as l'air bizarre…

— Tu as réussi à faire parler Charlotte ?

— Non… Elle prétend que Wesmuller n'est pas celui que je décris et qu'il ne la touche pas. Mais elle refuse de me prouver qu'elle n'a aucune trace de coups.

— Donc tu vas faire quoi ? Laisser tomber ?

— Certainement pas ! Je partage son secret désormais. Il lui faut juste du temps pour accepter l'idée et envisager la suite. Avouer que l'on est une femme battue n'est pas l'aboutissement. C'est le commencement d'un long combat d'une tout autre nature, mais il faut s'y préparer. Je retournerai la voir et je suis sûre qu'elle aura changé de position.

— Et si jamais ce n'est pas le cas ?

— C'est normal que tu continues d'éplucher alors que ta patate est nue depuis cinq minutes ?

— Merde !

Baptiste lança sa pomme de terre dans la passoire et en attrapa une nouvelle.

— Je disais, si ce n'est pas le cas ? Si elle n'avoue jamais ?

— Je ne la lâcherai pas, je ne dois pas l'abandonner. Elle n'a jamais eu de soutien jusqu'à maintenant, parce que Wesmuller lui limitait les contacts au strict minimum. À qui aurait-elle pu parler de tout ça ? J'ai fait un énorme pas vers elle et je suis sûre qu'elle franchira le cap, elle a les ressources qu'il faut pour ça !

— Et tu n'as jamais envisagé que, peut-être, elle ne vivait pas tout à fait la même chose que ta mère ?

— Comment ça ?

— Tu l'as dit toi-même, elle n'a pas voulu te montrer ses traces… Mais peut-être parce qu'elle n'a rien et qu'elle ne se fait pas frapper.

— Tu plaisantes ? Je t'ai pourtant expliqué comment elle s'habillait ! Elle déploie une énergie folle à dissimuler tout ce qui pourrait trahir son mari. Si elle n'avait rien à cacher, elle aurait ôté son gilet !

— Peut-être qu'elle ne l'a pas fait parce qu'elle était surprise par ta demande…

— Mais qu'est-ce que tu me fais ? Pourquoi remets-tu en cause soudainement tout ce que je dis ?

— Je ne remets pas en cause. C'est juste que j'essaie d'envisager tous les cas de figure, ce que je n'avais pas trop fait jusqu'à présent.

— Mais bon sang, tu as lu le carnet de ma mère ! Tu as vu ce que ce connard lui a fait subir, la pression qu'il lui mettait au quotidien pour qu'elle se taise et qu'elle ne soit plus que l'ombre d'elle-même ! C'est exactement ce qu'il est en train de faire avec Charlotte ! Pourquoi tu te mets à douter alors que toutes les preuves sont là ?

— Elles ne sont pas toutes là justement ! Il manque les plus sérieuses... Alors je m'interroge, c'est tout.

Frénétiquement, Baptiste épluchait sa dernière pomme de terre sans regarder Marie, qui tombait des nues. Son allié le plus précieux depuis son arrivée était en train de la laisser tomber.

— Je suis vraiment déçue, Baptiste... J'ai cru que je pouvais te faire confiance, mais je me suis totalement plantée.

— Ne le prends pas comme ça ! Bien sûr que tu peux me faire confiance, mais je voulais juste m'assurer que tu prennes tout le recul nécessaire dans cette histoire. Tu as la tête dans le guidon depuis ton arrivée, et bien avant encore. Alors j'ai pensé que ça pouvait être bon d'envisager les choses sous un autre angle, juste une fois.

— T'as rien compris en fait. Tu me fais chier !

Marie se leva et Baptiste la rattrapa de justesse.

— C'est simplement que je m'inquiète pour toi et je ne voudrais pas qu'il t'arrive malheur !

— Lâche-moi, on croirait entendre Thomas !

En entendant ses propres mots, Marie comprit alors d'où provenait ce soudain changement d'attitude chez Baptiste. Cette réserve qu'il affichait alors qu'il l'avait soutenue sans aucune hésitation depuis le début n'était pas le fruit du hasard, ni un fulgurant sursaut d'inquiétude.

— C'est Thomas qui t'a demandé de me parler, c'est ça ?

— Pas vraiment... Enfin oui, peut-être un peu. Il s'inquiète beaucoup pour toi, tu sais.

— Alors ça y est, tu parles cinq minutes avec lui et tu changes de camp ? Finalement, t'en as rien à foutre de mon combat !

— Pas du tout et on est tous dans le même camp, on ne veut que ton bonheur ! J'ai écouté ses arguments et je comprends qu'il puisse être inquiet. Je regrette un peu de t'avoir envoyée si vite chez Wesmuller sans que l'on prenne le temps de tout bien envisager.

— Tu sais quoi ? Depuis que j'ai dix-huit ans et que j'ai lu le journal de ma mère, j'ai envisagé beaucoup de choses. Des tas même. Bien plus que tu ne pourrais imaginer. Je n'ai pas besoin qu'on vienne me mettre des bâtons dans les roues maintenant et s'il le faut, je me passerai de toi et de Thomas. Retourne éplucher tes pommes de terre, tu seras plus utile.

45.

Marie déambulait dans les rues autour de la place Carnot. Certains domaines finissaient tout juste les vendanges et les saisonniers profitaient des derniers jours qu'il leur restait dans le pays beaunois pour déguster quelques bons crus. Elle avait préféré quitter l'appartement avant de devenir odieuse et de s'en prendre à Baptiste. Elle l'avait pourtant toujours senti sincère et regrettait de ne plus pouvoir compter pleinement sur lui. Elle en voulait aussi à Thomas de ne pas lui faire confiance. L'inquiétude ne justifiait pas tout. Il savait mieux que personne à quel point c'était important pour elle d'aller jusqu'au bout.

Mais pour elle, il n'était pas question d'abandonner. Pas maintenant. Pas si près du but. Il lui restait une dernière carte à jouer et celle-ci était sans doute la plus risquée de toutes. Assise sur un banc près du kiosque où tournait le manège au son d'une mélodie entêtante, Marie feuilleta de nouveau le carnet de sa mère. Elle avait besoin de se rassurer, de se convaincre encore un peu plus qu'elle avait raison d'être là et d'agir comme elle le faisait. Elle n'avait jamais douté une seule fois du bien-fondé de ses actions et de la nécessité d'aller jusqu'au bout. Pas une seconde, elle n'avait eu envie de baisser les bras.

Elle rentra à l'appartement deux heures plus tard, afin d'avoir une discussion avec Thomas, mais celui-ci n'y était toujours pas. Elle ne trouva que Baptiste, qui mangeait seul ses frites maison.

— Marie, je peux te parler ?

— Pas maintenant, j'ai à faire.

— Tu m'en veux pour tout à l'heure ?

— Même pas. Je m'en veux à moi-même d'avoir cru que je pouvais compter sur toi.

— Tu peux ! J'ai promis de t'aider et je le ferai.

— J'avais un plan bien avant de te rencontrer. Je pourrai le finir seule, ne t'en fais pas. Comme ça, tu n'auras pas à regretter une quelconque prise de risque.

— Ne te ferme pas, s'il te plaît. Je voudrais te montrer quelque chose.

— Qu'est-ce que c'est ?

Quelques minutes plus tard, Baptiste embarqua Marie en dehors de Beaune. Par la fenêtre, elle pouvait voir défiler les interminables parcelles de vigne, presque toutes délivrées de leurs précieuses grappes. Devant eux, se découvrait la montagne d'Aloxe-Corton. Cette colline, au sommet recouvert d'une coupole boisée, était rayée par les rangées de vignes, dessinant un élégant et régulier patchwork. Baptiste était resté silencieux depuis leur départ et Marie ignorait ce qui l'attendait. Néanmoins, lorsqu'elle aperçut le panneau du village, elle sentit que le moment devenait solennel pour lui. Il se gara au centre du petit village qui avait su garder un charme ancestral.

Au loin, des klaxons retentissaient. Ils semblaient provenir des vignes alentour et se rapprocher du village rapidement. Puis un défilé de camionnettes et de voitures, décorées de feuilles de vigne, de roses et de fleurs en tout genre, surgit d'une rue voisine. Les klaxons s'amplifièrent et des cris de joie s'élevaient des voitures. Les bras s'agitaient à travers les fenêtres et Marie observa le cortège d'un air intrigué.

— Que se passe-t-il ? demanda-t-elle. C'est un mariage ?

— Ah ça ! C'est la tradition lorsqu'un domaine a terminé de vendanger sa dernière ligne. Les voitures sont décorées et les vendangeurs défilent dans le village pour marquer la fin ! Ma grand-mère râlait chaque année, car beaucoup s'arrêtaient devant chez elle pour lui chiper des fleurs !

Lorsque la dernière voiture eut disparu et que les klaxons se firent plus lointains, il la prit par la main et l'entraîna dans les rues puis, jusqu'à un sentier qui amorçait le départ vers le sommet de la butte.

— Tu veux vraiment me faire monter là-haut ?

— Viens, s'il te plaît, lui lança-t-il sans se retourner.

Marie lui emboîta le pas, silencieusement. Il avançait vite et elle dut plusieurs fois accélérer pour ne pas le perdre de vue.

— Attends-moi, je n'ai presque plus de souffle, lui dit-elle, pourtant habituée à ce genre d'effort.

Il s'arrêta pour l'attendre, puis reprit sa marche sur le sentier. Marie luttait pour suivre le rythme, malgré le point de côté qui lui lacérait les poumons.

Enfin, après quelques kilomètres à travers les vignes et les sous-bois, Baptiste s'arrêta aux abords d'un oratoire qui dominait un village en contrebas.

— C'est Notre-Dame de Bonne Espérance, lui dit-il lorsqu'elle l'eut rejoint.

De chaque côté, la forêt formait deux bras qui s'ouvraient sur les vignes. Au centre du village, un clocher aux tuiles vernissées, si caractéristiques de la région, se dressait fièrement.

— C'est Pernand-Vergelesses, juste à côté d'Aloxe. Quand j'étais gamin, j'y avais pas mal de copains alors je connais bien aussi. Comment tu trouves l'endroit ?

— C'est superbe, répondit Marie en observant le vignoble qui s'étendait à perte de vue le long de la côte de Beaune.

Le soleil faisait briller les feuilles des rangées, agitées par une légère brise. Quelques propriétaires ramassaient encore les dernières grappes, avant que les oiseaux ne s'occupent de les déguster. Une plénitude régnait ici et le temps semblait s'être suspendu.

— Tu vois ces parcelles là-bas ? demanda-t-il en pointant du doigt des rangées de vignes vers l'ouest. Elles appartiennent à mes parents. J'y ai passé des heures lorsque j'étais gamin, à les arpenter, à me faire mal aux mains en accolant les rameaux ou en les émondant. Maintenant, je n'ai plus le droit d'y mettre les pieds.

Silencieuse, Marie ne pouvait que sentir la tristesse de Baptiste. Elle s'en voulait de ne lui parler que de ses problèmes alors que lui aussi, souffrait depuis plusieurs années du rejet de son père.

— Ça faisait un moment que je n'étais pas venu ici, reprit Baptiste. Plus jeune, j'y venais pour m'isoler. C'était devenu un refuge quand ça n'allait pas. Je ne suis pas un fervent pratiquant, mais il m'est arrivé plusieurs fois d'apporter une bougie et de prier Notre-Dame de Bonne Espérance.

Il se tourna vers la sculpture blanche et ferma quelques secondes les yeux, puis il alla s'asseoir sur les marches qui menaient vers elle.

— Lorsque mon père m'a mis dehors, je suis venu ici. Je suis resté des heures assis au pied des escaliers, à espérer, à attendre. Je me suis dit qu'elle allait forcément finir par m'entendre et faire en sorte que les choses s'arrangent.

— On dirait qu'elle n'a pas su exaucer tes vœux…

— Détrompe-toi. Ce soir-là, j'ai justement compris que les choses ne s'arrangeraient pas toutes seules. Que j'allais devoir réagir pour faire en sorte que mon père m'accepte à nouveau ! C'est là que j'ai décidé de poursuivre mon apprentissage de la vigne et du vin ailleurs. Lorsque je me sentirai prêt, je retournerai au domaine.

— Je te le souhaite sincèrement…

— Ce que je veux te dire, c'est qu'il ne suffit pas toujours d'espérer un miracle pour qu'il se produise. Parfois, il faut aller chercher sa chance, la provoquer. Exactement comme tu veux le faire.

— Donc, tu ne penses plus que je fais une erreur ?

— Si tu ne vas pas au bout, tu le regretteras toute ta vie. Ces regrets t'empêcheront d'avancer, c'est certain. Tu as déjà été freinée de nombreuses fois et je ne veux pas que tu penses à moi en te disant que je t'ai barré la route. Je veux être un moteur. Donc, si tu as encore besoin de moi, je suis là.

— Merci, Baptiste.

Tous deux restèrent au pied de l'oratoire quelques minutes en pensant au chemin qui restait encore à parcourir avant que chacun puisse enfin retrouver la sérénité.

3 mai 1995

Ces mots sont les derniers que je poserai dans ce carnet. Il m'a rattaché à la vie durant des années, mais désormais, plus rien n'a la force de me maintenir la tête hors de l'eau.

J'ai compris que Pierre me traquerait, où que je sois. Il me l'a dit. Je ne suis pas assez maligne pour lui échapper. Il a sans doute raison. Des mois que je n'ai pas mis un pied dehors. Je vais sans doute avoir l'air d'un animal qui sort de plusieurs années d'hibernation.

Durant la nuit, j'ai réussi à trouver le trousseau sur lequel il emportait toutes les clés de la maison. J'ai détaché celle de la porte d'entrée. Il y en a tellement dessus que je doute qu'il s'en rende compte tout de suite. C'est de toute façon pour moi l'opération de la dernière chance. Je n'en aurai pas d'autre.

Le seul plan que j'ai, c'est d'emmener Marie loin d'ici. La protéger à tout prix, faire en sorte qu'elle ne croise plus jamais la route de cet homme. Je n'ai plus aucune force, mais je jure que j'irai trouver celles qu'il faut pour la mettre en sécurité. Ensuite, je pourrai partir, l'esprit libre.

Dans cette prison où j'ai cru que j'allais être heureuse, je n'ai connu que l'enfer. Mon rayon de soleil, ma fille, était la seule chose qui m'apportait de la lumière. Je ferai tout pour que cette lumière ne s'éteigne jamais.

Ces mots sont les derniers. Marie, je t'aime à tout jamais.

47.

En redescendant le sentier, Marie en profita pour exposer à Baptiste la dernière partie de son plan.

— Je veux m'introduire dans le bureau de Wesmuller. Maintenant que je ne travaille plus là-bas et que Charlotte m'a jetée, ça risque d'être plus difficile que prévu, mais j'ai tout de même une idée.

— Je t'écoute, répondit Baptiste.

— J'aurais besoin que tu fasses sortir Charlotte de chez elle. Il faut qu'elle s'absente, le temps que je m'y introduise.

— Comment tu comptes faire pour entrer ?

— Je préfère ne rien te dire pour ne pas que tu t'inquiètes, mais fais-moi confiance. J'ai juste besoin que tu passes un coup de téléphone à Charlotte lorsque je te le dirai.

— Quand comptes-tu faire ça ?

— Maintenant. Je ne veux plus perdre de temps.

— D'accord, tu peux compter sur moi.

Baptiste avait déposé Marie sur le site de production des Vautrin. Pour entrer dans la maison puis le bureau de Wesmuller, elle avait besoin de son trousseau de clés. En arrivant à l'accueil, la secrétaire reconnut tout de suite Marie.

— Bonjour Marie, qu'est-ce que je peux faire pour vous ?

— Je travaille de temps en temps pour Pierre et sa femme m'a envoyé récupérer ses clés, car elle a perdu les siennes.

— Pas de problème, je crois qu'il est en cuverie, mais je vais le prévenir que vous êtes là.

— Ce n'est pas la peine, il est déjà au courant, sa femme l'a appelé. Normalement, les clés m'attendent sur son bureau, je n'ai plus qu'à les prendre.

— Ah d'accord, très bien. Vous connaissez le chemin ?

— Oui, je vous remercie !

Il faut parfois provoquer la chance.

Marie se hâta de traverser les couloirs en essayant de se faire remarquer par le moins de personnes possible. Wesmuller n'était pas dans son bureau et elle se précipita vers sa veste pour lui faire les poches. Elle espérait qu'il n'ait pas gardé le trousseau sur lui.

Rien dans les poches.

Marie ouvrit alors tous les tiroirs du bureau, mais ceux-ci ne contenaient que de la papeterie. Tout en jetant un œil vers la porte, elle continuait de fouiller dans l'amoncellement de documents qui recouvrait le bureau, soulevant les feuilles et les dossiers sans les remettre au bon endroit.

Puis elle aperçut une sacoche, accrochée au portemanteau derrière la porte. En l'attrapant, elle entendit un tintement providentiel : le trousseau était dedans.

Baptiste avait raison : la chance se provoque !

Elle s'en empara et quitta immédiatement le bureau. En repassant devant la secrétaire, elle la salua poliment puis retrouva Baptiste dans la voiture.

— Alors ? Tu les as eues ?

— Oui ! dit-elle en brandissant les clés devant lui.

— Putain, j'y crois pas ! Et personne ne t'a vue ?

— Peu importe. Le temps que quelqu'un s'en rende compte, j'aurai eu le temps de fouiller le bureau. On fonce chez Wesmuller maintenant.

Ils prirent la direction de la montagne de Beaune et se garèrent à une cinquantaine de mètres de la maison.

— Bon, tu vas appeler Charlotte en lui disant que ses jumeaux ont de la fièvre et qu'elle doit venir les récupérer à l'école. Dès qu'elle part, j'entre dans la maison et tu surveilles l'entrée. Si jamais tu vois quelqu'un arriver, tu me préviens. C'est d'accord ?

— Oui, c'est très clair. Ne traîne pas quand même. Charlotte ne devrait pas en avoir pour très longtemps, l'école n'est vraiment pas loin.

— Allez, appelle-la.

Baptiste prit son téléphone et chercha le numéro de Charlotte dans son répertoire en ayant pris soin de rendre son appel anonyme. Lorsqu'elle décrocha, il déforma sa voix et se fit passer pour le directeur de l'école. Tout fonctionnait parfaitement. Charlotte avait mordu à l'hameçon et se préparait à aller chercher ses enfants.

Quelques minutes plus tard, ils la virent sortir de chez elle.

— J'y vais ! Tu m'envoies un SMS si jamais ça bouge, d'accord ?

— Fonce, elle sera là dans vingt minutes tout au plus !

Marie se faufila hors de la voiture et avança vers le portillon. Le badge fixé au trousseau lui permit de l'ouvrir et elle atteignit la porte d'entrée que Charlotte n'avait même pas pris la peine de verrouiller.

Sans attendre, elle descendit dans le sous-sol et commença à tester une à une les clés du trousseau dans la serrure du bureau. La troisième fut la bonne. Elle n'en revenait pas. Se pourrait-il que tout se finisse enfin aujourd'hui ?

La porte s'ouvrit sur une pièce baignée dans le noir le plus total. Elle actionna l'interrupteur et une lumière tamisée, du même genre que celle du reste du sous-sol éclaira le bureau. Une grande bibliothèque tapissait le mur du fond au milieu duquel était encastré un petit coffre. Celui-ci était verrouillé. Mais que pouvait cacher Wesmuller à l'intérieur ? Marie n'avait pas le temps de s'y attarder et préféra fouiller les papiers accessibles qui se trouvaient dans le porte-documents. Rapidement, Marie comprit que Wesmuller n'était pas un simple directeur de site. Il possédait également de nombreux appartements sur Dijon, Lyon, Paris et même un à Rome dont il déléguait la gérance à une agence. À en juger par les nombreux reçus et factures, Wesmuller brassait beaucoup d'argent en dehors de son travail.

Après plusieurs minutes, Marie n'avait toujours rien trouvé de compromettant. Mais elle ne désespérait pas. Wesmuller avait forcément des choses à cacher à sa femme sans quoi, cette pièce n'aurait pas besoin d'être fermée à clé. Elle continua ses recherches. À l'autre bout se trouvait un petit secrétaire qui semblait à l'abandon. De nombreux papiers, mais surtout une importante couche de poussière le recouvraient. Marie ouvrit le petit tiroir et tomba sur un livret de famille. Elle se mit à le feuilleter et son cœur faillit s'arrêter lorsqu'elle lut le nom de sa mère à l'intérieur. C'était le livret qui leur avait été délivré au moment de leur mariage. Marie retrouva la page remplie au moment de sa naissance. Seule sa mère l'avait bien reconnue. Pourquoi avait-il gardé ce livret ? Marie sentit ses émotions s'emballer en elle. Le lien entre Wesmuller et sa mère ne pouvait plus être nié et elle sentait que l'aboutissement était proche. Elle continua de fouiller le secrétaire, mais n'y trouva rien de plus. Où chercher désormais ? Ses mains, ses bras et son corps tout entier tremblaient d'excitation et de peur. Elle se dirigea vers la bibliothèque et inspecta une à une les cases remplies d'ouvrages divers. Au milieu des livres et albums photo sur la vigne, était glissé un dossier dont les feuilles tombèrent au sol lorsque Marie le sortit. Il s'agissait du dossier médical de Wesmuller. Les en-têtes étaient au nom de laboratoires, d'hôpitaux et de centres spécialisés dans la fertilité. Les yeux de Marie balayèrent les documents et elle tenta de rassembler les informations. À la lecture des différentes lettres et analyses, elle comprit alors que la vie de Wesmuller n'avait pas toujours été un long fleuve tranquille.

Elle entendit alors un bruit sourd au-dessus d'elle : quelqu'un était dans la maison. Elle regarda son téléphone et constata qu'il n'y avait aucun réseau.

Sans céder à la panique, elle commença à remettre les documents à leur place, mais une ombre apparut rapidement dans l'encadrement de la porte.

— Qu'est-ce que vous faites ici ?

La voix tonitruante de Wesmuller résonna alors dans toute la pièce. Sa carrure imposante encombrait tout le passage. Aucune chance pour Marie d'espérer pouvoir s'échapper. Elle était prise au piège de celui qu'elle traquait depuis des années. Le moment tant attendu de la confrontation était venu et même si elle en ignorait l'issue, elle lui dirait tout ce qu'elle avait sur le cœur. C'était le moment ou jamais.

— C'est la fin pour vous, Wesmuller. Vous êtes fini.

— Vous ne m'avez pas répondu ! Qu'est-ce que vous faites chez moi et que cherchez-vous dans mon bureau ?

Son air était grave et il repéra instantanément le dossier médical encore dans les mains de Marie.

— Je sais qui vous êtes et ce que vous faites à votre femme.

— Quoi ? On me fait une blague ?

— J'aurais préféré, mais malheureusement, on se rapproche plus du film d'horreur. Vous ne m'avez pas reconnue, mais c'est plutôt normal. La dernière fois que l'on s'est vu, j'avais cinq ans.

Wesmuller entra un peu plus dans son bureau et Marie recula pour garder une bonne distance avec lui.

— Je ne comprends pas… Qui êtes-vous ?

— Marie Malcourt.

Il écarquilla les yeux pour mieux la voir. Marie sentit dans son regard que le film de sa vie se rembobinait, le projetant vingt-cinq ans en arrière.

— Marie ? Mais comment est-ce possible ? Je croyais que tu étais…

— Morte ? Ça vous arrangeait bien de le croire, n'est-ce pas ?

— Pourquoi dis-tu cela ? Je n'ai jamais souhaité ta mort ! Tout le monde a cru que ta mère t'avait emmenée, on n'a jamais retrouvé ton corps…

— Je connais mon histoire. Et je connais aussi celle de ma mère. Vous vous souvenez, la femme que vous avez épousée puis que vous avez maltraitée pendant plus de cinq ans, jusqu'à ce qu'elle se foute en l'air !

Marie pouvait enfin se libérer de toute la haine qu'elle avait accumulée durant des années. Ces phrases, elle les avait répétées des semaines, des mois durant afin qu'elles soient parfaites pour le jour J. Ce qu'elle ne pouvait pas prévoir, c'étaient les réactions de Wesmuller. Mais elle s'en fichait, elle cracherait tout son venin sur lui.

— Mais enfin, c'est absurde, je n'ai jamais fait aucun mal à ta mère !

— Inutile de vous défendre. Elle avait tout noté dans un carnet qu'elle m'a laissé avant de mourir. Tout y est écrit. Les injures, les insultes, les humiliations, les coups, les viols. Elle tenait un journal et c'est grâce à lui que j'ai pu vous retrouver !

— Marie, il faut que tu me croies, je n'ai jamais fait de mal à ta mère ! Ni à toi d'ailleurs. Betty était... fragile.

Lorsque Marie entendit le prénom de sa mère sortir de la bouche de Wesmuller, elle sentit son ventre se serrer. Inévitablement, les larmes commencèrent à monter. Mais elle ne devait pas craquer. Il ne devait pas sentir ses faiblesses.

— Je sais parfaitement que vous avez essayé de la faire passer pour une malade. C'est comme ça que vous avez pu l'isoler et l'avoir à votre merci ! Elle n'avait aucune chance de vous échapper !

— Mais enfin, c'est invraisemblable cette histoire ! J'ai l'impression que tu veux me faire passer pour un monstre ! Alors qu'au contraire, j'ai tout fait pour essayer d'aider ta mère.

Wesmuller avait adouci sa voix. Son ton se faisait plus calme et posé.

— Vous mentez ! C'est ce que vous savez faire de mieux. Tromper, manipuler, vous l'avez toujours fait et vous le faites encore aujourd'hui !

— Est-ce que tu veux bien m'écouter et me laisser parler ?

— Pour que vous puissiez salir la mémoire de ma mère ? Il n'en est pas question !

— Pas du tout. Je veux juste te raconter ma version de l'histoire, celle que tu ne connais visiblement pas. Si tu cherches à me retrouver depuis tant d'années, tu peux bien prendre cinq minutes pour m'écouter, non ?

Marie craignait de se laisser amadouer par les paroles calculatrices de Wesmuller.

— Allez-y. Quoi que vous disiez, je connais déjà la vérité.

Wesmuller entra complètement dans le bureau, sous le regard méfiant de Marie, qui tenait à rester loin de lui.

— Quand j'ai rencontré ta mère, ça a été un vrai coup de foudre. Elle était belle, amusante et talentueuse. On s'est rapidement installés ensemble. Un peu trop peut-être, car nous n'avions pas vraiment pris le temps de bien nous connaître. On s'est marié et puis... tu es arrivée. Betty était aux anges à l'idée d'avoir un bébé, mais pour moi, c'était différent... Puisque tu as pris le temps de fouiller mon bureau, tu as peut-être pu lire le dossier que tu as entre les mains ?

— Vaguement... répondit Marie en regardant le tas de feuilles qu'elle tenait toujours.

— Quand j'étais adolescent, j'ai eu un cancer des testicules. J'ai eu tout un tas de traitements et des opérations. J'en ai gardé un horrible souvenir et les médecins m'ont tout de suite avoué que je ne pourrais jamais avoir d'enfants. Alors quand Betty est tombée enceinte, j'ai tout de suite su que ça ne pouvait pas être de moi.

Immédiatement, les paroles de son grand-père lui revinrent en mémoire. *« Ta mère s'était fait sauter par quelqu'un d'autre et c'est tout ! »*

— C'est pour cette raison que vous ne m'avez jamais reconnue ?

— Oui... Je n'avais jamais parlé à Betty de ma stérilité, j'avais peur qu'elle me quitte. J'ai tergiversé durant des semaines, sans savoir ce que je voulais et si je devais lui en parler. J'étais partagé entre l'envie de savoir d'où tu venais et cette idée que je n'aurais peut-être pas d'autre occasion de devenir père. J'avais accepté l'idée. Enfin, c'est ce que je croyais. Parce qu'au moment d'officialiser tout cela, je n'ai pas pu. Tu restais liée à ce coup de canif dans le contrat que j'avais toujours en travers de la gorge.

Marie tentait de masquer son trouble en écoutant le récit de Wesmuller. Jamais sa mère n'avait évoqué un autre homme dans son journal. Elle avait toujours été persuadée qu'il était son père.

— Malgré tout, j'avais beaucoup d'amour pour toi. Je te voyais grandir, tu étais si mignonne. Quelque chose au fond de moi m'empêchait de te considérer totalement comme ma fille, c'était plus fort que tout. Mais je jure que jamais, je ne t'ai fait le moindre mal.

— Finalement, ça tombait bien que je disparaisse en même temps que ma mère. Au moins, vous étiez libre de tout devoir envers moi.

— Tu te trompes. C'était une déchirure lorsqu'on a retrouvé tes affaires sur le parking de la falaise, mais que tu n'y étais pas. Les enquêteurs ont tout de suite dit que Betty avait sauté avec toi, il n'y a pas eu de recherches plus poussées.

— Ma mère avait pris soin de m'emmener là où je serais en sécurité. Si elle n'a pas jugé bon de me laisser avec vous, ce n'était sans doute pas un hasard.

— C'est plus compliqué que cela…

— Et les jumeaux ?

— On les a eus grâce à une FIV. Mais j'étais consentant et acteur à part entière de ce projet. Ils sont tout pour moi désormais.

— Alors que moi je pouvais bien finir orpheline, c'est ça ? Si vous n'aviez pas poussé ma mère au suicide, je n'aurais pas connu les foyers, les familles d'accueil et la solitude.

— Je ne suis pas responsable de tout cela. Au contraire, j'ai tout fait pour éviter que ta mère bascule, mais tout est allé très vite. Après notre mariage, elle a commencé à montrer des signes inquiétants de nervosité. Elle était très anxieuse et angoissée. Je lui ai demandé d'aller consulter, mais elle refusait toujours en disant que ça allait passer, qu'elle avait l'habitude. Effectivement, au début, ça passait.

Mais quelques semaines plus tard, ça recommençait. Et puis ses angoisses se sont transformées en délires, de plus en plus incontrôlés. Elle voyait des gens qui n'existaient pas, elle entendait des voix. Elle avait fini par se convaincre que tous ses proches étaient de dangereux psychopathes et qu'ils voulaient t'enlever. J'aurais pu avoir peur pour toi, mais étrangement, elle s'est toujours très bien occupée de toi. Elle ne t'a jamais mise en danger. J'ai fini par demander à un ami psychiatre de la voir et il m'a confirmé le diagnostic de multiples délires paranoïaques.

— Je ne vous crois pas... Ma mère a tenu un journal pendant tout ce temps et je peux vous garantir que ce qui est écrit dedans n'est pas l'œuvre d'une paranoïaque !

— Justement ! L'écriture était un sas de décompression très important pour elle. Elle n'a jamais cessé d'écrire, mais promouvoir ses ouvrages était devenu compliqué. Elle refusait de sortir, de voir ses amis qui sont inévitablement devenus inexistants au fil des mois. Même ses parents ne pouvaient plus venir à la maison. J'ai dû me débrouiller pour qu'ils te voient en dehors lorsque ta mère dormait, mais ce n'était vraiment pas simple à gérer. L'hospitalisation à la maison et les traitements permettaient de maintenir un semblant d'existence et puis surtout, de continuer à s'occuper de toi. J'étais très pris par mon travail et je reconnais que je faisais tout pour rentrer le plus tard possible.

— Tout ça est faux ! s'insurgea Marie, qui refusait de croire aux paroles de Wesmuller.

— Je suis navré d'avoir à te dire tout ça aujourd'hui. Je n'ai sans doute pas été exemplaire dans cette histoire, mais je te jure que j'ai fait ce que j'ai pu pour que ta mère guérisse. Mais sa maladie était trop forte et on m'avait prévenu qu'un jour, elle pourrait prendre le dessus de manière irréversible.

Marie lança le dossier qu'elle tenait à travers la pièce. Elle s'approcha de Wesmuller et se tenait à quelques centimètres de lui.

— Vous n'êtes qu'une merde ! Je vous savais capable des pires horreurs et ce que je viens d'entendre me donne envie de vomir !

— Calme-toi Marie, je comprends que tu puisses être choquée…

— Ce qui me choque, c'est qu'un type comme vous puisse encore se regarder dans un miroir ! Ma mère a consigné plus de cinq ans de sa vie dans un carnet où elle parle de moi, mais surtout de vous ! De vous et de toutes les horreurs que vous lui avez fait subir ! Parce que vous n'êtes qu'un pervers manipulateur qui a besoin d'avoir un esclave à ses pieds ! Mais je comprends mieux d'où vous vient cette haine ! Le cancer vous a arraché ce que vous considériez comme la marque suprême de masculinité, alors vous vous êtes trouvé des femmes bien dociles et gentilles qui pourraient vous servir de punching-ball pour vous venger et vous sentir encore un homme !

— Cette fois, tu vas trop loin ! répliqua Wesmuller. Si tu ne veux pas entendre la vérité, tu es libre, mais ne viens plus mettre le bordel chez moi. Par affection pour toi, je ne vais pas appeler la police, mais je te demande de partir maintenant.

— Appelez donc la police, comme ça je pourrai leur raconter ce que vous avez fait à ma mère et ce que vous faites à Charlotte également !

La colère montait chez Wesmuller, qui n'avait pas l'intention de laisser Marie l'embarrasser plus longtemps.

— Tu dis que ta mère avait tout écrit dans un carnet, c'est ça ?

— Oui, tout ! Jour après jour, elle y décrit la souffrance

de son existence et on comprend pourquoi elle n'a jamais pu se défaire d'un manipulateur comme vous.

— Tu n'es pas sans savoir que ta mère était écrivain. Elle inventait des histoires, c'était son gagne-pain en quelque sorte.

— Et alors ? Je vous parle d'un journal intime, pas d'un manuscrit !

— Est-ce que tu en es vraiment certaine ?

— Je n'ai aucun doute là-dessus ! Vous n'êtes qu'un…

— PIERRE !

Charlotte venait de surgir dans le bureau, suivie de Baptiste qui avait fait ce qu'il pouvait pour la retenir. Il fut surpris de trouver Marie face à Wesmuller.

— Pierre, qu'est-ce qui se passe ?

— Rien, je t'expliquerai tout à l'heure. Marie allait partir, je crois qu'elle a fait son temps ici.

— Charlotte, ne restez pas avec lui. Rappelez-vous ce que je vous ai raconté au sujet de ma mère. Ne faites pas la même erreur qu'elle et partez avant qu'il ne soit trop tard !

Charlotte se réfugia aux côtés de son mari, l'air hagard. Elle aussi se demandait ce qui venait de se passer entre eux et ne parvenait pas à prononcer un seul mot. Marie n'avait pas remarqué que les larmes avaient inondé son visage, qui était rougi par la colère et la haine. Baptiste s'approcha d'elle et l'entraîna en dehors du bureau alors qu'elle tentait toujours de convaincre Charlotte.

— Venez avec moi Charlotte ! Vous ne serez pas en sécurité tant que vous serez sous ce toit ! Protégez vos enfants !

— Ne l'écoute pas, j'ai bien l'impression qu'elle est aussi folle que sa mère, répondit Wesmuller en la regardant partir.

— Viens Marie, on sort d'ici, murmura Baptiste en la conduisant vers la porte d'entrée.

— Mais on ne va pas la laisser entre les mains de ce bourreau !

— Dégagez d'ici tous les deux ! Baptiste, ce n'est plus la peine de remettre les pieds chez moi désormais. Je n'aurais jamais pensé que tu puisses me prendre aussi pour un tortionnaire.

Baptiste baissa les yeux et ils quittèrent la maison pour s'enfermer dans la voiture. À la hâte, le jeune homme fit démarrer le véhicule et ils filèrent vers l'appartement.

48.

— Putain, mais comment il a fait pour entrer sans que je le voie ? pesta Baptiste, alors qu'il tremblait encore de tous ses membres.

— La secrétaire a dû l'alerter de mon passage. Mais je ne pensais pas qu'il serait là si rapidement.

— J'ai vu Charlotte revenir alors je t'ai envoyé un message et j'ai essayé de la retenir. Mais elle a senti qu'il se passait quelque chose de bizarre.

— De toute façon, ça devait se finir comme ça. Je voulais pouvoir lui dire qui j'étais et tout ce que je savais. C'est chose faite maintenant.

Le calme de Marie à ce moment-là tranchait avec la colère qu'elle avait exprimée quelques minutes plus tôt.

— Qu'est-ce qu'il t'a dit ?

— Des horreurs... Que ma mère était une folle, qu'il avait tout fait pour la libérer de ses démons et que sa mort était inévitable.

— Tu te sens comment ?

— Même pas mieux...

De retour à l'appartement, ils trouvèrent Thomas qui les attendait de pied ferme.

— Où étais-tu ? Je n'ai pas arrêté de t'envoyer des messages ? lança-t-il à Marie.

En voyant sa mine défaite, il sentit que quelque chose s'était passé.

— Chez Wesmuller… répondit-elle.

— Quoi ? Je pensais qu'il ne voulait plus que tu viennes chez lui.

— Je ne lui ai pas demandé l'autorisation.

— Tu t'es introduite chez lui ? Et toi, je suppose que tu l'as aidée, une fois de plus ? lança-t-il à Baptiste sans ménagement. Vous êtes totalement inconscients !

— On peut discuter calmement, ou je dois définitivement considérer que tu n'es plus de mon côté ?

Thomas acquiesça et ils s'enfermèrent dans la chambre pour parler.

— Je vais éviter de te parler de la manière dont j'ai récupéré les clés. Ce qui compte, c'est ce qu'il m'a dit lui.

— Je t'écoute.

Marie lui rapporta alors mot pour mot son échange avec Wesmuller, dont les paroles étaient déjà ancrées en elle. Thomas resta neutre durant toute la conversation.

— Tu te rends compte que ce salaud continue de salir ma mère après tout ce qu'il a fait ? Il n'hésite pas à la faire passer pour une folle devant moi, alors que je sais tout ! Il prétend même que le carnet est le manuscrit d'un livre qu'elle était en train d'écrire !

Toujours silencieux, Thomas cherchait les bons mots.

— Tu sais que j'ai déjà pensé à cette éventualité ?

— Pardon ?

— Ce carnet, ça pouvait tout à fait être une histoire rédigée sous la forme d'un journal intime.

Marie se leva.

— Mais tu plaisantes ? Ne me dis pas que tu penses qu'il n'a rien fait ?

— Je n'ai pas dit ça. Mais reconnais qu'à part ce carnet, tu n'as aucune preuve tangible de sa culpabilité. Même tes grands-parents corroborent ses propos.

— Évidemment, puisque c'est lui qui s'est occupé de construire une vie fictive autour de ma mère ! Et il a convaincu tout le monde ! s'énerva Marie, outrée que Thomas puisse lui tenir un tel discours.

— Tu lui as parlé, c'est très bien ! Et alors maintenant, qu'est-ce qui va se passer ? Tu as l'impression d'avoir eu ce que tu voulais ? Tu vas pouvoir enfin passer à autre chose ?

— Passer à autre chose ? Alors que ce type court toujours et qu'il fait subir la même chose à sa femme ?

— Mais tu n'en sais absolument rien ! Tu es tellement convaincue que c'est un homme violent que tu vois des indices où il n'y en a pas ! Il faut que tu te fasses une raison, Marie !

— Je n'arrive pas à y croire ! Tu es en train de me dire que depuis le début, tu n'as pas cru un seul mot de tout ça ? Que ça fait cinq ans que tu fais semblant de m'aider ?

— Pour être honnête, j'espérais que tout ça se tasse naturellement, que tu finirais par comprendre que tu n'obtiendrais jamais justice…

— C'est dégueulasse, tu me dégoûtes ! cria Marie en faisant les cent pas dans la pièce.

— Attends, n'inverse pas les rôles ! La seule chose que j'ai toujours voulue, c'est que l'on soit heureux tous les deux ! Mais tu ne nous as jamais laissé de chance de l'être, parce que tu étais trop aveuglée par ta soif de vengeance et de vérité !

— Et c'est un crime de vouloir connaître son histoire ? De vouloir faire payer un assassin pour ce qu'il a fait ?

— Non, mais ce qui est dramatique, c'est que tu ne sois plus capable de prendre le moindre recul par rapport à tout ce qui se passe ! Tu es tellement certaine que le carnet de ta mère renferme la vérité que tu ne vois plus ce que tu as réellement de concret !

— Ce carnet est la chose la plus concrète qu'il soit ! Et effectivement, si tu voulais une vie de couple pépère avec mariage et gosses, tu t'es planté ! Je ne t'ai jamais caché mes recherches, alors ne viens pas me faire croire que j'ai été malhonnête !

— Tu aurais pu au moins nous laisser un peu de répit et me montrer que tu tenais vraiment à notre couple. Parce que je suis quoi, moi, dans tout ça ? Tu me considères comme ton mec, ou un meuble à qui tu peux parler de tes états d'âme quand tu en as envie et en étant sûre qu'il ne viendra pas te contredire ?

Marie parvenait à peine à croire ce qu'elle entendait. Si elle avait vu son arrivée en Bourgogne comme l'aboutissement de toutes ses années de recherche, elle n'avait pas imaginé qu'elle sonnerait aussi la fin de son couple avec Thomas.

— Quand vas-tu te laisser une chance d'être heureuse ? Tu n'en as pas marre que tous tes choix soient dictés par ce carnet qui ne t'a apporté que de la douleur depuis que tu l'as entre les mains ?

— Ce carnet, c'est ce qui m'a donné une bouffée d'oxygène. Quand je l'ai lu, j'ai pu enfin comprendre d'où je tenais ce mal-être en moi, alors que des années de psychothérapie n'ont jamais permis de mettre le doigt dessus.

— Est-ce que c'était une raison pour le laisser diriger ta vie ? Pour écraser toutes les belles choses qui pouvaient s'offrir à toi ?

— Tu ne comprends rien…

— Marie, regarde-moi dans les yeux et dis-moi si tu es capable d'arrêter tout ça pour qu'on puisse enfin être heureux ensemble ?

Elle ne répondit pas.

Face à son silence, Thomas attrapa sa valise et y rangea les quelques vêtements qu'il avait sortis.

— Qu'est-ce que tu fais ? lui demanda-t-elle enfin.

— Je pars. C'est terminé, Marie. Je me rends compte que t'avoir soutenue pendant toutes ces années ne m'a pas donné plus de valeur à tes yeux. Tout ça, c'est trop pour moi.

— Donc, tu me laisses ?

— Tu n'as pas besoin de moi. Et puis tu as ton grand ami Baptiste, qui est prêt à te suivre dans n'importe quelle folie. Mais en ce qui me concerne, c'est fini, je rentre à Rouen, et quand tu reviendras, si tu reviens un jour, je ne serai plus là.

Marie le regardait ranger ses affaires sans dire un mot. Elle ne s'imaginait pas que cette situation le faisait à ce point souffrir et qu'elle venait de le perdre définitivement.

Il quitta la pièce sans un regard et laissa Marie seule.

49.

Deux heures après que Marie s'était écroulée et endormie sur son lit, Baptiste entra dans sa chambre en lui apportant un plateau-repas.

— Je ne sais pas si tu as faim, mais tu devrais reprendre des forces.

Marie se releva, le visage humide et marqué par les événements des heures passées. Elle avala une bouchée du sandwich que Baptiste venait de lui apporter et le départ de Thomas lui revint brusquement en pleine figure.

— J'ai entendu votre conversation tout à l'heure…

— On n'a pas fait dans la discrétion, c'est vrai.

— Comment tu te sens ?

— Je ne sais plus trop après tout ça… Vidée.

— Ce n'est peut-être pas fini avec lui. Il t'aime sincèrement, je crois.

— Je ne l'avais jamais vu comme ça. Je pense que c'est foutu…

— Il a réagi sous le coup de la colère, mais les choses vont s'apaiser.

— Je ne suis pas sûre d'avoir envie de rester avec un homme qui ne croit pas en moi.

— Tu sais, il m'a un peu raconté ce qu'il ressentait depuis tout ce temps et j'ai surtout compris qu'il voulait sincèrement que tu sois heureuse. Seulement, il n'y arrive pas parce que ton combat prend beaucoup trop de place.

— Il a toujours su que je voulais aller au bout. C'était naïf de sa part de croire que je baisserais les bras en cours de route.

— Justement, ça n'a fait qu'augmenter son inquiétude. Je ne pense pas qu'il souhaite te voir échouer, mais plutôt qu'il a peur que les choses se terminent mal.

— Donc, ce n'est pas plus mal si on en reste là. Il n'aura plus à supporter tout ça…

Marie avala une seconde bouchée du sandwich, puis le reposa sur le plateau.

— Tu penses à quoi ? demanda Baptiste en la voyant s'allonger à nouveau.

— À la raison pour laquelle ma mère m'a laissé ce carnet. Si ce n'est pas pour que je sache ce qui lui est arrivé, pourquoi alors ?

Baptiste hocha la tête et la laissa poursuivre.

— Quand je l'ai lu pour la première fois, je suis passée par un mélange d'un tas de sentiments différents. Découvrir les mots de ma mère alors que je n'en avais aucun souvenir, ça m'a rapprochée d'elle avec une telle force que j'ai eu l'impression de l'avoir toujours eue à mes côtés. J'étais heureuse de voir à quel point elle m'aimait et faisait tout pour que je ne souffre pas. Mais découvrir aussi l'enfer qu'elle a traversé durant toutes ces années m'a révoltée au plus haut point. J'étais en colère contre Wesmuller et rapidement, j'ai eu envie de le retrouver. Mais j'étais aussi en colère contre elle. Je ne comprenais pas pourquoi elle ne s'était pas enfuie plus tôt. Chaque fois que je lisais un nouvel épisode de violence, l'incompréhension me gagnait encore plus et je lui demandais pourquoi ! Pourquoi n'es-tu pas partie alors qu'il en était encore temps afin qu'on ait une chance de vivre heureuses toutes les deux ? C'est là que j'ai commencé à me renseigner auprès des associations de lutte contre les violences conjugales. Ça m'a ouvert les yeux sur beaucoup de choses et permis de comprendre qu'on ne quitte pas si facilement son bourreau.

— Ta mère l'aimait, c'est ça ?

— Oui… Parfois certaines femmes veulent à tout prix sauver l'autre, le tirer hors de ses démons pour qu'il devienne celui qu'elles aimeraient. Elle se pensait capable de le changer, mais lorsqu'elle s'est rendu compte du contraire, il était déjà trop tard. Il était bien plus fort qu'elle, bien plus puissant. Elle a alors tout fait pour que je sois en sécurité avant de s'en aller.

— Je pense que c'est ce que tu dois retenir. L'amour qu'elle avait pour toi et qui t'a permis d'être la femme forte que tu es aujourd'hui.

— Tu parles… J'ai échoué. Je n'ai rien pu faire dire à Wesmuller et tout le monde continuera de croire que ma mère n'était qu'une folle.

— Toi, tu sais que ce n'était pas vrai. Et je pense que c'est tout ce qui compte pour elle.

— C'est gentil… Mais Charlotte ? Si personne ne l'aide, que va-t-elle devenir ?

— Tu sais, je crois aussi qu'elle est plus forte qu'elle en a l'air.

— Face à Wesmuller, personne ne fait le poids.

Elle ferma les yeux et Baptiste décida de la laisser pour le reste de la journée.

50.

Baptiste avait dressé une table garnie pour le petit-déjeuner. Lorsque Marie arriva, les yeux cernés et le visage fermé, il sentit que la nuit avait été courte pour elle.

— Bien dormi ? lui demanda-t-il.

— Pas vraiment… C'est pour moi tous ces croissants ?

— Oui, j'ai pensé que ça te ferait du bien de manger un peu de gras et de sucre.

— T'es adorable.

Il la laissa avaler un premier café et son croissant.

— Qu'est-ce que tu vas faire aujourd'hui ?

— Je vais retourner voir Charlotte et assiéger sa maison jusqu'à ce qu'elle accepte d'avouer que Wesmuller la bat. C'est ma seule chance d'obtenir justice pour ma mère.

— Hier, j'ai cru que tu allais laisser tomber, mais je vois que la nuit t'a redonné des forces !

— J'ai eu un moment de faiblesse, c'est vrai. Mais je vais m'accrocher jusqu'au bout. Je dois le faire pour ma mère.

— Et Wesmuller ? Il ne va pas te laisser rôder près de chez lui aussi facilement.

— Il a tout intérêt à ce qu'il n'y ait pas trop de remue-ménage autour de lui. S'il lui prenait l'envie d'appeler la police, ça me donnerait une occasion de déballer ce que je sais.

Baptiste acquiesça, mais il avait désormais peur pour son amie. Hier, il avait découvert un autre visage chez Wesmuller, un visage qu'il ne connaissait pas et qui lui faisait craindre le pire.

— Je viens avec toi. Hors de question que tu traînes désormais seule par là-bas.

— C'est non ! Tu as autre chose à faire et tu m'as déjà suffisamment rendu service.

— Je n'ai aucun programme pour la journée et c'est à cause de moi si tout a merdé hier. Je veux encore t'aider à avancer.

— Baptiste, c'est gentil, mais...

Ils furent interrompus par la sonnerie de l'entrée. Baptiste se leva pour ouvrir. Il s'attendait à tout, sauf à trouver Wesmuller sur le palier de sa porte.

— Que faites-vous ici ? demanda-t-il d'un ton froid.

— J'aimerais m'excuser pour hier et parler à Marie, si elle est toujours ici.

Marie avait reconnu sa voix et arriva dans l'entrée.

— Vous n'êtes pas le bienvenu, lui dit-elle. À moins que vous n'ayez des aveux à faire ?

Wesmuller fit un pas dans l'appartement, mais Baptiste s'interposa.

— Hier, j'ai été pris de court lorsque tu m'as dit qui tu étais. Mets-toi à ma place, je pensais que tu étais morte. J'ai dit des choses que je ne pensais pas et je regrette de ne pas avoir pu tout t'expliquer. J'ai des documents, ici, qui devraient beaucoup t'intéresser.

Il tapota alors sur la sacoche qui pendait à son épaule.

Marie regarda Baptiste. Tous deux avaient la même pensée.

— Je suis dans ma chambre si tu as besoin, lui dit alors le jeune homme.

Il laissa la place à Wesmuller, qui entra dans l'appartement. Marie le conduisit alors jusqu'à la cuisine, où elle prit soin de débarrasser toute la table avant de lui proposer de s'asseoir.

— Je vous écoute. Qu'est-ce que vous voulez me dire ? dit-elle, enfoncée dans sa chaise, les bras croisés.

— M'excuser déjà pour hier. Après que tu es partie, je m'en suis voulu de t'avoir dit ces horreurs. Comme je te l'ai dit, j'étais sous le choc de te revoir et j'ai perdu le contrôle.

— Ça vous arrive souvent de perdre le contrôle, je suis bien placée pour le savoir, continua Marie, déterminée à ne pas baisser la garde.

— J'ignore tout de ce que tu as pu lire sur moi, mais je tenais aujourd'hui à ce que tu saches toute la vérité.

Il ouvrit alors la sacoche et en sortit un petit album photo. Les couleurs sur la couverture avaient souffert de l'effet du temps, mais il était en parfait état. Il l'ouvrit à la première page et le fit glisser devant Marie. Elle se retrouva face à une photo d'elle et de sa mère, lorsqu'elle avait environ 6 mois. Marie sentit alors son ventre se nouer en découvrant pour la première fois le visage de celle qui lui avait donné la vie. Un bonheur resplendissant se dégageait de l'image et Marie peinait à dissimuler l'émotion qui la submergeait. Une peau claire, des cheveux bruns et longs, comme les siens et des yeux malicieux, figés là pour l'éternité. Dans ses bras, Marie avait l'air d'une petite princesse endormie en plein rêve. Elle se mit alors à tourner les pages et découvrit d'autres photographies d'elle et de sa mère, dans différentes situations quotidiennes ; au moment de la promenade, du bain, pendant le repas, en sortie au zoo. Marie pestait intérieurement de n'avoir aucun souvenir de ces moments partagés avec elle qui semblaient si doux. Sur chaque image, la tendresse et l'amour étaient bien là. À la troisième page, Marie vit alors une photo d'elle, de sa mère et de Wesmuller. Le visage moins rond, il avait aussi davantage de cheveux qu'aujourd'hui et il tenait sa mère par la taille. Un moment immortalisé par un photographe professionnel et qui donnait l'illusion d'une véritable photo de famille.

Wesmuller, qui n'avait rien dit jusqu'alors pour laisser le temps à Marie de découvrir l'album, prit enfin la parole.

— Je ne cherche pas à me dédouaner de quoi que ce soit, mais ça a été dur pour moi de jouer le bon père de famille en toutes circonstances. J'avais fait le choix d'accepter de t'élever comme ma fille et de mettre un mouchoir sur l'aventure de ta mère. En réalité, lorsque j'ai vu ta bouille d'ange, j'ai totalement craqué et ça m'a aidé à entrer dans mon rôle.

— Pourquoi avoir toujours évité ce sujet ? Entre adultes, on peut se dire les choses, non ?

— J'avais peur... Peur de la réaction de Betty, peur qu'elle me quitte pour rejoindre ce... ce type dont j'ignorais tout. Je l'aimais malgré tout et je n'avais pas envie de l'entendre avouer qu'elle m'avait trompé.

Il passa alors à la page suivante.

— Regarde, dit-il en pointant une photo complice du couple en train de décorer le sapin de Noël, Marie à leurs pieds, jouant dans le carton de guirlandes. On était heureux tous les trois, tu peux me croire.

Marie laissa ses larmes glisser sans retenue sur ses joues. Découvrir ainsi les images heureuses de son enfance la bouleversait. Elle passa un doigt sur le visage de sa mère, elle qui se l'était imaginée uniquement à travers ses écrits.

— Elle était belle... lâcha-t-elle, la voix pincée par l'émotion.

— Oui... Comme je te l'ai dit, on a eu le coup de foudre l'un pour l'autre et sa beauté n'y était pas étrangère. J'ai appris à découvrir l'auteure qui se cachait derrière et j'ai vu une femme pleine d'imagination et de talent pour assembler les mots les uns aux autres avec finesse et intelligence. Elle n'a jamais percé, mais elle l'aurait mérité.

Marie vit alors les yeux mouillés de Wesmuller. Elle tourna alors la dernière page de l'album.

— Il s'arrête à mon anniversaire, lorsque j'ai eu un an. Vous en avez d'autres ?

— Non, malheureusement. C'est le seul que j'ai pu garder avec moi. Il faut dire aussi que les occasions de prendre des photos ont été beaucoup plus rares ensuite.

Il sortit alors une chemise cartonnée de sa sacoche.

— Je sais qu'il y a des choses que tu n'as pas envie d'entendre, mais tu dois connaître la vérité.

Il échangea alors l'album avec la chemise. Marie leva les yeux vers lui et elle eut l'impression d'avoir devant elle un homme totalement bouleversé d'être ainsi replongé vingt-cinq ans en arrière.

— Qu'est-ce que c'est ?

— Son dossier médical. Je l'avais gardé après sa mort pour des raisons administratives essentiellement. C'était une période difficile, autant pour moi que pour ta mère.

Les mains tremblantes, Marie libéra la chemise de ses élastiques et découvrit un ensemble de documents, regroupant des rapports psychiatriques, des ordonnances et des certificats médicaux. Tous étaient au nom de Betty Malcourt, signés par les différents médecins qui l'avaient prise en charge.

— Je suis conscient que cela risque d'écorner l'image que tu te faisais d'elle et j'en suis désolé. J'aurais préféré te dire que tout avait été rose, mais ce n'était pas le cas. Comme je te l'ai dit, elle a eu des phases de délires qui se sont aggravées avec le temps. J'ai remué ciel et terre afin de la soulager et de lui rendre la vie meilleure.

Marie lisait le nom de différentes substances destinées à calmer les angoisses : alprazolam, prazépam... Elle parcourut rapidement les rapports psychiatriques qui faisaient état de troubles importants : crises de paranoïa, dédoublement de personnalité, délires de persécution. La femme qui se dessinait entre ces lignes n'avait rien à voir avec celle du carnet, et encore moins avec celle qui souriait sur les photos. Marie restait muette, incapable de prononcer un seul mot.

— Je suis désolé, répéta Wesmuller. Je suis même allé à Paris pour consulter auprès des meilleurs médecins. Mais sa maladie était plus forte.

— Et malgré ça, on m'aurait laissée avec elle ? C'est curieux, non ?

— Les médecins n'avaient relevé aucun danger te concernant, ce qui peut paraître paradoxal en effet. J'essayais d'être présent au maximum, même si ce n'était pas toujours facile. Mais ta mère avait construit une sorte de bulle protectrice autour de toi, qui était son point d'ancrage, une sorte de pied-à-terre. Tu étais ce qui la raccrochait à la réalité et elle était donc une très bonne mère avec toi.

Troublée, Marie peinait encore à reconnaître l'évidence qui se dressait sous ses yeux. Elle essuya ses larmes du revers de la main et rangea les documents dans la chemise.

— Est-ce que vous voulez un chocolat ? demanda-t-elle en se levant.

— Euh, oui, pourquoi pas... répondit Wesmuller, surpris.

— Ils sont au pralin, j'espère que vous aimez.

— Ça ira très bien.

Marie posa sur la table la boîte qu'elle venait d'attraper dans un placard. Elle l'ouvrit et la tendit à Wesmuller. Il prit un chocolat et le dégusta sous le regard de Marie, qui attendait une réaction.

— Il est très bon. Merci.

De nouveau, les yeux de Marie se remplirent de larmes et Wesmuller tenta de la réconforter.

— Tu n'as pas été malheureuse et ta mère t'a aimée de toutes ses forces. Tu n'as pas de rancœur ou de regret à avoir.

— C'est juste que ça fait bizarre de parler de ça avec vous… Et découvrir ces photos de ma mère aujourd'hui, c'était inattendu…

Wesmuller lui prit alors la main et Marie ne put s'empêcher de faire un mouvement de recul.

— Pardon, c'était maladroit, s'excusa-t-il.

— Non, c'est moi… Je ne suis pas encore prête.

— Je vais y aller, dit-il en remettant la chemise puis l'album dans sa sacoche.

— Attendez… Est-ce que vous pouvez me remontrer l'album ?

Il lui adressa un fin sourire et ressortit l'album. Marie l'ouvrit à la première page et revit alors le visage radieux de sa mère.

— Est-ce que je peux garder cette photo ?

— Bien sûr, répondit-il. Tu peux même en garder d'autres si tu le souhaites.

— Celle-ci suffira. Elle raconte tellement de choses à elle toute seule…

Wesmuller reprit alors l'album et se dirigea vers la porte. Marie se décida à le rejoindre avant qu'il quitte l'appartement.

— Merci de m'avoir écouté, lui dit-il. Si j'avais été à ta place, j'aurais aimé qu'on me dise la vérité, aussi douloureuse soit-elle.

— J'ai traversé des moments difficiles, mais je crois qu'aujourd'hui, je vois enfin le bout du tunnel.

— J'en suis ravi. En revanche, j'ai un regret pour ma part.

— Lequel ?

— Celui de ne pas t'avoir vu grandir. Je regrette de ne pas avoir poussé davantage les enquêteurs à te rechercher. Tu étais… tu es comme ma fille.

Troublée, Marie préféra ne pas répondre et laissa Wesmuller quitter l'appartement.

Une fois la porte refermée, elle s'écroula.

51.

Baptiste avait attendu que Marie reprenne ses esprits pour la rejoindre. Elle lui avait raconté leur échange en détail et tous deux étaient désormais autour de la photo qu'elle avait gardée.

— En me levant ce matin, je n'avais qu'une envie : faire cracher le morceau à Wesmuller et qu'il pourrisse en taule jusqu'à la fin de ses jours. Et maintenant, j'ai cette photo entre mes mains et toutes mes certitudes qui se sont ébranlées.

— Tu ne pouvais pas imaginer qu'il te disait la vérité hier. Toute ta vie, tu as pensé qu'il battait ta mère.

— Il a mangé le chocolat.

— Quoi ?

Marie attrapa la boîte de chocolats encore ouverte sur la table.

— Dans la page qu'elle a écrite le jour de mon anniversaire, ma mère a dit qu'elle allait acheter un gâteau, mais surtout pas au pralin, car Wesmuller détestait ça. Là, il a mangé le chocolat au pralin sans sourciller.

— Pour toi, c'est la preuve que ce carnet ne renferme pas la vérité ?

— Disons que s'il avait fait une grimace, j'aurais pu

douter. Avec ce qu'il m'a montré, c'est difficile de persister. Thomas avait raison, j'aurais dû enlever mes œillères beaucoup plus tôt.

— Tu es venue ici pour connaître la vérité. Ce n'était sans doute pas celle que tu espérais, mais tu vas enfin pouvoir passer à la suite.

— Ma mère n'a finalement pas passé les cinq dernières années de sa vie à être rouée de coups, mais à se penser persécutée par tout le monde... Je ne sais pas si ça me console vraiment...

Baptiste enlaça Marie, dont les larmes coulaient à nouveau.

— Je crois que j'ai besoin d'être un peu seule.

— Bien sûr, je te laisse, je dois aller faire quelques courses de toute façon.

Marie reprit la photographie et alla s'enfermer dans sa chambre. Elle inspira profondément afin de faire cesser les larmes une bonne fois pour toutes. Elle mourait d'envie d'appeler Thomas et de lui raconter tout ce qui venait de se passer. Mais elle ne savait pas comment il allait réagir en apprenant qu'elle s'était trompée durant toutes ces années. Elle ne regrettait rien, car si elle ne l'avait pas fait, elle serait restée avec sa colère et ses mensonges en elle. Elle était remontée jusqu'à Wesmuller, qui lui avait permis de mettre un visage sur sa mère, mais aussi une histoire.

Elle chercha le carnet dans son sac et relut une à une les pages qu'elle connaissait déjà par cœur. Elle les découvrit alors avec un tout autre regard et un recul qu'elle n'avait encore jamais eu jusqu'alors.

— Maman... pourquoi m'as-tu laissé ce journal ? Qu'est-ce que tu as voulu me dire ? Je te demande pardon de m'être trompée...

Puis elle prit la photographie et la glissa dans la dernière page du carnet.

— Je suis contente de t'avoir rencontrée aujourd'hui. Je t'aime.

52.

— Alors, ça y est, tu as pris ta décision ?

— Oui, je pense que je peux rentrer chez moi maintenant.

Baptiste observait Marie, en train de faire ses valises. Ces trois dernières semaines avaient été d'une rare intensité pour tous les deux, et c'était non sans une vive émotion que les deux amis tiraient les dernières conclusions.

— J'espère que tu parviendras à faire la paix avec ton père, dit Marie en adressant un regard bienveillant à Baptiste.

— Ça risque de prendre plus de temps que toi, répondit-il avec une pointe d'amertume.

— Tu sais, j'ai mis vingt-cinq ans à atteindre mon but… Je suis sûre que pour toi, ce sera bien plus rapide. Tu es un type bien, ce n'est pas possible que ton père ne s'en rende pas compte.

— S'il pouvait t'entendre…

Marie referma ses deux valises et les souleva du lit.

— À quelle heure est ton train ?

— Dans deux heures.

— Je t'accompagne alors.

— Avec plaisir.

Baptiste referma le coffre de la voiture en poussant un soupir.

— Je n'arrive pas à croire que tout se termine maintenant.

— On va se revoir, non ? Tu viendras à Rouen et je te ferai découvrir les falaises d'Étretat.

— Avec plaisir !

Ils montèrent dans la voiture. En claquant, les portières sonnaient aussi le clap de fin de trois semaines riches en émotions.

— Avant de me déposer à la gare, tu peux me rendre un dernier service ?

— Oui, bien sûr.

— Je voudrais aller chez Charlotte une dernière fois.

Quinze minutes plus tard, Marie sonnait à l'interphone de la famille Wesmuller. Elle poussa un soupir de soulagement en entendant les pas sur le gravier derrière le portillon.

— Bonjour, Charlotte.

— Bonjour, Marie, répondit-elle avec un demi-sourire.

— Je suis venue vous dire au revoir, je rentre chez moi.

— Ah oui ?

— Je voulais aussi m'excuser.

— Vous n'avez pas à le faire, répondit Charlotte, gênée.

— Je me suis rapprochée de vous par intérêt, je me suis introduite dans votre vie et celle de vos enfants pour parvenir à mes fins. Je ne serais pas tranquille si je partais sans vous demander pardon.

— Vous êtes toute pardonnée, ne vous en faites pas.

Charlotte baissa le regard sur le paquet que Marie tenait dans ses mains.

— Je vous avais dit que je vous apporterais un ouvrage de ma mère. Alors, voilà.

Marie lui tendit le paquet. Charlotte le déballa avec fébrilité.

— Il ne fallait pas… Est-ce qu'il ne risque pas de vous manquer ? lui demanda-t-elle en découvrant le titre du livre, *Un morceau de bonheur*.

— Ne vous inquiétez pas. Je le sais entre de bonnes mains. J'ai découvert chez vous quelqu'un de profondément touchant et je vous souhaite d'aller au bout de vos rêves.

— Merci…

Marie salua une dernière fois Charlotte avant de rejoindre Baptiste dans la voiture. La femme de Wesmuller regarda alors le véhicule s'éloigner, serrant le livre contre son cœur. Elle se sentit alors incroyablement seule et ne put retenir ses larmes en refermant derrière elle le portillon.

53

Un mois plus tard.

Le vent marin s'engouffra immédiatement dans les poumons de Marie. Les pieds au bord de la falaise, elle respirait le même air que sa mère juste avant son dernier souffle.

— Tu viens, on y va ! cria Thomas, qui l'attendait quelques mètres plus loin.

— J'arrive !

Comme un pèlerinage, Marie avait voulu revenir sur les pas de sa mère avec le nouveau regard qu'elle avait désormais sur son passé. Elle était donc retournée là où tout s'était terminé, vingt-cinq ans plus tôt. Elle regarda une dernière fois l'horizon avant de rejoindre Thomas. Tous deux redescendirent vers le village d'Étretat, main dans la main.

Lorsque Marie était revenue de Bourgogne, elle avait trouvé Thomas sur le point de quitter l'appartement à contrecœur. Il lui avait avoué ne plus se sentir capable de supporter le poids du passé avec elle. Marie lui avait alors rapporté les paroles de Wesmuller, qu'il avait accueillies avec soulagement. Si elle avait eu plus de mal à se faire à l'idée qu'elle avait poursuivi un monstre imaginaire durant des années, elle avait néanmoins admis que son combat devait prendre fin et se donner une chance de vivre enfin sa vie.

Le couple se retrouvait donc doucement et avait même entamé des visites pour trouver une maison dans la banlieue de Rouen.

Avant que les falaises ne disparaissent de sa vue, Marie se retourna une dernière fois vers elles. Elle déposa un baiser sur sa main, qu'elle envoya vers le ciel.

— Comment tu te sens ? lui demanda Thomas alors qu'ils s'installaient dans la voiture.

— Mieux.

Marie lui adressa un sourire, puis ils prirent la direction du cimetière des Loges. Marie s'y était rendue plusieurs fois depuis qu'elle était revenue dans la région, mais c'était désormais avec l'esprit plus libre qu'elle rendait visite à sa mère aujourd'hui.

— Je t'attends dans la voiture, lui dit Thomas en lui déposant un baiser sur le front.

Marie sortit du véhicule et récupéra le bouquet de lys qu'elle avait soigneusement protégé dans le coffre de la voiture. Des nuages gris, poussés par un vent froid venu du large, s'installaient au-dessus de sa tête. Elle poussa la porte grinçante du cimetière puis s'engouffra dans les allées. Elle connaissait bien le chemin désormais, et se dirigea vers le fond du cimetière où reposait sa mère.

— Bonjour maman, dit-elle devant la pierre tombale. Désolée, je n'amène pas le soleil avec moi aujourd'hui.

Elle débarrassa les fleurs fanées qui pendaient tristement autour du vase en marbre et y déposa son bouquet. Elle retira les premières feuilles mortes du tilleul voisin qui commençaient à se déposer sur la pierre et annonçaient le début de l'automne. Puis elle s'assit sur le rebord de la tombe et observa la stèle où elle avait fait poser la photographie de sa mère, récupérée dans l'album de Wesmuller.

— Je voulais passer te voir plus tôt, mais ces dernières semaines ont été un peu agitées. On a failli se séparer avec Thomas, mais tout s'est arrangé. Je suis allée jusqu'en Bourgogne, à Beaune. Tu te rends compte ! Je ne connaissais rien à cette région et j'ai fait les vendanges ! Moi qui ne suis pas une manuelle, j'ai trié du raisin pendant deux semaines. Il fallait me voir au début, complètement cassée, le dos en vrac. J'ai aussi fait la connaissance d'une femme charmante. Une artiste comme toi. Il se trouve que c'est justement la femme de… Pierre. Il faut croire qu'il a du goût.

Marie caressa la photographie.

— J'ai fait la paix. La paix avec toutes ces ombres qui m'habitaient depuis des années. Il m'a tout expliqué. J'ai compris que j'avais fait fausse route, parce que ton carnet révélait des choses si dures que je ne pouvais pas croire qu'elles sortaient de ton imaginaire. Mais tu étais écrivain et tu avais justement le don de transformer les mots pour les rendre plus vrais. C'est pour cela que tu me l'as laissé. Pour que ton œuvre puisse vivre quelque part.

Marie se recueillit encore quelques minutes, puis se leva.

— On a rendez-vous avec un agent immobilier ce soir. Il doit nous faire visiter une maison. Thomas a eu un vrai coup de cœur en regardant les photos, mais je préfère ne pas m'emballer trop vite. Je te raconterai tout ça la prochaine fois.

Elle caressa une dernière fois la photographie, puis retourna à la voiture.

— Tu ne démarres pas ? demanda-t-elle en voyant que Thomas la regardait.

— Pas tout de suite. Je profite.

— Tu profites de quoi ? De la vue sur cette horrible palissade en béton qui entoure le cimetière ?

— De ton sourire, idiote ! Ça faisait tellement longtemps que je ne l'avais pas vu sur ton visage.

Ils s'embrassèrent, puis reprirent la route vers Rouen.

Une heure plus tard, ils arrivèrent devant la maison qu'ils convoitaient et où les attendait déjà l'agent immobilier.

— Il est pressé de vendre celui-là ! s'exclama Marie en voyant l'homme, cramponné à son porte-documents, les saluer avec un large sourire forcé.

— Allons-y, c'est peut-être celle que l'on cherchait depuis toujours !

Impatient, Thomas bondit hors de la voiture et serra la main de l'agent immobilier.

— Christophe Leroy, je suis ravi de vous rencontrer.

Avec une démarche volontairement nonchalante, Marie emboîta le pas à Thomas, qui trépignait à l'idée d'entrer enfin dans la maison.

— Avez-vous pu faire un tour du quartier ? reprit l'agent. Il y a une boulangerie à deux cents mètres et une école de l'autre côté de la rue. C'est calme, extrêmement bien situé, à moins de vingt minutes du centre-ville en bus.

— Évidemment ! Ça n'aurait pas été très vendeur de nous dire que l'endroit était un repère de toxicomanes, totalement déserté par les commerces et les transports et que la première école était à une heure d'ici ! répondit Marie, déjà très irritée par les manières de l'agent.

Celui-ci resta sans voix et regarda Thomas avec un air interrogateur.

— Elle plaisante, ne vous en faites pas ! dit-il en essayant de détendre l'atmosphère.

— Bien sûr que je plaisante, c'était une simple blague pour… se décoincer…

— Bien ! Alors je vous propose maintenant d'aller voir la maison.

L'agent avait totalement quitté son sourire de circonstance et le couple se regardait d'un air complice.

— Calme-toi, tout le monde n'a pas ton humour, lui chuchota Thomas alors qu'ils entraient dans le jardin.

— Lui, il n'a pas d'humour du tout, je crois.

— Le jardin fait cinq cents mètres carrés, ce qui est rare dans ces quartiers où il était plutôt de coutume de réduire les espaces verts au minimum pour laisser plus de place aux habitations. Maintenant bien sûr, les nouveaux lotissements sont plus aérés, mais malgré votre petit budget, cette maison possède de quoi vous offrir un coin de verdure très agréable.

Thomas fit une inspection minutieuse des lieux, tandis que Marie se contentait d'observer brièvement. La pelouse n'avait pas été tondue de l'été et les propriétaires, des retraités décédés quelques mois plus tôt, avaient abandonné l'entretien des extérieurs.

— Il faudra prévoir une benne énorme pour débarrasser tout ce foutoir, dit-elle en regardant un amoncellement de planches, ferrailles et gravats entassés dans un coin du jardin.

— Les propriétaires étaient âgés et n'avaient plus le temps ni l'énergie d'entretenir ici, c'est vrai. Mais ça se résout très facilement et en quelques heures, vous obtiendrez un endroit très coquet.

Marie était déjà lassée par l'argumentaire polishé de l'agent immobilier, mais elle voyait Thomas très investi dans la visite. Ils se décidèrent à entrer dans la maison, lorsque le téléphone de Marie sonna.

— Allez-y, je vous rejoins tout de suite, dit-elle en voyant un numéro inconnu s'afficher.

Elle décrocha, mais n'entendit personne au bout du fil. La ligne se coupa.

— C'était qui ? demanda Thomas en la voyant revenir.

— Une erreur, ça a raccroché tout de suite.

Il l'attrapa par la taille et l'entraîna dans la cuisine où patientait l'agent.

— Ouah, elle est énorme cette cuisine ! s'extasia exagérément Thomas en découvrant l'endroit.

— Oui enfin, il y a du boulot quand même, enchaîna Marie en regardant la tapisserie décollée et les meubles tachés.

— Il y a quelques travaux à prévoir, j'en conviens, continua l'agent. Mais avec un pot de peinture et un peu d'huile de coude, vous pouvez faire des merveilles à moindres frais. Le mur ici n'est pas porteur. Vous pouvez donc abattre la cloison pour ouvrir sur le séjour qui est juste derrière.

— J'ai l'impression d'être dans une émission de Plaza... chuchota Marie à l'oreille de Thomas.

Il lui donna un petit coup de coude et le portable de Marie vibra à nouveau. Elle venait de recevoir un SMS du numéro inconnu.

J'ai besoin d'aide. Charlotte.

À la lecture du message, son sang ne fit qu'un tour. Elle attrapa la manche de Thomas et lui fit lire le message.

— Charlotte ? La femme de Wesmuller ?

— Oui ! Il faut que je la rappelle.

Thomas tenta de faire bonne figure devant l'agent, alors qu'il regardait Marie quitter la maison à la hâte.

Sans céder à la panique, elle tenta de rappeler, mais tomba immédiatement sur la messagerie. Elle insista plusieurs fois, toujours sans succès.

— Qu'est-ce que tu fais ? demanda Thomas qui venait de la rejoindre. J'ai planté l'agent à l'intérieur, il va se demander ce qu'on fabrique.

— Ça ne répond pas ! C'est pas normal que Charlotte m'ait envoyé ce message, il se passe quelque chose de grave !

— D'accord, mais qu'est-ce que tu veux faire ? Tu es à plus de six cents kilomètres, elle doit bien pouvoir trouver quelqu'un d'autre pour l'aider !

— Justement, si elle me l'a envoyé à moi, c'est sans doute parce que je suis la seule à pouvoir l'aider !

— Et Baptiste ? Il ne peut pas aller voir ce qui se passe ?

— Tu as raison, je vais l'appeler.

Elle essaya de le joindre, mais tomba là encore sur son répondeur. Elle lui laissa un message, implorant de la rappeler au plus vite.

— On y retourne ? demanda Thomas qui retournait vers l'intérieur de la maison.

— Sans moi... Je ne peux plus rester ici.

— Quoi ? Tu veux rentrer ? Et je dis quoi à l'agent ?

— Qu'elle ne nous intéresse pas sa vieille bicoque défraîchie ! Il faut que je retourne à Beaune... maintenant !

— Tu plaisantes ? Tu vas retourner là-bas uniquement après avoir reçu ce message sans plus d'explications ?

— Elle m'a appelée à l'aide. Moi. Et j'ai peur de ce que cela signifie.

Marie eut le sentiment que Thomas revivait le traumatisme de ces dernières semaines. Il avait ce même regard lorsqu'il lui avait annoncé qu'il la quittait.

— Dans ce cas, je viens avec toi, lui annonça-t-il sans ménagement.

— Quoi ?

— Il n'est plus question que je te laisse partir seule. On y va ensemble ou pas du tout.

Marie se jeta dans ses bras, touchée qu'il la suive sans savoir où cette folie les conduirait.

54.

Agrippée à son téléphone, Marie scrutait l'écran dans l'attente d'un nouveau signe de Charlotte.

— Bon sang, mais pourquoi est-ce qu'elle ne rappelle pas ?

Elle tenta une nouvelle fois d'appeler, mais tomba encore sur le répondeur.

— Détends-toi, lui dit Thomas en s'efforçant de rester le plus calme possible. On a plus de quatre heures de route devant nous. Tu ne pourras pas faire grand-chose en attendant.

— Je vais essayer sur le numéro qu'elle m'avait laissé lorsque je gardais ses enfants !

Marie fouilla son répertoire et retrouva le numéro de Charlotte.

— Merde, la ligne n'est plus attribuée !

— Elle a sûrement changé de numéro, voilà tout. Ne panique pas sans que l'on sache de quoi il retourne.

— Je sens qu'il se passe quelque chose d'anormal...

— Tu penses à Wesmuller, c'est ça ?

— Qui d'autre sinon ? C'est forcément lié...

Marie se rongeait frénétiquement les ongles, tout en continuant à scruter son téléphone.

— Et Baptiste qui reste injoignable...

— Qu'est-ce qu'on fera si finalement ce message ne t'était pas destiné, ou que tu l'as interprété de la mauvaise manière ?

— Ce n'est pas le genre de Charlotte de faire des blagues... Et plus j'y repense, plus je me dis qu'elle était bizarre lorsque je suis venue lui dire au revoir.

— Bizarre comment ?

— C'est dur à dire, mais je n'avais pas l'impression qu'elle était contente de me voir partir. Sur le moment, j'ai pensé qu'elle était gênée que je vienne m'excuser, mais finalement, je me demande si ce n'était pas autre chose.

— Tu veux dire qu'elle était déçue que tu repartes ?

— C'est possible... Déçue ou désespérée...

Marie rembobina le film de ces derniers jours passés en Bourgogne. Après la visite de Wesmuller où il lui avait brandi la preuve noir sur blanc que toute son enquête ne reposait que sur un mensonge, elle n'avait plus eu aucune raison de douter.

— Et si je m'étais complètement plantée ? Que Wesmuller m'avait manipulée pour me faire croire qu'il n'était coupable de rien ?

— Et le dossier médical de ta mère ? Tu en fais quoi ?

— Évidemment, sans ça, j'aurais continué à me méfier, mais fabriquer des faux papiers, c'est possible non ?

— Si c'est le cas, ce type est sacrément tordu... et dangereux. Il n'a pas pu fabriquer autant de fausses preuves pour te faire gober un mensonge encore plus gros que lui... Ça ne tient pas.

— De quoi serais-tu capable s'il s'agissait de préserver ta liberté ? De ne pas écorner ton image lisse et dorée de l'homme bien sous tous rapports, qui aide et aime son prochain comme un citoyen modèle ? Wesmuller voit son nom régulièrement dans les journaux, valorisé et mis sur un piédestal par ses patrons, ses collègues et ses amis. Tu penses qu'il aurait envie de voir tout ça s'écrouler du jour au lendemain ?

— Non, mais de là à venir chez toi, te montrer de faux documents pour que tu le laisses tranquille…

— Ça ne coûte rien de vérifier…

— Comment tu comptes t'y prendre ?

— J'ai retenu le nom d'une clinique et d'un médecin d'où provenait l'un des rapports psychiatriques. Je vais appeler pour voir si elle y a bien fait un séjour.

Marie se mit à pianoter sur son téléphone, sous l'œil discret, mais inquiet de Thomas. Il n'osait pas imaginer l'état dans lequel elle se retrouverait si on lui annonçait que sa mère n'avait jamais posé les pieds dans cette clinique.

— Ah, j'ai un numéro ! Clinique des Prés verts à Paris.

— Si loin ?

— Wesmuller prétendait avoir écumé les meilleurs praticiens du pays pour la soigner… J'appelle tout de suite !

Suspendue à son téléphone, Marie eut rapidement quelqu'un.

— Bonjour, je souhaiterais savoir si une femme du nom de Betty Malcourt aurait été hospitalisée chez vous entre 1991 et 1995 ?

— Mets le haut-parleur, lui souffla Thomas.

— *Je ne peux pas vous renseigner, madame. Nous ne divulguons pas le nom de nos patients dans le cadre du secret médical.*

— S'il vous plaît, soyez gentille, c'est très important pour moi, il s'agit de ma mère.

— *Navrée madame, mais ce sont des informations confidentielles.*

— Écoutez, ma mère est morte en 1995 et j'enquête sur les causes de sa disparition. Si vous refusez de me répondre et que les investigations que je m'apprête à lancer mettent en cause votre clinique, ce n'est pas un simple coup de téléphone que vous recevrez, mais une brigade de police alors, faites-moi gagner du temps et répondez à ma question !

— *Un instant je vous prie,* répondit finalement la secrétaire sans trop d'enthousiasme.

Elle mit alors Marie en attente. La grésillante musique classique l'agaçait déjà profondément. Thomas avait les mains scotchées sur son volant et attendait avec autant d'impatience que la secrétaire daigne bien leur apporter une réponse. Cinq minutes plus tard, la musique s'arrêta et ils entendirent de nouveau la voix de la secrétaire.

— *Je n'ai trouvé personne du nom de Betty Malcourt, je suis désolée.*

— Vous êtes sûre ? Et au nom de Betty Wesmuller, ou Betty Swan ?

— *Un instant, je vous prie.*

— Bon sang, c'est pas vrai ! s'exclama Marie alors que la musique classique explosait de nouveau dans le téléphone.

— Calme-toi, c'est la préhistoire les années 1990 pour eux. Ils n'avaient sans doute pas de système informatique qui référençait leurs patients.

— Cette femme n'en a rien à faire de ma demande. Si ça se trouve, elle ne cherche même pas... Elle sirote un café tranquillement en papotant avec sa collègue pour faire passer le temps et me reprendra quand elle aura envie.

Thomas serra la main de Marie qu'il sentait bien trop nerveuse.

— *Madame, je n'ai aucune Betty dans mes registres.*

— Vous en êtes certaine ? Le dossier n'a pas pu être détruit après vingt-cinq ans ?

— *Non madame, nous gardons les dossiers cinquante ans dans nos archives.*

— Et est-ce que vous pouvez me confirmer que le docteur Raoul Jacob a bien exercé chez vous durant cette même période ? demanda alors Marie dont la voix se faisait plus fébrile.

— *Ah non madame, ça je peux vous répondre tout de suite, car j'y étais à cette époque. Il n'y a jamais eu de médecin avec ce nom-là.*

— Pardon d'insister, mais vous en êtes bien sûre ?

— *Absolument. Je suis arrivée en 1983 et je peux vous dire que j'en ai vu défiler des médecins. Mais jamais aucun n'a porté ce nom.*

— Très bien, je vous remercie pour votre aide.

Marie raccrocha et un lourd silence s'installa dans la voiture. Thomas tenta de jeter un œil sur elle pour évaluer son état d'esprit. Les yeux fixés vers l'horizon, Marie ne savait pas comment réagir après ce qu'elle venait d'apprendre.

— Ce type est un parfait connard, finit-elle par dire enfin. Comment j'ai pu être aussi idiote de gober ses paroles sans même vérifier ? Pourquoi est-ce que je n'ai pas appelé tout de suite la clinique et les hôpitaux pour m'assurer qu'il disait bien la vérité ?

— Attends, ne te flagelle pas trop vite. Es-tu bien sûr que c'était la bonne clinique ? Tu as vu les papiers furtivement il y a un mois. Tu aurais tout à fait pu mémoriser de travers.

— Non, j'en suis certaine, parce que le nom de la clinique m'a fait penser au poète que ma mère a d'ailleurs beaucoup cité dans l'un de ses livres et pour le médecin, j'ai pensé au film avec de Funès… C'est un peu tiré par les cheveux, mais je te jure que ce sont des images qui me sont arrivées instantanément lorsque j'ai lu les noms. Je n'ai pas fait d'erreur.

— OK, donc Wesmuller a menti.

— Pendant des années, il a réussi à tromper mes grands-parents, les amis de ma mère, tout le monde sans que personne ne se doute de quoi que ce soit. Il n'a eu aucun scrupule à essayer de me duper moi aussi. Il m'a servi la même soupe qu'à tous ces gens et ça a marché. Il m'a endormie avec des photos de famille complètement bidon et je n'ai rien vu venir…

Marie repensa alors au chocolat au pralin que Wesmuller avait avalé sans sourciller et qui l'avait convaincue qu'il n'était pas l'homme décrit dans le carnet. Elle n'aurait pas dû se fier à ce détail pour le mettre hors de cause, car n'importe qui aurait pu faire semblant d'apprécier, même si ce n'était pas le cas. Pour un comédien comme Wesmuller, c'était un jeu d'enfant de le faire, uniquement par politesse. Alors que Marie ressassait, elle sentait les larmes qui coulaient à nouveau. Ces mêmes larmes qu'elle pensait ne plus jamais faire ressurgir en pensant à toute cette histoire. Elle s'en voulait de s'être fait avoir et les mots de Thomas pour la réconforter n'y pouvaient rien.

— Je m'en veux d'avoir été aussi stupide et d'avoir abandonné Charlotte… Maintenant, c'est sûr, elle m'a appelée, car Wesmuller a dû renforcer son emprise sur elle.

— Je suis désolé, dit alors Thomas.

— Quoi ? Tu n'as pas à être désolé, répondit Marie, surprise.

— Si. Parce que si j'étais resté avec toi, j'aurais pu t'aider à ne pas te laisser surprendre par l'émotion et j'aurais pu voir que Wesmuller te menait en bateau.

— Ne dis pas n'importe quoi. Tu te serais fait avoir, tout comme moi ! Comment pouvait-on imaginer qu'il aurait fabriqué des dizaines de faux documents ? Non, crois-moi, tu n'aurais rien vu, car c'est un virtuose du mensonge. Toute sa vie n'est que duperie et faux-semblants. Mais c'est terminé, il ne trompera plus personne désormais.

55.

La Clio IV avalait les kilomètres à vive allure sur l'A6 en direction de Beaune. Il leur restait moins d'une heure avant d'arriver chez Charlotte. Marie, toujours ulcérée par sa découverte, tentait de rassembler ses esprits afin de donner le coup de grâce à Wesmuller.

— La priorité, c'est de libérer Charlotte et ses enfants. Une fois qu'elle se sentira en sécurité, Wesmuller ne pourra plus rien faire.

— On doit réfléchir à la manière dont on va s'y prendre. Si Wesmuller est vraiment dangereux, on ne doit pas foncer tête baissée.

— S'il est vraiment dangereux ? Parce que tu doutes encore après ce qu'on vient d'apprendre ?

— Je tente justement d'évaluer notre prise de risque. Je n'ai pas envie qu'on finisse à l'hôpital ou pire, à la morgue.

— Ne t'en fais pas. Wesmuller est bien trop malin pour attaquer si directement.

— J'aimerais quand même qu'on réfléchisse à un plan solide.

Le téléphone de Marie sonna et le nom de Baptiste s'afficha à l'écran.

— Bon sang, Baptiste, ça fait des heures que j'essaie de te joindre !

— *Qu'est-ce qui t'arrive ? Rien de grave ?*

— Je t'expliquerai, mais il faut que tu ailles chez Charlotte t'assurer qu'elle va bien ! Je serai là dans une demi-heure.

— *Quoi ? C'est quoi cette histoire ?*

— S'il te plaît, fonce chez Charlotte et rappelle-moi !

— *Tu sais que Pierre ne veut plus que je mette les pieds chez lui. Je fais quoi s'il me trouve ?*

— Elle m'a envoyé un message de détresse. Il faut la sortir de chez elle sans tarder !

— *Oh bon sang ! D'accord, j'y vais ! À tout de suite !*

Soulagée d'avoir un allié supplémentaire, Marie réfléchissait à la manière dont ils pourraient approcher Charlotte, tout en mettant Wesmuller hors d'état de nuire.

Trente minutes plus tard, Marie et Thomas arrivèrent à proximité du domicile de Wesmuller où les attendait Baptiste, enfermé dans sa voiture.

— Alors, tu as pu voir quelque chose ? demanda Marie en regardant en direction de la maison.

— Rien du tout, mis à part ce type, répondit Baptiste en pointant du doigt un homme qui attendait devant le portillon.

— C'est qui ?

— Un vigile. Je le reconnais, car il a bossé chez les Vautrin quelques semaines. Wesmuller a embauché un toutou pour monter la garde devant chez lui.

— Et empêcher Charlotte de sortir… Il avait mis des barreaux aux fenêtres pour retenir ma mère enfermée. Ça n'a pas dû être possible sur les grandes baies vitrées, alors il fait surveiller les entrées et sorties.

L'homme avait une quarantaine d'années et ne paraissait pas particulièrement effrayant. En tenue civile, il faisait des allées et venues devant la maison.

— C'est horrible, répondit Thomas. Comment peut-on en arriver à de telles extrémités ?

— Quand on sent que son secret est sur le point d'être révélé et qu'on peut tout perdre d'un instant à l'autre, répondit Marie en pensant aux derniers jours de sa mère. Il y a urgence maintenant. Il faut faire sortir Charlotte d'ici à tout prix et ce type ne va pas nous faciliter la tâche.

— Je crois que le vigile s'appelle Richard. Je vais détourner son attention pour que vous puissiez entrer.

— Comment ? Tu as vu la hauteur de ce mur ? répondit Thomas, peu emballé par l'idée.

— Plus loin sur la droite, le mur est un peu moins haut. Si tu fais la courte échelle à Marie, elle devrait pouvoir accéder au jardin.

— T'es complètement inconscient ! Et si elle tombe sur Wesmuller ?

— S'il était là, il n'aurait pas besoin de son vigile ! répondit Baptiste, sûr de lui.

— Et puis, il rentre rarement avant 20 heures, poursuivit Marie. Je suis d'accord avec l'idée de Baptiste.

— Il est 19 h 30 ! Il peut revenir d'un moment à l'autre ! C'est trop risqué comme plan ! répondit Thomas.

— Tu en as un meilleur ? demanda Baptiste.

— On appelle les flics ! Un type qui fait garder sa maison, c'est louche non ?

— C'est pas interdit !

— Thomas, c'est moi que Charlotte a appelée à l'aide. Sur le temps qu'elle a eu à sa disposition, c'est à moi qu'elle a écrit. Je dois aller la chercher moi-même, répondit Marie en essayant de calmer les esprits.

Thomas les regarda et vit qu'il était seul contre tous.

— Si j'ai bien compris, je n'ai pas le choix. C'est d'accord, mais si tu n'es pas revenue dans quinze minutes, j'appelle la police.

— Baptiste, c'est à toi de jouer, lança Marie. On passera devant vous en jouant au couple qui se promène dès que tu l'auras harponné.

Baptiste sortit de sa voiture et s'avança vers la maison des Wesmuller, l'air innocent. Cachés derrière le véhicule, Marie et Thomas attendaient le bon moment pour s'approcher à leur tour.

— Salut Richard, lança alors Baptiste tandis qu'il s'approchait du vigile. Qu'est-ce que tu fais là ?

— On se connaît ? demanda l'homme.

— Tu ne me reconnais pas ? J'ai travaillé chez Vautrin. Tu as bien fait quelques nuits là-bas, non ?

— Ouais... Désolé, mais je ne me souviens pas de toi.

— C'est pas grave, ça arrive !

Plus loin, Marie décida que c'était le bon moment d'agir. Elle prit la main de Thomas et ils avancèrent en bavardant sur le trottoir d'en face. Baptiste tentait de garder l'attention du vigile sur lui tandis que le couple contournait la maison.

— Et qu'est-ce que tu fais par ici ? continua Baptiste en voyant Marie et Thomas disparaître.

— Je bosse.

Le vigile se retourna.

— Ici ? C'est pas la baraque de Wesmuller ?

— Écoute, j'ai pas vraiment le temps de discuter.

Baptiste sentit que l'homme était sur le point de reprendre sa ronde en commençant par l'arrière de la maison. Il ne pouvait pas tout laisser capoter si vite.

— Et tu retournes bosser de temps en temps chez Vautrin ?

— Non... répondit le vigile, agacé.

— C'est une bonne boîte quand même... T'as dû taper dans l'œil de Wesmuller pour qu'il t'embauche chez lui.

— Bon écoute, puisque t'as pas l'air de bien comprendre, je vais être plus clair. Dégage d'ici.

Cette fois, le ton du vigile était clairement menaçant, mais Baptiste n'avait pas l'intention de lâcher, malgré la certitude de ne pas faire le poids face à lui.

— Ça va, tu n'es pas obligé de t'énerver, on peut discuter.

— Non, je ne discute pas, je bosse. Tire-toi avant que…

Soudain, l'homme s'écroula par terre et Baptiste vit Thomas, une pierre à la main.

— Putain, t'as fait quoi là ? s'exclama Baptiste en regardant le vigile au sol.

— Je te sauve la mise ! Trente secondes de plus et le type te collait son poing dans la figure.

— Mais tu l'as…

— Non, il respire. On n'a plus qu'à espérer que Marie sorte de là avant qu'il se réveille. Aide-moi à l'emmener plus loin avant que les voisins nous repèrent.

56.

Marie était parvenue à entrer dans la propriété des Wesmuller. Elle avança prudemment, mais rapidement, consciente de n'avoir que quelques minutes devant elle. En traversant le jardin, elle remarqua que la porte de l'atelier de Charlotte était ouverte. Elle s'en approcha doucement et entra.

— Charlotte ? Vous êtes là ?

Personne ne répondit et Marie découvrit alors que l'endroit avait été saccagé. La totalité des toiles était lacérée de plusieurs coups de couteau, les pots et les tubes de peinture déversés aux quatre coins de la pièce, tandis que le chevalet avait été détruit en plusieurs morceaux. L'endroit était un véritable champ de bataille où s'amoncelaient les cadavres de la vie d'artiste de Charlotte.

— Quel salaud, murmura Marie en regardant avec effroi.

Elle quitta l'endroit pour se diriger vers la baie vitrée. Les lumières étaient éteintes à l'intérieur de la maison et elle n'apercevait rien d'autre qu'un salon vide. Elle frappa doucement à la vitre, dans l'espoir que Charlotte puisse l'entendre. Le temps passait, mais elle n'entrevoyait aucun signe de vie. Elle fit rapidement le tour de la maison et constata que toutes les portes étaient verrouillées.

19 h 55. Wesmuller pouvait arriver d'un moment à l'autre. Marie retourna près de la piscine et s'empara d'une amphore décorative en pierre. De toutes ses forces, elle s'apprêtait à lancer l'amphore contre la vitre lorsque la fenêtre s'ouvrit.

— Marie ! C'est vous ?

Elle lâcha l'amphore et se précipita vers Charlotte, qui avait le visage tuméfié et rampait sur le sol.

— Mon Dieu, Charlotte, qu'est-ce qu'il vous a fait ?

— C'est Pierre… Depuis votre venue, il est devenu encore plus odieux. Il m'a interdit de sortir, je ne peux même plus voir les enfants. Je ne sais pas où ils sont. Il a mis un vigile devant la porte, mais de toute façon je ne pourrais même pas m'échapper, je crois que j'ai la jambe cassée…

— Je vais vous sortir de là, ne vous en faites pas, dit-elle en tentant de la relever.

Marie était bouleversée en voyant l'état de Charlotte, qui grimaçait de douleur. Ses vêtements étaient sales et elle n'avait pas pris de douche depuis plusieurs jours. Ses cheveux collaient à son visage où avaient séché plusieurs traînées de sang.

— J'ai réussi à trouver un vieux téléphone, mais j'ai juste eu le temps de vous écrire avant qu'il ne s'éteigne. J'avais appris votre numéro par cœur… au cas où…

— Vous pouvez marcher ?

— Je ne crois pas… Vous ne pouvez pas rester là, Pierre va revenir d'une minute à l'autre et s'il nous trouve, je pense qu'on n'y survivra pas.

— Hors de question que je vous laisse ici. On a une voiture, on va vous emmener. Venez !

Charlotte n'était pas en état de grimper le muret. Marie devait donc trouver un moyen de la faire sortir de la maison en passant par le portillon. Elle tenta d'appeler Thomas, lorsqu'elle entendit qu'une clé tournait dans la serrure de l'entrée.

— Le voilà ! Cachez-vous, lança Charlotte qui tentait de refermer la fenêtre.

Marie se jeta derrière le canapé, regrettant déjà de laisser Charlotte entre les mains de son tortionnaire. Son cœur frappait violemment dans sa poitrine et ses oreilles bourdonnaient sous le stress. Elle respirait fort et porta la main à sa bouche pour ne pas qu'il l'entende.

Charlotte se traînait jusqu'à un fauteuil lorsque Wesmuller arriva dans le salon.

— Qu'est-ce que tu fous ici ? lui lança-t-il d'un ton sec.

Il ne semblait pas s'émouvoir de l'état de sa femme et Marie assistait, impuissante, à la scène.

— Je voulais chercher quelque chose à manger, répondit Charlotte sans lever la tête. J'ai faim.

Wesmuller la regarda avec un air de dégoût. Il soupira, puis se dirigea vers le réfrigérateur. Il sortit du jambon et du beurre, puis attrapa un paquet de pain de mie dans un placard. Charlotte, elle, rampait toujours pour se déplacer. Marie luttait pour ne pas craquer.

— Tiens, lui dit-il en lançant le sandwich au sol. La prochaine fois, tu le feras toi-même.

Charlotte s'approcha pour ramasser le sandwich, qui n'en était plus un après la chute. Elle mordit doucement dans le pain. Ses dents la faisaient souffrir. Marie voyait Wesmuller qui la regardait sans une once d'empathie. Il savourait cet instant. Elle mourait d'envie de surgir et de hurler à Wesmuller qu'il était fini, mais elle s'inquiétait aussi pour Thomas et Baptiste. Wesmuller les avait-il vus ? Discrètement, elle reprit son téléphone et envoya un SMS à Thomas : *Appelle la police.*

Marie retenait son souffle. Si Wesmuller décidait de s'asseoir sur le canapé, elle était fichue. Elle entendit alors de nouveau sa voix.

— Il est pas bon mon sandwich ?

— Si...

— Ben alors, mange-le plus vite !

Marie ne voyait rien, mais entendait les bruits sourds de Charlotte qui peinait à avaler. En essayant de contrôler ses tremblements, elle décida de s'approcher doucement pour filmer la scène de torture qui se déroulait à quelques mètres d'elle.

— Où sont les enfants ?

Wesmuller soupira en débouchant une bouteille de vin.

— Là où on s'occupe bien d'eux, ne t'en fais pas. J'aimerais que tu arrêtes de me poser cette question.

— Je veux les voir...

— Tu as vu ta tête ? Tu penses vraiment que j'ai envie que les garçons te voient dans cet état ?

— C'est... toi...

Charlotte avait la tête qui reposait sur ses bras. Marie était horrifiée. Elle retenait son souffle, mais devait continuer à filmer ce qui ferait définitivement tomber Wesmuller. Il s'approcha de sa femme d'un pas lent.

— Qu'est-ce que tu as dit ?

Charlotte puisa dans ses dernières forces pour répondre.

— C'est toi qui m'as fait ça...

Avec férocité, Wesmuller attrapa les cheveux de sa femme, qui se mit à hurler. Elle était allongée, la tête relevée en arrière, tirée par le geste puissant de Wesmuller. Il passa sa main sur son cou, la caressant doucement.

— Tu vas me tuer ?

— Quoi ? Te tuer ? Mais mon amour, pourquoi est-ce que je ferais une chose pareille ?

Il relâcha ses cheveux et la tête de Charlotte tomba lourdement. Il s'accroupit à ses côtés, la regardant sans lui apporter le moindre soutien. Les larmes aux yeux, Marie continuait de filmer, mais n'osait pas regarder ce qui se passait. Elle ne pouvait pas s'empêcher de voir sa mère à la place de Charlotte, le suppliant de l'achever.

— J'ai mal...

Marie sentit une remontée acide dans sa gorge. Elle allait vomir. Soudain, son portable vibra et Wesmuller tourna la tête dans sa direction. Elle se recroquevilla derrière le canapé, mais trop tard. Elle entendit son pas lourd s'approcher.

— Qu'est-ce que tu fous là, toi ?

— Vous êtes foutu, Wesmuller ! La police va arriver d'un moment à l'autre ! répondit Marie sans quitter sa planque.

Les yeux noirs et révulsés de Wesmuller se posèrent sur elle. Il mourait d'envie de l'attraper et de lui faire payer sa présence ici. Un vase vint alors s'éclater contre le mur, juste au-dessus de la tête de Marie. Wesmuller se retourna et vit Charlotte qui s'était redressée pour tenter un geste désespéré. Wesmuller ricana.

— Bande de cinglées, vous êtes bonnes à enfermer toutes les deux !

— C'est vous qui allez finir enfermé ! J'ai tout filmé, tout ce que vous direz n'aura plus aucune valeur désormais.

Wesmuller se jeta alors sur Marie, qui sentit tout le poids de l'homme s'effondrer sur elle. La respiration coupée, elle batailla pour garder contre elle le téléphone qu'il tentait de récupérer.

— J'aurais dû m'assurer que ta mère t'avait bien emportée avec elle le jour où elle a sauté ! Tu ne vaux pas mieux qu'elle !

— Dégage, espèce de merde ! hurla Marie en essayant de se libérer de son étreinte.

Sa respiration devenait de plus en plus difficile et elle sentait ses forces diminuer seconde après seconde. C'est alors que sa tête vint cogner contre la sienne. Il venait de lui donner un coup entre les deux yeux. Elle sentit le sang se déverser de son nez et lâcha prise, totalement sonnée. Les mains de Wesmuller parcouraient son corps avec acharnement sans qu'elle parvienne à lutter. Les sons devinrent plus flous autour d'elle, mais elle entendait les cris de Charlotte qui le suppliait d'arrêter. Soudain, Wesmuller s'immobilisa sur elle. Il glissa le long de ses jambes et elle vit le visage de Thomas au-dessus d'elle.

— Marie ! Ça va ? demanda-t-il en l'enlaçant.

— Oui, ça va, dit-elle timidement en reprenant ses esprits.

Elle vit Baptiste essayer de relever Charlotte, qui était presque inconsciente.

— La police va arriver d'un instant à l'autre... C'est fini ! dit Thomas sans lâcher Marie. J'aurais jamais dû te laisser y aller seule, c'était de la folie.

— Wesmuller, il est...

— T'inquiète pas, j'ai juste mis un coup là où il fallait...

Marie entendit les bruits de pas des policiers qui entraient dans la maison. Elle releva la tête et vit alors sa mère qui la regardait. Elle avait un sourire apaisé, joyeux et des yeux qui trahissaient une paix retrouvée. Marie baissa les paupières et s'imagina lui prendre la main pour l'emmener goûter enfin à ce bonheur dont elles avaient été privées vingt-cinq ans plus tôt.

Épilogue

Les visiteurs déambulaient par centaines dans les allées du Salon du livre à Paris. Marie, derrière son stand, attendait la venue de son éditrice, qui lui avait promis de l'accompagner durant sa première journée de dédicaces.

Marianne Lancel débarqua, un large sourire peint en rouge, alors que l'ouverture du salon était lancée depuis deux heures.

— Désolée du retard Marie, mais j'étais justement avec un journaliste du *Monde* qui souhaiterait s'entretenir avec vous.

— *Le Monde*, carrément ? répondit Marie.

— Le sujet de ton livre est encore tabou, mais les voix s'élèvent depuis quelques années, tu sais de quoi je parle. C'est l'occasion d'ajouter ta pierre à l'édifice pour que les choses bougent !

Grâce à l'intervention de Marie, Thomas et Baptiste, Wesmuller avait été arrêté et dormait en prison depuis six mois maintenant, dans l'attente de son procès. S'il n'avait pas eu d'autre choix que de reconnaître les violences sur Charlotte, il niait celles subies par la mère de Marie. Parmi les nombreux documents retrouvés dans le bureau de Wesmuller, il y avait le fameux dossier médical falsifié dont toutes les pièces étaient en cours de vérification.

Les premières analyses psychiatriques sur lui faisaient état d'une grande perversité, doublée d'un sentiment de persécution et d'une peur de l'échec grandissante au fil des années, qu'il comblait en ayant une emprise narcissique et démesurée sur ses épouses. L'enquête sur la vie tout entière de Wesmuller était loin d'être terminée, et Marie allait devoir attendre son procès pour obtenir des réponses aux questions qu'elle se posait toujours.

En attendant, elle avait pris la décision de rendre publique l'histoire de sa mère. Si elle n'avait pas gardé la carte de l'éditrice, sa mémoire, comme un signe, avait parfaitement enregistré son nom. Elle l'avait donc rappelée et Marianne Lancel avait renouvelé son souhait de découvrir le carnet. Quelques mois plus tard, plusieurs milliers d'exemplaires avaient été imprimés et envoyés dans toutes les librairies de France. C'était avec une émotion non dissimulée que Marie avait découvert la version finale du livre *Le Journal de Betty Swan*, qu'elle avait fait préfacer par Charlotte, pour rendre encore plus actuel le message qu'il portait. Si de nombreux lecteurs avaient déjà terminé le livre et fait part de leur émotion en le découvrant, c'était la première fois que Marie allait faire la connaissance de son public. Mais elle ne ressentait aucune timidité à l'idée de le rencontrer, bien au contraire. Son message serait ainsi plus vivant, et elle espérait faire changer les consciences en promouvant le plus longtemps possible le récit de sa mère.

Toute la journée, les messages de félicitations et de soutien s'étaient succédé sur le stand. Marie avait signé des livres à la chaîne et elle peinait à croire son éditrice au moment du bilan.

— Tu te rends compte que tu as griffonné sur au moins deux cents livres aujourd'hui ? Qu'est-ce que ça va être demain après la parution de l'article !

— Je me rends compte que je n'ai pas levé le nez de la journée et que j'ai un peu le tournis ! Quand je vais raconter ça à Thomas...

— Il sera fier de toi et il aura bien raison, répondit alors une voix derrière elle.

— Charlotte ! Mais qu'est-ce que tu fais ici ? s'écria-t-elle en se levant.

Elle avait fait le déplacement à Paris pour venir soutenir celle qui l'avait sauvée. Une béquille à la main, elle se remettait doucement de toutes les blessures infligées par Wesmuller.

— Je ne pouvais pas manquer ton premier salon. Quel succès !

— Je t'avoue que je n'en reviens pas moi-même. Finalement, ma mère aura réussi à publier un best-seller. Après sa mort, certes, mais c'est une gloire à la hauteur du préjudice qu'elle a subi.

— Je suis sûre qu'elle est très fière de toi. Moi aussi, je ne serais sans doute plus de ce monde si tu n'étais pas intervenue.

— C'est grâce à ta force que tu t'en es sortie. Tu as donné l'alerte avant qu'il ne soit trop tard. Ma mère n'a pas su le faire et ça lui a coûté la vie.

— Justement... je voulais te rendre ceci.

Charlotte tira de son sac le livre que Marie lui avait donné.

— Un soir, alors que Pierre m'avait une nouvelle fois rouée de coups et que je n'arrivais pas à grimper sur mon lit, j'ai attrapé la seule chose qui était à ma portée. C'était le livre de ta mère. Je l'ai lu d'une traite, toute la nuit. Sa vision du bonheur était décrite avec une telle intensité que j'ai eu envie de me donner une chance de le connaître à nouveau. Ses mots m'ont transpercée et c'est après ça que j'ai décidé de t'appeler à l'aide. Je savais que tu comprendrais.

Marie l'enlaça, émue.

— Je me suis même remise à la peinture ! s'exclama Charlotte en séchant les larmes qui perlaient sur ses joues.

— C'est formidable, ça ! J'espère que j'aurai l'occasion de venir voir ta prochaine exposition !

— Marie ! Il y a quelqu'un pour toi ! lui lança Marianne alors que deux personnes venaient de se présenter à elle.

Elle se retourna et se dirigea vers eux. Elle reconnut alors son grand-père et sa grand-mère, un livre à la main, venus spécialement de Normandie. Marie, emprise à une forme de rancœur, n'avait pas eu le courage de les contacter après l'arrestation de Wesmuller. Ils avaient donc découvert la véritable histoire de leur fille au moment de la parution du livre et ce fut une onde de choc pour eux d'apprendre la manipulation dont ils avaient été, eux aussi, les victimes.

Timidement, Marie s'approcha. Sa grand-mère, les larmes aux yeux, la prit alors dans ses bras, tandis que son grand-père luttait pour masquer son émotion.

— On te demande pardon ! dit alors Éliette en essuyant ses larmes. On ne comprend toujours pas comment on a pu être aussi sots de boire ses paroles.

— Ce n'est pas à moi que vous devez demander pardon, c'est à elle, reprit Marie en pointant du doigt le dos du livre qu'elle tenait entre ses mains et où figurait la photo de sa mère.

— Si j'avais ce connard devant moi, je ne sais pas ce que je serais capable de lui faire, continua Jean.

Marie se laissa aller et enlaça à nouveau ses grands-parents, heureuse de pouvoir enfin se raccrocher à ce qui restait de sa famille.

— Il ne fera plus de mal maintenant. C'est terminé.

25 avril 2021

Maman,

Aujourd'hui, c'est moi qui prends la plume pour mettre le véritable point final à ton histoire.

Car oui, elle est bel et bien terminée.

Ce fut un combat long et acharné, mais c'est toi qui m'as donné la force d'aller jusqu'au bout. Tu nous as sauvées. Toi, moi, Charlotte et j'espère toutes les autres femmes qui te liront et qui sauront que le combat n'est jamais perdu d'avance. Le bien triomphe toujours, même si cela implique des sacrifices. Tu t'es sacrifiée pour que d'autres puissent vivre.

Les consciences évoluent, les mentalités changent et ceux qui y sont réticents commencent à en payer le prix. Mais il reste encore beaucoup de chemin. J'ai crié ton histoire haut et fort pour que tout le monde l'entende et que ceux qui ne se sentent pas concernés ouvrent davantage les yeux. Ils devront regarder autour d'eux et ne pas rester silencieux face à la violence dissimulée dans les foyers de leurs mères, sœurs, cousines, amies, voisines ou collègues. Ne pas laisser passer un appel à l'aide, répondre au moindre signal de détresse.

Tu feras éternellement partie de celles qui ont bousculé les esprits et ton nom restera dans les mémoires.

Tu occuperas la mienne pour toujours, ma tendre maman. Repose en paix.

Je t'aime.

Marie.

Cindy Valt

Originaire des Vosges et passionnée d'écriture depuis son plus jeune âge, Cindy Valt est professeure des écoles en Bourgogne. Après avoir mis entre parenthèses sa passion pour se consacrer à ses études et sa famille, elle renoue avec l'écriture en 2014.

Couverture :
© Jane Morley / Trevillion Images

Ligne graphique : Séverine Morizet

Conception graphique de la couverture : IGS-CP à L'Isle-d'Espagnac (16)

Studio Fabrication : Flora Bellanger

Responsable Développement : Vesna Veljkovic

Composition : IGS-CP à L'Isle-d'Espagnac (16)

Impression :

CPi
BRODARD & TAUPIN

pour le compte des Éditions

NOUVEAUX AUTEURS

Dépôt légal : mai 2022 – N° d'impression : 3047193

Depuis 2009, Prisma Media met en place une politique d'achat écoresponsable. Ainsi, une majorité du papier de nos magazines est certifié (gestion durable des forêts). La fabrication des livres des Éditions Prisma s'inscrit également dans cette démarche.

Cet ouvrage a été imprimé en France sur un papier composé de fibres naturelles, recyclables, et fabriqué à partir de bois provenant de forêts plantées et cultivées pour la fabrication de pâte à papier.